Unterstrømung

Micha Hagfors

Unterstrømung

Novellen

Unterstrømung
© 2025 Micha Hagfors
Titel der dänischen Originalausgabe: UKURANT (erschienen bei bod.dk), Übersetzung und Bearbeitung: Micha Hagfors
Verlag: BoD – Books on Demand GmbH, Überseering 33, 22297 Hamburg, bod@bod.de
Druck: Libri Plureos GmbH, Friedensallee 273, 22763 Hamburg
ISBN 9788743060369
Umschlaggestaltung: Micha Hagfors
Lektorat: Nina Lis Coughlan

Bibliografische Information der Deutschen Nationalbibliothek: Die Deutsche Nationalbibliothek verzeichnet diese Publikation in der Deutschen Nationalbibliografie; detaillierte bibliografische Daten sind im Internet über dnb.dnb.de abrufbar.

Im Buch wird das generische Maskulinum verwendet.

Besonderer Dank gilt Nina Lis Coughlan und meinem geliebten Mann Espen

Inhalt

Im Tunnel

Nur noch 300 Meter. Ich laufe so schnell ich kann. Ich laufe und laufe und laufe. Warum bin ich nur so dick? Meine Knie müssen die ganzen Kilos tragen, und mein Puls rast bis zum Hals, ich habe keine, absolut keine Kondition - jetzt sind es nur noch 275 Meter. Der Rauch hat mich eingeholt, ich keuche und huste. Während ich laufe, hole ich ein Taschentuch aus meiner Hosentasche, halte mir es vor Mund und Nase, laufe, versuche Luft zu kriegen, kämpfe mich vorwärts. Kann mein alter Körper das aushalten, meine Knie, meine Lunge, mein Herz – kann ich das schaffen? Ich renne um mein Leben.

Nachdem der Junge nach Oslo gezogen war, war es still geworden im Haus. Ich hatte an seinem Zimmer nichts verändert, nachdem er gegangen war. Alles sollte so bleiben, wie es war. Das kleine Kätzchen, das wir ihm geschenkt hatten, blieb hier auf dem Hof. Er sollte sich weiterhin bei seinem alten Vater willkommen fühlen, die Tür stand ihm immer offen.

Es zeigte sich jedoch, dass er selten zu Besuch kam. Er hatte eine Freundin gefunden und eine Menge Freunde und Kommilitonen, und er studierte, wie er sagte, die ganze Zeit. Der Junge lebte jetzt sein eigenes Leben, in dem natürlich kein Platz war für den alten Vater, der nur in seinem Wohnzimmer saß und dem Ticken der Standuhr lauschte und nicht viel anderes tat, als vom Wohnzimmerfenster aus auf die Berggipfel von Rondane zu gucken, die von der Abendsonne in warme Farben getaucht wurden. Hier oben in den Bergen wechselte das Licht ständig. Oft hingen Wolken über den Berggipfeln, und manchmal zog von Westen eine Wolkenwand auf, die wenig später alles in weißen Nebel hüllte. Danach dauerte es nicht lange, bis die Sonne wieder durch die Wolkendecke brach und das Licht milchig weiß wurde. Ein Schauspiel!

Aber sonst: Hier draußen auf dem Land passiert nicht viel. Vor ein paar Tagen kam Tor Arne vorbei. Genau wie ich leidet er an Arthritis, aber was schlimmer ist: sein Gedächtnis lässt nach. Es handele sich um Demenz im mittleren Stadium, hatte der Arzt gesagt.

„... aber diese Ärzte übertreiben ja immer. Das wird schon wieder," sagte er mit seinem typischen Starrsinn in der Stimme.

Ich nickte, obwohl ich das mit den Ärzten eigentlich ein bisschen übertrieben fand. Seine Zuversicht muss ich ihm jedoch hoch anrechnen. Und er hatte ja recht: er war in seinem alten Saab gekommen, und wenn er offenbar noch Auto fahren durfte, konnte es ja nicht so schlimm sein.

Tor Arne und ich haben eine lange und – wie soll ich sagen – besondere gemeinsame Geschichte. Der Bauernhof seiner Familie lag nur wenige hundert Meter von unserem entfernt. Und wir waren von Kindheit an beste Freunde. Im Winter, wenn wir früh morgens zur Schule mussten, holte ich ihn auf Skiern ab und wir glitten über den tiefen Schnee runter zur Straße, wo der Schulbus kam und uns und die anderen Kinder von den Bergbauernhöfen abholte. Wir waren unzertrennlich, wir beide. Als Teenager gingen wir im Sommer nach der Schule hinunter ins Tal, schwammen im Fluss und entdeckten unseren eigenen Körper und den des anderen. Wie oft haben wir zusammen im Gras gelegen, unsere nackte nasse Haut gestreichelt, die Wassertropfen von Brust und Hüften weggeküsst und mit unserer Männlichkeit gespielt.

Ein paar Jahre später gingen wir mit Mädchen, das machte man ja so, und dann hörten wir auf zu spielen, aber unsere Freundschaft blieb warm und stark. Er war bildschön, das war er schon immer. Und ich finde, dass er auch als alter Mann immer noch schön anzusehen ist. Ja, Tor Arne, wenn ich einen Menschen auf dem Planeten frei hätte wählen können, dann wärst du's.

Ich bin sicher, er hat immer gewusst, was ich für ihn empfand. Aber wir haben nie darüber gesprochen. Eine Männerfreundschaft, still, unzerbrechlich und über jeden Zweifel erhaben. Manchmal sollte man die Dinge nicht beim Namen nennen, um die feinen Nuancen zu bewahren, die manchmal so fein sein können, dass ihnen das einfache Benennen den Zauber nehmen würde. Vor allem, wenn es um den fließenden Übergang zwischen Freundschaft und Liebe geht.

Ich freute mich über seinen Besuch.

„Wie wär's mit einem kleinen Schnäpschen?"

Ich legte meinen Arm um ihn und lud ihn ein, hereinzukommen. Und dann saßen wir in der Küche und unterhielten uns über Elche im Folldal und die Moschusochsen auf dem Dovrefjell.

„Stell dir vor, der Jagdverein will mich nicht mehr bei der Jagd dabeihaben!" Er lächelte ein wenig, aber die Bitterkeit in seiner Stimme war nicht zu überhören.

"Warum nicht?"

Er runzelte die Stirn und seufzte tief:

„Vor drei Wochen bereiteten wir uns auf die Elchjagd vor, aber dann wusste ich plötzlich nicht mehr, ob ich ein Gewehr oder eine Schrotflinte benutzen sollte. Ich gab mir Mühe, aber je mehr die anderen mich danach fragten, desto verwirrter wurde ich. Am Ende waren mir fast die Tränen gekommen. Jon Terje brachte mich nach Hause und sprach mit meiner Tochter. Und seitdem ist es mit der Jagd vorbei."

Ich legte meine Hand auf seine und gab für einen Moment der Stille ihren Raum.

„Los, komm mit raus auf den Hof, da sind Spechte, die muss ich dir zeigen. Die hacken Löcher in die Windfedern am Giebel. Hast du eine Idee wie ich die wieder loswerden kann?"

„Erschieß sie", war Tor Arnes guter Rat, „und häng einen der toten Spechte an den Giebel. Das schreckt die anderen ab, und dann hast du Ruhe."

In diesem Moment miaute die inzwischen altersschwache Katze von meinem Jungen mitleiderregend. Er schaute auf sie herab, als wolle er sagen: Und der kannst du auch gleich eine Kugel verpassen.

"Kannst du dich noch daran erinnern, als unsere Frauen noch lebten wir gemeinsam deine Werkstatt gebaut haben und später die Scheune hier auf dem Hof?"

"Oh ja, ja!" antwortete er, und ich glaube ihm auch, dass er sich erinnerte. Doch während des Gesprächs gab es Pausen, in denen er nicht mehr die richtigen Worte fand. Ich konnte ab und zu Verwirrung in seinem Gesicht erkennen. Plötzlich sah er aus, als könne er sich nicht erinnern, wo er war.

„Tor Arne, ist alles in Ordnung?"

Er schaute auf und antwortete:

„Sicher!" Aber ich konnte die Verlorenheit in seinen Augen sehen und hatte keinen Zweifel, dass er an der Vergangenheit festhielt und krampfhaft versuchte, seine Angst vor der Zukunft zu verdrängen.

Als Tor Arne sich verabschiedet hatte und ich ihm, als er vom Hof fuhr, zum Abschied noch einmal zuwinkte, machte ich mir Sorgen. Würde er den Weg nach Hause finden? War dies das letzte Mal, dass seine Demenz einen Besuch bei mir zuließ? Ich war tatsächlich so traurig, dass ich einen Kloß im Hals spürte und ich die Tränen nur mühsam zurückhalten konnte.

Als die Standuhr 6 schlug, stand ich auf, um das Abendessen aufzuwärmen. Das ist einfach, denn ich bekomme einmal die Woche fertige Mahlzeiten geliefert und kann sie dann selbst in die Mikrowelle schieben und brauche keine Hilfe. Ziemlich praktisch. Aber wenn ich ganz ehrlich bin, schmeckt das Essen nach nichts.

Der Abend wird lang. Draußen ist es jetzt kalt und dunkel. Nur ein wenig Nordlicht malt ein Bild am Himmel. Ich denke an meine Frau und meinen Jungen und daran, dass ich sie beide tatsächlich vermisse. Ich weiß nicht, ob ich meine Frau geliebt habe, aber es war gut, sie in all den Jahren bei mir zu haben. Sie hat immer für gutes Essen gesorgt und ein bisschen Leben, und sie hat mich jeden Tag ermuntert, rauszugehen und die Dachrinne zu reparieren oder Brennholz zu spalten oder Schnee zu schippen. Gry war eine gute Frau.

Eines Morgens im letzten Juni, drei Tage nach ihrem Geburtstag, wachte ich auf, weil mir das Sonnenlicht in die Augen schien. Und ich merkte sofort, dass da was nicht stimmte: Normalerweise würde sie in ihrem leichten Schlaf sofort aufwachen, wenn ich es tat, aber an diesem Morgen lag sie einfach da, ohne sich zu bewegen. Ich wunderte mich, schüttelte sie vorsichtig und sagte: „Gry?", aber sie gab keine Antwort und ihre Augen blieben zu, und da war auch kein Atem. Und als ich ihr Handgelenk nahm, um den Puls zu fühlen, wurde mir sofort klar, dass es in dem kalten Arm keinen Puls geben konnte. Jeder Versuch, sie wieder ins Leben zurückzuholen, wäre vergeblich gewesen.

Am nächsten Tag kam unser Junge aus Oslo nach Hause. Er und ich saßen schweigend am Küchentisch. Die Standuhr tickte. Ich wusste nicht, was ich sagen sollte, und er wusste es wahrscheinlich auch nicht. Als die Stille immer bedrückender wurde, schickte ich ihn runter zum Grill ins Dorf, um was zu essen zu holen, und ich glaube, er war froh, dass er für eine Weile meiner Schwermut entrinnen konnte. Ich hatte mich eigentlich darauf gefreut, dass er kam und mit mir zusammen sein wollte, aber jetzt, wo er hier war, schien es den Schmerz nur noch schlimmer zu machen. Wir aßen, tranken Bier und gingen früh zu Bett.

Die Trauerfeier fand in der Stabkirche von Ringebu statt. Gry hatte das gewollt. Sie hatte das mal erwähnt, weil sie in Ringebu aufgewachsen war und als junges Mädchen im Pfarrhaus gearbeitet hatte. Wenn ich mal sterbe, will ich hier begraben werden, hatte sie gesagt.

In der Kirche roch es so gut nach Teer und altem Holz. Auf den Bänken saßen Ole Jakob und Berit, da waren auch Jon Terje und Guri und noch ein paar andere, vor allem die vom Seniorenclub, zu dem Gry einmal in der Woche gegangen war. Auch meine Cousine und Grys alte Schullehrerin mit ihrer Tochter und der Kaufmann aus Ringebu waren da. Alle hatten ernste Gesichter. Sie schauten entweder traurig auf den Boden oder voller Mitleid auf mich. Später, als die Trauerfeier vorbei war, nahmen der Junge und ich draußen vor der Kirche die Beileidsbekundungen entgegen. Die Leute schüttelten uns die Hand, klopften mir auf die Schulter und murmelten ein paar Worte, die ich kaum verstand, weil ich ja nicht mehr so gut höre. Als sich die Trauergäste nach Kaffee und Kuchen im Gasthaus verabschiedet hatten, atmete ich auf und wollte einfach nur nach Hause. Mein Junge fuhr mich rauf zum Hof, musste aber direkt weiter nach Oslo, weil er am nächsten Tag etwas Wichtiges erledigen musste. Das kann man ja auch verstehen. Wozu hätte er auch noch bei mir sitzen sollen.

Wenn ich hier von meinem Lehnstuhl aus das Nordlicht betrachte, muss ich sagen, dass ich nicht weiß, wofür ich weiterleben soll. Mein Körper will nicht mehr so wie ich, er braucht Pillen hierfür und Pillen dafür, und ich bin im Grunde genommen recht mürbe geworden. Ich habe lange darüber nachgedacht, ob ich mir das Leben nehmen soll, denn es macht keinen Sinn, hier zu sitzen, das langweilige Essen zu essen und auf den Tod zu warten. Gut, es hätte vielleicht noch mehr geben können in meinem Leben. Ich bin zum Beispiel fast nie im Ausland gewesen, nur ein paar Mal in Schweden, aber ich habe noch nie den Eiffelturm gesehen oder Palmen oder Dänemarks weiße Sandstrände, auf denen sie mit ihren Autos herumfahren.

Und ich hätte wirklich gerne eine Frau an meiner Seite, die die Cousins und Cousinen und Freunde einlädt und dafür sorgt, dass wieder ein bisschen Lebenslust in mich zurückkehrt. Und ein Hund, ja, einen Hund, den habe ich mir immer gewünscht. Aber jetzt ist es zu spät. Ich bin träge geworden und alt; der Zug ist abgefahren. Es bleibt nur die Einsamkeit, und die frisst mich auf. Ich wünsche mir wirklich nichts sehnlicher, als zu sterben und meinen Frieden zu haben und nicht an die Dinge denken zu müssen, die ich in meinem Leben nie bekommen habe. Ich habe keine Kraft mehr. Ich kann nicht mehr. Ich bin müde.

Ich weiß, wie man den Airbag ausschaltet. Und wenn ich jetzt dort oben auf dem Bergpass auf der langen Strecke hinab ins nächste Tal den Sicherheitsgurt löse und das Gaspedal ganz durchdrücke, da, wo am Ende eine Kurve und dahinter die steile Böschung ist, dann ist es eigentlich ganz simpel: Das Lenkrad halte ich einfach fest und fahre weiter geradeaus und stürze in den Abgrund. Und dann ist Schluss.

Viele Tage später werden sie das Auto weit unten im Tal zwischen Büschen und Bäumen finden, und in der Zeitung wird es eine kurze Nachricht geben, dass ein 75-jähriger Mann bei einem Alleinunfall ums Leben gekommen sei, und dass die Kurve wohl besser gesichert werden müsse, und dass sie nun Leitplanken bauen wollen… und so weiter.

Von meinem Hof bis zu dem Bergpass, an dem mein Leben enden wird, sind es 25 km. Ich habe das Haus aufgeräumt und alles ordentlich hinterlassen, damit der Junge nicht so viel Mühe mit dem Ausräumen hat, bevor er es verkauft. Die Papiere sind sortiert und übersichtlich in Ordnern abgelegt, wo er alles schnell findet. Ich habe Bargeld in das kleine Kästchen gelegt, damit er genug hat, bevor der Nachlass freigegeben wird, und er den Zugriff auf das Konto erhält.

Ich mache mich auf den Weg. Zuerst fahre ich ins Tal hinunter. An der Kreuzung biege ich auf die Hauptstraße ab, bleibe eine Weile auf ihr, und bin nun kurz vor dem Tunnel, durch den ich zuerst fahren muss, bis ich auf dessen anderer Seite abbiege und die steile Straße hinauf zum Gebirgspass weiterfahren werde. Heute ist hier auf der Hauptstraße viel Verkehr. Vor mir fährt ein Auto seltsam: mal zu langsam, mal zu schnell. Ich weiß nicht, wer da am Steuer sitzt, aber er wird wohl telefonieren oder betrunken sein, auf jeden Fall ist er sehr, sehr unkonzentriert. Am Eingang des Tunnels hält er sich zu weit rechts in der Spur, der Wagen berührt fast die Tunnelwand, puh, das ist nochmal gut gegangen, er steuert das Auto wieder zurück auf die Fahrbahn.

Ich halte Abstand zum schlingernden Auto. Aber was passiert jetzt? Im Tunnel lenkt er das Auto auf die Gegenfahrbahn! Um Himmels Willen pass doch auf! Ein LKW kommt. Er macht heftig Lichtzeichen, drückt laut und ununterbrochen auf die Hupe, ich sehe, dass der Wagen vor mir dieses Mal nicht zurück auf die Fahrbahn gelenkt wird, ich mache eine Vollbremsung – und dann sehe ich ein gutes Stück vor mir den heftigen Frontalzusammenstoß. Es gibt einen höllischen Knall, eine gewaltige Explosion, der LKW fängt Feuer und schiebt das Auto ein Stück nach vorne in meine Richtung. Der brennende Klumpen kratzt an der Tunnelwand der Gegenfahrbahn, das flammende Inferno ist nun fast direkt neben mir.

Ich kann in der Situation nicht rückwärts fahren – hinter mir sind andere Autos, Chaos und Schreie. Ich muss so schnell wie möglich raus hier. Ich öffne die Tür, steige aus. Der Tunnel ist voller Rauch, und die Luft ist schwer, und ich versuche, sie nicht einzuatmen. Ich laufe jetzt zurück, weg von dem brennenden Grab, zur Tunnelöffnung.

Jetzt sind es nur noch 250 Meter. Ich laufe, mein Herz rast, meine Beine geben alles, was sie können, meine Lunge kämpft mit dem Rauch. 200 Meter. Ich kann nicht mehr, ich renne trotzdem, ich muss raus aus dem Tunnel, nur raus hier, ich huste, habe einen trockenen Hals, schmecke Blut, 150 Meter, nur noch 150 Meter! Gleich hast du's geschafft! Halt durch, halt durch!!!!
Mein rechtes Knie gibt nach, ich falle, krieche weiter auf allen Vieren, all der Rauch um mich rum, ich huste, starre nach vorne auf die Öffnung. Plötzlich packt mich jemand am Arm.
"Komm, weiter!" schreit der Mann und hilft mir hoch, ich sammle meine letzten Kräfte, er hält mich unterm Arm, ich humpele mit seiner Hilfe weiter, jetzt sind es noch 100 Meter.
„Wir sind bald draußen!" ruft er und wir rennen und alles tut weh, mein Leben, mein Leben, der Rauch brennt in meinen Augen, in meiner Lunge, ich huste, schmecke mehr Blut und hinke, jetzt sind es nur noch 50 Meter.
"Wir schaffen es!" schreit der Mann, und hustet wieder und wir rennen das letzte Stück in Richtung Luft und Licht - und Leben.

Erbgut aus Thy

Karl stand am Herd und kochte Abendessen, während Erik auf dem Barhocker am Küchentresen saß, sich den Bart strich – eine alte Angewohnheit – und Karl mit einem warmen Lächeln ansah. Wie sich sein Mann doch leicht, geschickt und fast elegant bewegte, egal was er tat! Wie sicher er die richtigen Gewürze wählte! Und wie man ihm den Spaß am Leben ansah! Ein Glücksgefühl durchströmte Erik. Er erhob sich von seinem Stuhl, umarmte Karl mitten in dessen Arbeit und küsste ihn am Ohrläppchen. Karl hielt inne, schloss die Augen, lehnte den Kopf zurück und gab sich der Liebkosung seines Mannes hin. Er dachte, es ist der Himmel auf Erden, dass man nach so vielen gemeinsamen Jahren immer noch so zärtlich miteinander sein kann.

Da klingelte Eriks Telefon.

"Wer ist das denn?!"

Nur widerwillig hörte Erik mit seinen Zärtlichkeiten auf. Er überlegte einen Moment, ob er den Anruf überhaupt entgegennehmen sollte. Doch dann ließ er Karl los, nahm das Handy. Der Anruf kam von einer unbekannten Nummer. Mit skeptischem Stirnrunzeln nahm er den Anruf entgegen:

„Erik."

Karl schaute interessiert auf, als er nach einem Moment sagte:

„Was willst du?" Seine Stimme war plötzlich hart, sein Gesichtsausdruck düster geworden. Das nächste Wort war:

„Aha!"

Danach hörte Erik dem Anrufer aufmerksam zu, und nach einem Moment erwiderte er:

„Das glaube ich nicht. Ja, tschüss."

Er legte auf, setzte sich hin und starrte nun ins Nichts auf dem Tisch. Karl hielt inne mit dem Anrichten der Teller. Eindringlich blickte er Erik an.

"Was ist los?"

Erik schüttelte nur den Kopf, wurde distanziert und unnahbar. Karl machte sich Sorgen. Es war deutlich, dass etwas nicht stimmte. Er setzte sich neben ihn auf den Barhocker. Erik hob langsam den Blick. Er sah Karl in die Augen, räusperte sich und sagte:

„Das war mein älterer Bruder aus Thy. Meine Eltern sind tot. Mein Vater, dieses Arschloch, hat meine Mutter erschossen und sich dann selbst das Leben genommen." Seine normalerweise starke Stimme war jetzt brüchig und angespannt.

„Mein Bruder fragte, ob ich beim Organisieren der Beerdigung helfen will, oder ob er sich alleine darum kümmern soll." Er schaute aus dem Fenster in den schweren wolkenverhangenen Kopenhagener Winterhimmel:

„... und dann fragte er, ob ich vorhabe, zur Beerdigung nach Thy zu kommen."

Karl suchte im Gesicht seines Mannes nach Gefühlen. Unter der Oberfläche brodelte es, das war deutlich. War er traurig? Wütend? Erleichtert? Von allem etwas? Das war nicht zu erkennen. Er fragte:

„Und was jetzt?"

Erik versuchte, seine inneren Kämpfe zu verbergen. Doch dann antwortete er:

„Und jetzt? Jetzt essen wir!"

In den folgenden Tagen war Karl gegenüber Erik besonders aufmerksam. Der schien fern und zerstreut. Nach all den Jahren, die sie schon zusammenlebten, wusste Karl, dass Erik nicht der Typ war, der sich öffnete, wenn ihn etwas bewegte. Erst nach einiger Zeit, wenn man Glück hatte, gewährte er einem einen Blick in sein Inneres. Am Anfang war das nur schwer auszuhalten gewesen, denn Karl war fast das Gegenstück: Er konnte nur kurze Zeit und mit Mühe Wichtiges für sich behalten, dann musste es einfach raus, wollte formuliert, diskutiert, reflektiert werden. Sein Elternhaus in Südseeland war - genau das Gegenteil von Eriks - ein gutes und sicheres Zuhause gewesen, und seine Eltern hatten ihn bei seinen Entscheidungen immer unterstützt. Als Karl 17 Jahre alt war und seinen Eltern nach langem und schwierigem Überlegen zum ersten Mal erzählte, dass er sich in einen anderen Jungen verliebt hatte, stand sein Vater vom Küchenstuhl auf und umarmte ihn lange, herzlich, und fuhr sanft mit der Hand über Karls Haar:

„Liebe ist das Schönste auf der Welt, mein Junge. Geh raus und genieße sie. Und genieß ihn, den du so liebgewonnen hast."

Die Mutter war dazugekommen, und dann standen die drei in enger Umarmung da. Ein paar Tränen rollten über Karls Wange, so glücklich war er.

Erik dagegen sprach nie über seine eigene Kindheit. Jedes Mal, wenn jemand nach seinen Eltern fragte, antwortete er oberflächlich und erwähnte nur, dass er auf einem ärmlichen kleinen Bauernhof am Limfjord in der ländlichen Thy-Region aufgewachsen sei, dass er sich nicht mehr an viel erinnern könne und er keinen Kontakt zu seiner Familie habe. Er lebe nun sein eigenes Leben. Für Karl bestand kein Zweifel daran, dass da in Thy Dinge geschehen waren, die Erik im täglichen Leben verdrängen musste. Diese dunkle Vergangenheit hatte Karl widerstrebend akzeptieren müssen, als sie im Kopenhagener Rathaus Ja zueinander gesagt hatten. Als Karls bester Freund vor der Hochzeit seine Skepsis gegenüber Karls zukünftigem Ehemann geäußert hatte, hatte er geantwortet:

„Man liebt einen Anderen nicht wegen etwas, sondern trotz etwas." Aber natürlich war er unsicher gewesen, denn wer wusste schon, was da in Thy alles geschehen war. Aber nach und nach verschwand die Skepsis, und die Ehe fühlte sich auf Dauer gut und richtig an.

Während ihrer Beziehung hatte sich Karl auch daran gewöhnt, dass Erik plötzlich sehr aufbrausend werden konnte, wenn sie beispielsweise im Auto saßen mit Erik hinterm Steuer. Er konnte regelrecht aus der Haut fahren, wenn ein anderer Fahrer vor ihnen zu langsam fuhr. Da kam es vor, dass Erik mit Hupe und Lichthupe - meist vergeblich - den Vordermann zum schnelleren Fahren drängte, und manchmal unternahm er auch riskante Überholmanöver, wobei er gehässige Kommentare vor sich hinmurmelte und dem anderen Fahrer böse Fingerzeichen machte. Ein weiteres charakteristisches Merkmal von Erik war eine starke Klaustrophobie. In fast jedem Tunnel, in jedem Aufzug bekam er Atemnot und wurde panisch. Einmal hatten sie in einem Hotel in New York übernachtet, wo ihr Zimmer im fünfzehnten Stock lag. Erik musste die Treppe nehmen, obwohl die Aufzüge schnell und geräumig waren. Aber trotz alldem war Erik immer ein guter Mann für Karl gewesen, das war keine Frage.

Nach dem Anruf des Bruders waren zwei Tage vergangen, ohne dass sie weiter darüber gesprochen hatten. Sie waren zu Bett gegangen, die Nachttischlampen waren bereits ausgeschaltet und Karl hatte seinen Kopf auf Eriks behaarte Brust gelegt.

„Ich glaube, ich würde gern zur Beerdigung gehen." sagte Erik. „Ich muss sehen, ob ich vergeben kann oder nicht." Nach einer kleinen Pause fuhr er fort: „Aber ich weiß nicht, ob ich das alleine schaffe…"

„Ich komme mit." Karl zögerte nicht, wohl wissend, dass es keine leichte Reise werden würde.

Am Tag der Beerdigung waren die Beiden am frühen Morgen nach Thy in Jütland aufgebrochen. Es war ein grauer und trauriger Februartag. Rechts und links entlang der Autobahn lagen die gepflügten Felder schwer vom Regen. Über ihnen kreisten Möwen. Raben flogen in Schwärmen.

"Wie fühlst Du Dich jetzt?" Karl versuchte Eriks konzentriertes Schweigen zu brechen. Als Antwort bekam er erstmal nur ein Stirnrunzeln. Aber dann legte Erik die Hand auf sein Knie:

„Ich bin froh, dass du mitkommst. Ohne dich würde ich das nicht schaffen."

Karl blickte auf zu den Möwen und fühlte sich stark.

Ein paar Stunden später erreichten sie die weiß getünchte Stagstrup Kirche in der Nähe des Dorfes Vilsund am Limfjord, in dem Erik aufgewachsen war. Erik fühlte sich nicht besonders wohl, aber er war sich seiner Sache sicher, und er war um seiner selbst willen hierhergekommen. Das gab ihm Mut. Als sie die Kirche betraten, blieben sie einen Moment stehen und sahen sich um. Jemand reichte ihnen ein Blatt mit Kirchenliedern. Sie lehnten ab.

Es saßen nicht viele Trauergäste in den Kirchenbänken. Eriks älterer Bruder saß zusammen mit einer blonden Frau und zwei jungen Mädchen in der ersten Reihe. Ein kurzer Blick zwischen Karl und Erik bedeutete: Ich bin bereit – bist du's auch? Ein Anflug eines Lächelns genügte als Antwort. Erik nahm Karls Hand in seine und dann gingen sie Hand in Hand den Gang entlang. Die Leute in den Kirchenbänken wandten ihnen ihre Gesichter zu, einige flüsterten miteinander.

Dann stand Erik vor seinem Bruder, der im Vergleich dazu, wie er ihn in Erinnerung hatte, sehr gebrechlich und klein wirkte. Dieser schaute auf, erhob sich, und dann gaben sich die beiden Männer wortlos die Hand.

Der Bruder hatte das Gesicht eines Trinkers: Unter den wässrigen – und nun fast ängstlichen – Augen hatte er schwere Tränensäcke, die Haut war rötlich und ungesund, das Haar dünn und die Hand fühlte sich kalt und feucht an. Erik nickte auch kurz der blonden Frau zu, die er nicht kannte, die aber wohl seine Schwägerin war. Als nächstes gab auch Karl die Hand, zuerst dem Bruder, dann der blonden Frau, die seiner Meinung nach ein für den Anlass unpassendes, etwas zu tief ausgeschnittenes Kleid trug. Es war mit Pailletten besetzt und die sehr braungebrannte Haut zeigte Tätowierungen, die bis zum Hals reichten. Was für eine festliche Person, dachte Karl, amüsiert über seine eigene Ironie. Sie setzten sich auf die Bank gegenüber.

Nach der Trauerfeier nahm nur Eriks Bruder vor der Kirche die Beileidsbekundungen entgegen. Erik blieb lieber im Hintergrund. Doch die wenigen Gäste, die Erik von früher kannten, kamen auf ihn zu, und nur widerwillig nahm er ihren Händedruck entgegen. Unter ihnen war auch ein sehr alter, buckeliger Mann mit weißen Haaren, der zunächst Erik die Hand schüttelte und dann, für beide überraschend, auch zu Karl ging und ihm sein Beileid aussprach. Er hielt Karls Hand mit beiden Händen, sah ihm in die Augen und sagte so, dass niemand außer Karl es hören konnte:

„Erik hat es schwer gehabt, aber er ist ein guter Junge. Ich sehe, dass er bei dir in guten Händen ist. Das freut mich."

Karl war gerührt von den freundlichen Worten des alten Mannes und er war stolz auf die unerwartete Anerkennung.

Die Trauergäste waren anschließend zu Kaffee und Kuchen in das Haus des Bruders eingeladen worden. Die Leute teilten sich in kleine Gruppen auf, und einige gingen nach Hause, andere nahmen ihre Autos. Als Karl und Erik langsam über den Friedhof in Richtung Parkplatz gingen, fragte Karl:

„Und? Hast du Mut, die Einladung von deinem Bruder anzunehmen?"

„Ja", antwortete Erik. „Ich kann nicht auf halber Strecke stehenbleiben. Ich muss den ganzen Weg gehen, jetzt oder nie."

„Gut", sagte Karl und nach einer kurzen Pause erneut: „Gut."

Es stellte sich heraus, dass nur Wenige der Einladung gefolgt waren. Das Haus des Bruders war ein Einfamilienhaus in einem Wohnviertel von der Art, mit der halb Dänemark zugepflastert ist: Der Vorplatz des Hauses war mit Kies belegt, der Rasen akkurat gemäht, und gestutzte Büsche standen ordentlich in einer Reihe.

Erik parkte das Auto am Weg, dann folgten sie den anderen Gästen bis zur Tür. Der alte, buckelige Mann war unter ihnen. Er schenkte ihnen ein freundliches Lächeln, bevor sie von der Schwägerin hineingebeten wurden. Erik war noch nie zuvor im Haus seines Bruders gewesen. Und er hatte auch nie mehr seine Eltern besucht, nachdem sein Vater ihn vor 24 Jahren buchstäblich rausgeschmissen hatte, als Gerüchte aufkamen, Erik sei schwul. Doch nun war der Vater tot. Die Polizei untersuchte noch, ob es wirklich Eriks Vater war, der seine Mutter erschossen und sich dann selbst das Leben genommen hatte, oder ob etwas gegen diese Theorie sprach. Erik wunderte sich darüber, wie wenig ihn das eigentlich interessierte.

Im Eingangsbereich des Einfamilienhauses war alles klinisch sauber: ein dunkler gefliester Fußboden, ein Spiegel, eine Garderobe. Man zog die Schuhe aus, bevor die Tätowierte im Paillettenkleid die Gäste freundlich ins Wohnzimmer bat. Karl dachte, dass man die Inneneinrichtung getrost als charakterlos bezeichnen könnte: Dunkles Sofa, ansehnlicher Fernseher, Tisch und Stühle, eine einzige Zimmerpflanze unterm Fenster und Blumenbilder an der Wand. Alles sah aus wie aus einem

Möbelkatalog. Der einzige Gegenstand, der herausstach, war eine eindrucksvolle alte Truhe. Auf deren Vorderseite unter den schmiedeeisernen Beschlägen und dem alten Schloss mit Schlüssel war verblasst, aber deutlich die Jahreszahl 1788 zu sehen. Aha, das Ende der Leibeigenschaft in Dänemark, kombinierte der geschichtsinteressierte Karl sofort. An den Seiten hatte die Truhe geschmiedete Tragegriffe, und darüber befanden sich auf jeder Seite drei runde Löcher.

Eriks Blick erstarrte, als er das alte Möbelstück sah. Er wurde bleich, entschuldigte sich und verschwand in der Gästetoilette. Auf seiner Stirn war kalter Schweiß ausgebrochen. Er setzte sich auf den Toilettensitz, lehnte seinen Unterarm gegen das Waschbecken und schloss die Augen. Plötzlich wurde es dunkel um ihn herum. Er begann zu schluchzen, genau wie damals, als er in der Dunkelheit wieder und wieder wie wild gegen das schwere Eichenholz des Truhendeckels über sich geschlagen hatte. Die Panik, dass er durch die kleinen Löcher nicht genug Luft bekommen könnte. Die Todesangst. Seine Schreie um Hilfe. Doch er vernahm nur, wie sein großer Bruder und sein Vater als Antwort spöttisch lachten. Als sie nach einer Ewigkeit den Truhendeckel wieder öffneten, war der kleine Junge in Tränen aufgelöst, stieg benommen aus seinem Gefängnis heraus, konnte nichts sagen und rannte nur davon, so schnell er konnte. All diese Bilder liefen vor Eriks Augen wie ein Horrorfilm ab.

Als Erik zur Toilette gegangen war, hatte sich Karl zu den anderen Gästen an den Tisch gesetzt. Ihm wurde Kaffee angeboten, Kuchen wurde ihm serviert, Bier und Schnaps lehnte er höflich ab. Freundlich beantwortete er die Fragen der anderen Gäste, ob sie heute den ganzen Weg aus Kopenhagen angereist waren, ob auf der Autobahn viel Verkehr gewesen sei und ob er nicht auch fände, dass dies eine gute Gelegenheit sei, Eriks Heimatdorf kennenzulernen. Ob sie die Nacht im Gasthaus verbringen würden?

„Ja, das werden wir", sagte Karl, und er spürte, dass der alte Mann mit dem schlohweißen Haar ihn während des gesamten Gesprächs sehr aufmerksam beobachtete. Eriks Bruder tat das offenbar auch, denn er saß leicht angespannt auf seinem Stuhl, trank Bier und füllte die Schnapsgläser nach, ohne sich an der Unterhaltung zu beteiligen. Die blonde Schwägerin hatte ein leicht verlebtes Gesicht und eine ziemlich rauchige Stimme, und sie erzählte davon, wie nett die Stammgäste in der Kneipe seien, in der sie mehrere Abende in der Woche hinter der Bar stand und bediente. Die beiden Mädchen waren schon längst auf ihre Zimmer gegangen.

Erik war immer noch nicht von der Toilette zurückgekehrt. Wo war er nur? Karl begann, sich Gedanken zu machen. Er entschuldigte sich bei den anderen Gästen, stand auf und ging zum Eingang. Sanft klopfte er an die Tür der Gästetoilette. „Erik, ist alles in Ordnung?"

Karls Stimme zog Erik vom Schmerz weg und holte ihn zurück in die Gegenwart. Er öffnete die Tür. Man konnte sehen: Er hatte geweint, und war völlig aufgelöst. Karl nahm ihn in die Arme, und dann standen die beiden Männer da, bis Erik sich wieder beruhigt hatte und anfing, tief zu atmen. Er flüsterte:

„Lass uns gehen."

Wieder zurück im Wohnzimmer blieb Erik einen kurzen Moment vor der alten Truhe stehen. Es schien, als stünde er vor einem Sarg und verabschiede sich von seinem Peiniger. Dann blickte auf zu der kleinen Runde Trauergäste um den Tisch und von dort zu seinem älteren Bruder, der aufgestanden war und dessen nervöse Augen ihn ängstlich anschauten. Die Gäste hatten die Gespräche unterbrochen. Im Wohnzimmer herrschte angespannte Stille. Fest blickte Erik auf seinen Bruder. Er sagte langsam:

„Ich kann nicht ... vergeben. Und es tut mir leid für dich, und auch für Papa."

Der Bruder stand da, starr wie eine Salzsäule, ohne ein Wort zu sagen. Erik drehte sich um, ging zum Ausgang. Karl nickte in die Runde, sagte höflich:

„Auf Wiedersehen, und danke für Kaffee und Kuchen." Er folgte seinem Mann hinaus ins Freie.

Auf dem Weg zum Gasthof, wo sie übernachten wollten, saß Karl auf dem Beifahrersitz und ließ die kahle jütländische

Landschaft vorbeiziehen. Die Sonne bahnte sich ihren Weg durch die Wolken und hinter den verstreut liegenden Höfen erschienen Stücke mit blauem Himmel. Im Auto herrschte Stille. Karl versuchte, das Gespräch in Gang zu bringen.

„Dein Bruder sah ziemlich mitgenommen aus, findest du nicht?"

„Ja, du hast recht. Ich hatte damit gerechnet, dass er als Angehöriger in der Kirche in der ersten Reihe sitzt. Sonst hätte ich ihn nicht wiedererkannt – nach so vielen Jahren."

„Er sieht aus wie jemand, der sich selbst nicht besonders gut behandelt", beeilte sich Karl zu sagen, um Erik dazu zu bringen, mehr über seine Gefühle zu sprechen.

„Ja, das tut er. Ich war ehrlich gesagt entsetzt und auch ein bisschen angewidert …"

Karl war erleichtert, Erik zum Reden zu bringen. Manchmal war das schwer, besonders wenn ihm etwas auf der Seele lag.

„Wurdest du traurig, als du ihn sahst?"

„Vielleicht, ich weiß nicht, eher angewidert. Und ganz tief in meinem Inneren dachte ich: Du hast es nicht besser verdient." Erik schaute Karl für einen kurzen Moment mit einem Ausdruck an, der sowohl Schmerz als auch Wut verriet, und als er wieder nach vorn auf die Straße blickte, sagte er: „Aber der Albtraum ist jetzt vorbei."

Eine Stunde später rief die Hotelrezeption an und kündigte einen Gast an.

„Danke. Schicken Sie ihn hoch", sagte Erik und legte den Hörer auf das altmodische Telefon. Karl sah ihn fragend an:

„Wer kommt?"

„Es ist der alte Børge, der unten im Hafen immer bei seinem Boot gewesen ist. Børge war damals alt, aber jetzt sieht er aus wie ein Greis. Er ist immer gut zu mir gewesen. Er ist der mit dem Buckel, der auch dir die Hand gegeben hat, als wir vor der Kirche standen."

Es klopfte an der Tür, und auf Eriks Aufforderung trat der weißhaarige Mann ein. Er war vom Treppensteigen außer Atem.

23

„Hallo Børge! Wie schön dich zu sehen. Komm rein und setz dich!"

Da saß er nun, und nach einer kurzen Weile wandte er sich an Karl und sagte:

„Entschuldige, dass ich störe - ich darf doch du sagen, ja? - aber es gibt ein paar Dinge, die ich Dir erzählen möchte, wenn Du erlaubst: Ich habe Eriks Vater mein ganzes Leben lang gekannt. Als Kinder haben wir zusammen gespielt und sind auf dieselbe Schule gegangen. Und als ich mir lange Zeit später ein Holzboot und einen Bootsschuppen unten am Hafen zulegte, kam Erik gelegentlich vorbei, setzte sich und schaute mir beim Arbeiten zu. Ich kannte also nicht nur seinen Vater, sondern kenne auch Erik von Kindesbeinen an."

Nun wandte sich Børge an Erik:

„Mein Lieber. Ich freue mich dich zu sehen. Ich weiß, das hier ist schwer für dich, aber ich möchte dir ein paar Dinge sagen. Dein Vater hatte schon als kleiner Junge ein hitziges Temperament und hat die anderen Kinder oft geschlagen. Das hatte er von seinem Vater, deinem Großvater, gelernt. Der trank nämlich, und wenn er betrunken war, wurde dein Vater oft grundlos mit dem Lederriemen ausgepeitscht oder im Kriechkeller unter dem Küchenboden eingesperrt. Es war pure Lust an der Gewalt, die deinen Großvater trieb. Er war wirklich gemein zu deinem Vater. Und so hat deine Familie auch immer alle Konflikte gelöst: Man griff diejenigen an, die schwächer waren als man selbst.

Børge bat um ein Glas Wasser. Er musste innehalten und tief durchatmen. Man konnte sehen, wie schwer es für ihn war, über diese Dinge zu sprechen. Karl holte ihm Wasser, Børge nahm das Glas mit seinen alten krummen Händen entgegen, die, wie man sah, ein sehr langes Leben lang hart gearbeitet hatten. Er nahm einen Schluck und fuhr dann fort:

„Eines Tages im Spätsommer – wir waren wohl gerade in der Pubertät – ging ich in der Nachmittagssonne die Landstraße entlang zum Hof von Bauer Nielsen um Milch und Eier zu holen, und da hörte ich nicht weit von mir ein Rascheln im Maisfeld. Neugierig und vorsichtig ging ich dem Geräusch nach. Durch die Maispflanzen konnte ich sehen, dass dein Vater und ein anderer Junge mit heruntergelassenen Hosen im Feld lagen, sich gegenseitig untersuchten und küssten und ihre Körper streichelten, und beide waren erregt und wussten nicht, was sie mit ihrer Lust und Begierde anfangen sollten. Plötzlich erblickte mich dein Vater. Ich erschrak und lief los. Er stieß den anderen Jungen weg, sprang auf, zog seine Hose hoch und rannte hinter mir her. Er holte mich ein, bevor ich den Weg erreichte. Er warf sich auf mich, ich fiel hin, er hielt mich auf dem Boden fest. Wir waren beide außer Atem. Ich sah in seinen Augen eine Härte, wie ich sie noch nie zuvor oder danach in Augen gesehen hatte. Er hielt seine Hände um meinen Hals und flüsterte dann: 'Wenn du jemals jemandem davon erzählst, dann schlage – ich – dich – tot. Hast du das verstanden?'

Ich hatte unsagbare Angst, weil ich wusste, dass er seine Drohung wahr machen würde. Ich stammelte: 'Ich sag's niemandem. Ich schwöre!' Dann ließ er mich frei. Und ich habe mein Versprechen gehalten – bis heute."

Erik hatte aufmerksam zugehört. Jetzt stand er auf, stellte sich ans Fenster und starrte in Gedanken versunken über den Limfjord und auf die Brücke nach Mors. Ein paar Autos fuhren am Hotel vorbei. Drei Jungen in Kapuzenpullovern und weiten Hosen gingen in Richtung Brücke. Einer hatte einen Fußball, warf ihn regelmäßig auf den Asphalt und fing ihn wieder auf.

Der alte Mann schaute Erik an, trank etwas Wasser und fuhr fort:

„Ich kannte den Jungen nicht, mit dem ich deinen Vater damals im Maisfeld gesehen hatte. Er musste aus einem anderen Dorf stammen. In den folgenden Jahren entwickelte sich dein Vater zu einem echten Tyrannen. Die Lehrer konnten ihn nicht bändigen, und er terrorisierte die anderen Schüler in der Klasse. Jeder hatte Angst vor ihm. Er herrschte über die anderen Jungen teils durch Drohungen, teils durch Anerkennung. Auf diese Weise war es für ihn ein Leichtes, sie dazu zu bringen, das zu tun, was er wollte. Seltsamerweise ließ er mich in Ruhe. Im Laufe der Jahre entwickelte dein Vater einen immer

25

größeren Hass auf Schwule. Er benutzte das Wort *schwul* häufig und abfällig gegen Andere, und Jedem, der sich auch nur andeutungsweise seinem Willen widersetzte, spuckte er aus reiner Verachtung ins Gesicht. Ja, so war dein Vater.

Soweit ich weiß, war deine Mutter, die ich eigentlich nicht sehr gut kannte, von beiden Familien gedrängt worden, ihn zu heiraten, weil sie ein Kind erwartete. Nachdem dein Bruder geboren wurde, ging die Tyrannei deines Vaters weiter. Die Leute im Dorf sagten, er habe den kleinen Jungen streng und mit vielen Schlägen erzogen, wahrscheinlich weil er wollte, dass dein Bruder genauso ‚männlich‘ und ‚stark‘ wurde, wie er sich selbst sah. Dein Bruder hat versucht, den Erwartungen deines Vaters gerecht zu werden, aber an dieser Kindheit voller Schlägen, Tritten und Schmähungen ist er später zerbrochen. Nachdem du geboren warst, wurde er dir gegenüber immer gröber und gewalttätiger um Anerkennung und Respekt von deinem Vater zu bekommen. Tief im Inneren glaube ich, dass dein Bruder ein guter und sanfter Junge war; im Grunde genommen viel zu sensibel, um in diesem rohen Zuhause aufzuwachsen.“

Karl war erschüttert über den Bericht des alten Mannes. Er sah zu Erik hinüber, der nun für einen kurzen Moment sein Gesicht in den Händen verbarg.

„Später, als du ein Teenager geworden warst, bist du oft zum Hafen in meine Werkstatt im Bootshaus gekommen. Ich konnte dir ansehen, dass es dir schwerfiel. Es war schwierig, dich zum Reden zu bringen, und ich glaube, das lag daran, dass dein Vater und dein Bruder dir gedroht hatten, solltest du irgendjemandem davon erzählen, wie sie dich behandelten.

Eines Tages kamst du vorbei und halfst mir, Schiffsplanken abzuschleifen. Es war ein sehr heißer Sommertag und du hast dich voller Eifer in die Arbeit gestürzt. Nach einer Weile zogst du dein verschwitztes T-Shirt aus, und da konnte ich sehen, dass du an manchen Stellen am Körper blaue Flecken und sogar Wunden und Narben hattest. Ich fragte dich, ob sie dich schlagen würden, aber du sahst mich nur mit traurigen Augen an und sagtest kein Wort.

Nun wandte sich Børge wieder an Karl:

„Ich bin froh, dass Erik dich gefunden hat. Sehr froh. Und du kannst stolz auf ihn sein, denn es war Erik, der als erster den Mut hatte, den Teufelskreis dieser Familie zu brechen. Erik hat es schwer gehabt, aber er hat seinen Weg gefunden und ist ein starker Mann geworden. Als ich dich heute in die Kirche kommen sah, konnte ich sofort an dir erkennen, dass auch du auf deine Art stark bist. Ich war so glücklich, als ich gesehen habe, dass Erik einen guten Mann gefunden hat, mit dem er sein Leben teilen kann.

Der alte Børge erhob sich nur mit Mühe von seinem Stuhl. „Danke, dass ihr mir zugehört habt. Ich gehe jetzt besser. Ich bin müde, es war ein langer Tag." Er ging zu Erik, der immer noch am Fenster stand, sah ihm in die Augen, lächelte und strich ihm sanft über seinen Hinterkopf. Dann wandte er sich an Karl, schüttelte ihm die Hand, hielt sie einen Moment lang, und sagte:

„Sei gut zu ihm. Er hat es verdient."

Karl lächelte dankbar:

„Das werde ich, versprochen."

Als Børge gerade gehen wollte, sagte Erik:

„Warte…" Der alte Mann drehte sich in der Tür um. Erik flüsterte ihm fast zu:

„Danke!"

Ein Nicken und der Anflug eines Lächelns auf Børges Gesicht war die Antwort. Børge wusste sehr gut, dass sich hinter diesem einen Wort des schweigsamen, hünenhaften Mannes eine ganze Lebensgeschichte mit viel Schmerz, viel Traurigkeit, viel Wut, aber auch – und das war das Wichtigste – mit viel Liebe verbarg.

Beim Abendessen im Gasthausrestaurant entspannte sich Erik. Er wirkte erleichtert und erzählte Karl, dass er bei der Beerdigung nur wenige der Gäste aus seiner Kindheit wiedererkannt hatte. Aber natürlich hatte er Børge sofort auf der Kirchenbank entdeckt.

„Als Junge war ich oft traurig und ratlos. Und wenn es mir wirklich schlecht ging, bin ich einfach zu Børge in den Schuppen am Hafen gegangen. Da habe ich eine Brause bekommen, und er hatte immer ein paar Kekse, die ich essen durfte. Es war wie eine Atempause. Ich musste nicht reden, wenn ich mit ihm zusammen war. Ich war immer willkommen, und er hat mich immer so genommen, wie ich war."

Er nahm einen Schluck von seinem Bier und fuhr fort:

„Nach dem, was Børge heute erzählt hat, ergibt alles für mich jetzt mehr Sinn. Vielleicht hat er recht: Mein Bruder ist wahrscheinlich nicht nur der Teufel, für den ich ihn gehalten habe. Ich habe ihm angesehen, dass er immer noch gegen sich selber kämpft in seinem verkorksten Leben, das die Generationen vor uns auf dem Gewissen haben. Aber damit muss er selbst klarkommen. Ich kann ihm nicht helfen."

Eriks Worte klangen, als ob ihm eine schwere Last von den Schultern gefallen sei. Ein langer Kampf war gewonnen. Er sagte:

„Wie froh ich bin, dass Børge gekommen ist! Und dass ich überhaupt hierher nach Thy zurückgekehrt bin." Karl nahm Eriks Hand und streichelte sie. Dann gab er dem Kellner ein Zeichen und bestellte Sekt.

Als er später im Hotelbett lag, sah er Erik im Badezimmer aus der Dusche kommen. Erik drehte sich zum Spiegel und begann, sich die Zähne zu putzen, und vom Bett aus sah es so aus, als seien die Narben auf seinem Rücken heute Abend weniger deutlich als sonst.

Roadtrain

Die lange, verdammte Straße. Das fucking endlose australische Outback. Stundenlang, tagelang. Der Job als Truckfahrer… ätzend.

Die Anhänger meines Roadtrains schlingern manchmal, wenn ich zu müde werde, weil die Nacht schwarz und unendlich ist; Die Sterne und der Lichtkegel der Scheinwerfer und der Suchscheinwerfer sind die einzigen Haltepunkte für meine Augen. Die am Tage rote Erde des Outbacks ist nachts grau, die mannshohen Termitenhügel am Straßenrand fliegen vorbei, und dann sind da noch die superdummen Kängurus… Das Einzige, was mich bei Laune hält, ist, wenn ich Kängurus von der Strecke fege. Die sind ja auch einfach nur zu dämlich; wenn ich komme und sie der Lichtschein erfasst, laufen sie verwirrt herum anstatt zu fliehen. Ich kann meinen Riesenlastwagen auf kürzerer Strecke fast nicht bremsen, ich kann nicht ausweichen, aber das kapieren sie nicht. Wenn ich sie weggeputzt hab, dann gibt's ein Festessen für die Aasgeier.

Ich hab' keinen Bock mehr. Alle gehen mir auf die Nerven, ich hab's so satt. Meine andauernd keifende Frau, die ständig schreiende Göre, meine dümmlichen Truckfahrer-Kollegen mit ihren platten Witzen, und Brett, mein alter Kumpel, mit dem ich gelegentlich in die Bar gehe und trinke und rauche. Ich fühle mich so leer, merke einen Kloß im Hals, und jetzt fange ich wieder an zu heulen.

Letzter Stopp war Alice Springs. Ich hatte in der Bar im Colonial Hotel gesessen und mich so einsam gefühlt, dass ich kaum atmen konnte. Wenn nur einer der anderen Bargäste mit mir gesprochen hätte, wäre es vielleicht nicht passiert… Aber am anderen Ende des Tresens saß nur ein Paar, Frau und Mann, und die sprachen Gebärdensprache miteinander. Und an einem der Tische saßen ein paar Trinker. Die redeten laut dummes Zeug mit wichtigtuerischen Minen und großspurigen Armbewegungen.

Ich wusste, dass es nicht gut war, was ich vorhatte, und was passieren würde, aber es hatte sich in meinem Kopf festgesetzt, und ich konnte es nicht mehr loswerden. Ein unsichtbarer Sog zog an mir, und der war stärker als ich. Ich musste mir Mut antrinken, die Scham mit ein paar Bier herunterspülen, und hoffte, sie würde dann verschwinden. Irgendwann nahm ich mich zusammen, machte John, dem Barkeeper, ein Zeichen. Er kam rüber zu mir ans Ende der Bar, ich war nervös, versicherte mich, dass mich außer ihm niemand hören konnte, beugte mich vor und fragte vorsichtig:

"John, sag mal, der kleine malaiische Junge vom letzten Mal, du weißt schon, der mit dem Sarong, ist er im Haus? Könntest du mal rauskriegen, ob er frei ist?"

Ich steckte ihm einen Geldschein zu. John nickte diskret. Das Paar mit der Gebärdensprache glotzte herüber. Ich wandte mich ab und ging.

Im Hotelzimmer sorgte der Deckenventilator für eine fast unmerkliche, kühlende Brise. Ich lag nackt auf dem Bett, wartete und schaute an mir selbst herab. Meine Brust hob und senkte sich. Mein Nabel saß tief in meinem Bauch. Mein Schwanz lag schwer und schlaff da, das würde auch so bleiben, den kenne ich nur zu gut. Mein schwerer, behaarter Männerkörper war seit Ewigkeiten von niemandem außer mir selbst berührt worden, aber sich selbst zu berühren ist etwas anderes.

Es dauerte ewig, bis es an meiner Hotelzimmertür klopfte. Ich stand auf, schlug ein Handtuch um meine Hüften, und dann öffnete ich die Tür. Der Junge stand da, grüßte mit einem Lächeln, kam hinein ins Zimmer. Ich schloss leise die Tür. Er kannte mich ja schon vom letzten Mal. Er war jetzt nicht mehr so schüchtern, und er wusste, was ich wollte. Er zog sein T-Shirt aus und öffnete dann seinen Sarong, langsam und mit herausforderndem Blick. Mein Herz klopfte: der zarte Mund mit den vollen Lippen, die magischen Augen, der kleine, aber markante, muskulöse, haarlose Körper.

Der Junge zog mir das Handtuch von den Hüften, nahm meine Hand in seine und zog mich aufs Bett. Und während ich da lag, fing er an, ganz sanft meine Schläfen zu massieren. Ich schloss meine Augen. Nach einer Weile legte er sich dicht an mich, seine Wärme erregte mich, dann spürte ich seine weichen Lippen ganz nah an meinen. Es dauerte eine Zeitlang, bis ich mich hingeben und meinen Mund öffnen konnte, seine Zunge fand meine, begann mit ihr zu spielen. Ein seltenes Glücksgefühl durchströmte mich, ich versuchte es festzuhalten, der Rest meiner Welt verschwand im Nebel, ich war nur hier in diesem einen Augenblick, mein Körper, meine Sinne und meine Seele schmolzen zusammen. Der Junge streichelte meine Brust, meinen Bauch, meine Beine. Er tat es so sanft, so zart, so zärtlich, dass ich vor Wohlbefinden, vor Erregung zu zittern begann, mein Atem ging schnell, meine Haut wurde so empfindlich, dass die sanften Berührungen des Jungen Schauerwellen durch meinen ganzen Körper jagten, und irgendwo in der Ferne hörte ich meine eigenen, leisen, stockenden und fast keuchenden Atemgeräusche.

Plötzlich kamen die Tränen. Sie bahnten sich ihren Weg, ich konnte nichts dagegen tun. Ich begann, ganz still und kaum merkbar zu schluchzen, konnte fühlen, wie die kleinen, weichen Lippen des Jungen die Tränen von meinen Augen wegküssten, und ich glaube, in diesem Moment spürte ich die größte Nähe, die ich jemals mit einem anderen Menschen erlebt habe.

Gleich bin ich in Mount Isa, der verdammten Scheißstadt in der Wüste. Ich werde dort schlafen und mir vielleicht vorher einen runterholen. Dabei werde ich nicht an den malaiischen Jungen denken, sondern mir irgendwelche gleichgültigen Pornofilme anschauen. Aber froh sein werde ich nicht.

Sergeant Duncan von der Mt. Isa Polizeistation lehnt am Ortseingangsschild. Er schaut durch sein Nachtsicht-Fernglas. „Da kommt das Schwein", sagt er zu seinem Kollegen.

Im Rampenlicht

„Liebe Leute, ich muss euch leider mitteilen, dass Brigitte krank ist."

Der Theaterdirektor sieht in die bestürzten Gesichter seiner Angestellten. Jeder weiß, was das bedeutet: Brigitte ist Julia in Romeo und Julia. Morgen. Für sie gibt es keinen Ersatz. Es ist nämlich Brigitte, die das Publikum ins Theater zieht und die gesamte Aufführung trägt.

„Gibt es nicht jemand anderen, der Julia spielen kann?" fragt Sophie.

Der Theaterregisseur sieht, wie einige den Kopf schütteln, andere mit den Augen rollen, da wird geflüstert und getuschelt in der kleinen Gruppe von Schauspielern.

„Ich schlage vor", sagt Sophie, „dass ..." – jetzt hält sie inne und wartet eine Sekunde, bis alle die Aufmerksamkeit auf sie gerichtet haben – „... dass Nikolaj Julia spielt! Nikolaj kennt die Rolle auswendig, und dann müssen wir anderen eben ohne Souffleur klarkommen!"

Auf der Probenbühne herrscht Erstaunen und zunächst Stille.

„Wie soll denn das gehen?!" Carla ist offensichtlich genervt.

„Na, das ist ja ein super Vorschlag..." Birger ist wie üblich ironisch und hebt die eine Augenbraue.

„Sophie, du bist verrückt!" kommentiert Nina.

Langsam wandern die Augen zu mir. Man muss dazu sagen, dass ich ein gut zwei Meter großer, dünner Typ bin, der ganz hinten in der Gruppe steht. Ich spüre, wie ich langsam rot werde. Mein Gehirn arbeitet auf Hochtouren. Würde ich Julia spielen können?

Ist das die Chance meines Lebens? Ich war immer im Hintergrund. Im Alter von 10 Jahren begann ich als Statist beim Theater, wuchs aber so schnell, dass ich schon nach kurzer Zeit zu lang wurde und auf der Bühne nicht mehr einsetzbar war. Aus meiner Schauspielerkarriere wurde wohl nichts, aber der Traum blieb. Später, als Teenager, fing ich an, im Theater Handlangerarbeiten zu erledigen. Vor den Aufführungen und zwischen den Auftritten half ich den Bühnenarbeitern, verschob Wände, trug Requisiten oder half den Schauspielern, sich auf die Abende vorzubereiten. Unabhängig davon, was genau ich machte, war ich doch immer froh, Teil des Theaters zu sein. Als ich mich dann trotzdem an der Schauspielschule bewarb, wurde mir gesagt, dass meine Größe und mein markantes Gesicht mich ungeeignet machten. Ich würde es in dem Beruf schwer haben, sagten sie. Ob ich nicht stattdessen Souffleur werden sollte? Aber wie sehr habe ich mir mein ganzes Leben lang gewünscht, auf der Bühne stehen! Ich wollte immer schon in goldbrokatschweren Theaterkostümen und langen historischen Gewändern herumlaufen, dramatische Dialoge führen, bewegende Gefühle nur durch Andeutungen in der Mimik ausdrücken und nicht zuletzt: stehende Ovationen erhalten – ich wäre ein erstklassiger Schauspieler.

Aber es kam anders, ich wurde Souffleur.

Und jetzt bin ich plötzlich in der Situation, dass Brigitte krank ist und die Rolle der Julia für morgen Abend besetzt werden muss. Stell dir vor: Eine Hauptrolle! Für mich!

Man kann mir wahrscheinlich ansehen, wie das Adrenalin durch meinen Körper strömt. Ich kenne das Stück und den Text auswendig, jede Bewegung der Julia habe ich im Gedächtnis. Meine Augen funkeln vor Aufregung. Ich vergesse völlig meine Größe, mein Geschlecht und meinen Körper, nehme allen Mut zusammen und sage – und ich meine es ernst! -: „Ja klar kann ich Julia spielen, warum nicht?"

Plötzlich brechen alle Anwesenden in Gelächter aus. Sofort wandelt sich die deprimierte Stimmung in eine Orgie ungezähmten Spaßes. Auch Sophie, die den Vorschlag gemacht hat, kann sich kaum wieder einkriegen; Sie lacht und lacht und lacht, und nun kommt sie auf mich zu, klopft mir auf die Schulter und sieht mich mit Lachtränen in den Augen an: „Nikolaj, das war ein JOKE!"

Auch der sonst eher nervöse und angespannte Theaterregisseur schlägt sich vor Lachen auf die Schenkel. Er schnaubt und ruft: "... Hahaha, und was wird das Nächste? Sollen wir Lise aus der Garderobe fragen, ob sie Romeo spielen will?!? Dann ist uns der Spaltenplatz in den Zeitungen auf jeden Fall gesichert!" Er muss sich auf einen Klappstuhl setzen, so außer Atem ist er vor Lachen.

Ich stehe da wie ein siebenjähriger Junge, der vor der ganzen Klasse in die Hose gemacht hat. Sophie fragt, ob ich keinen Sinn für Humor habe.

„Komm schon, nimm's nicht so ernst!"

Mein Versuch zu lächeln scheitert. Ich fühle mich bis auf die Knochen blamiert. Es bleibt nichts anderes übrig, als zu warten, bis die Situation vorüber ist. Nach einer Weile beruhigt sich die Truppe wieder, nur ein paar kurze Lachausbrüche gibt es noch, doch auch sie verstummen mit der Zeit. Der Theaterdirektor sagt, dass wir uns jetzt darauf einstellen müssen, dass die Vorstellung morgen und vielleicht auch in den nächsten Tagen abgesagt wird. Aber die Proben gehen weiter, und jetzt beginnen wir mit den Szenen, in denen Brigittes Rolle nicht vorkommt.

In einer kleinen Probenpause trage ich zusammen mit einem Kollegen eine Leiter von der Bühne in den Backstage-Bereich. Ich höre einen der Bühnenbildner hinter mir rufen: „Hallo, Julia!" und als ich mich nach ihm umdrehe und ihn böse anstarre, macht er mit seinem normalerweise ziemlich übelriechenden Mund anzügliche Kussbewegungen. Die anderen Bühnenarbeiter brechen erneut in Gelächter aus. Ich werde wütend, weiß aber nicht, was ich sagen soll. Sophie hat alles gehört; Sie kommt von der Bühne nach hinten und sagt streng zu allen gewandt: „Jetzt lasst ihn in Ruhe!" Sie merkt offenbar, dass mich ihr Witz hart getroffen hat. Und das hat er.

Nach den Proben will ich nichts anderes, als schnell nach Hause kommen und mich in meinem Zimmer einschließen. Ich bin so frustriert über meinen Körper, mein Leben. Und: ich wäre viel lieber jemand anderes. Zum Beispiel ein zartes Mädchen oder ein Prinz, der von Geburt an alles geschenkt bekommen hat. Zuhause in meiner Wohngemeinschaft angekommen, grüße ich vom Eingang aus kurz in die Küche, wo reges Treiben herrscht. Drei meiner fünf Mitbewohner sind mit Kochen beschäftigt: Henry schält Kartoffeln, Olivia steht am Herd und rührt in dampfenden Töpfen und Pfannen. Claus deckt den Tisch und begrüßt mich:

„Hallo Nikolaj! Das Essen ist in einer halben Stunde fertig, heute wird es richtig lecker. Wir haben heute Abend auch einen Gast, Olivias Tante…"

Meine Mitbewohner sind die besten Menschen in der ganzen Welt. Wenn sie nicht da gewesen wären, hätte ich mich in der Zeit, in der ich hier gewohnt habe, oft völlig verloren gefühlt. Zu Hause kann ich sein, wie ich bin: In den ausgefallensten Klamotten herumlaufen, hochhackige Schuhe anziehen oder das raffinierteste Make-up auftragen, alles ist in Ordnung, gehört zu mir – und ja, ich bin ein großes Spielkalb, obwohl ich schon 23 Jahre alt bin. Ich glaube nicht, dass die Leute im Theater diesen Teil von mir kennen. Aber an meine weichen Bewegungen in Kombination mit dem langen, dünnen Körper hat sich jeder gewöhnt, auch die Bühnenarbeiter.

Olivias Tante ist eine stattliche Person im Alter meiner Mutter. Das erste, was mir auffällt, ist das zweifellos megateure Kleid, das sie trägt. Und dann ihr tomatenroter Lippenstift und die dazu passenden Fingernägel. Ihr starkes, warmes Lächeln, mit dem sie mich begrüßt, beeindruckt mich.

„Hallo - mein Name ist Helena", stellt sie sich vor.

"Darf ich die Herrschaften zu Tisch bitten?" Olivia lacht und spielt übertrieben vornehm. Alle nehmen Platz, und gleich darauf gibt's munteres Geplauder und Gelächter, alle haben was beizutragen, jeder hat seinen Spaß, ich auch. Während wir essen, fühlt sich das Leben leicht und sorglos an. Die kleine, frohe Runde lässt mich meine Blamage auf der Arbeit für eine Weile vergessen.

Während über Olivias Elternhaus und unsere Wohngemeinschaft und den Garten gesprochen wird, spüre ich Tante Helenas Blick auf mir. Ich messe dem keine Bedeutung bei. Manchmal ziehe ich eben die Aufmerksamkeit der Leute auf mich, weil ich der leicht androgyne Typ Mann bin und es Leute gibt, die sich dadurch verwirren lassen. Nach dem Hauptgericht steht Helena auf und sagt beiläufig:

"Ich gehe mal kurz auf die Terrasse um eine zu rauchen."
Sie sieht mich an und fragt:

„Nikolaj, willst du vielleicht mitkommen?"

„Ja, gerne", sage ich, „aber ich rauche nicht."

Zufrieden mit der Antwort zwinkert sie mir zu und nickt einladend in Richtung Terrassentür.

Unter dem nächtlichen Sternenhimmel und im Licht der gemütlich erleuchteten Wohnzimmerfenster steht sie nun mit einer eleganten, sehr dünnen Zigarette in der Hand. Sie raucht, schaut nach oben zu den Sternen, dann zu mir, und sagt:

„Bist du schon mal als Model bei einer Modenschau auf dem Laufsteg gewesen?"

„Ähh, nein."

"Hättest du Lust dazu?"

Sie nimmt einen weiteren Zug, inhaliert und beim Ausatmen legt sich der Rauch mit spielerischer Leichtigkeit wie ein Schleier vor das Mondlicht. Ich versuche, mir nichts anmerken zu lassen, aber tief in meinem Inneren bin ich gespannt wie ein Flitzbogen.

"Ja, klar! Große Lust sogar!"

Dann fährt sie fort:

„Ich glaube, ich habe mich nicht richtig vorgestellt: Ich bin Booker in einem Modemanagement-Unternehmen, und wir haben gerade einen Großauftrag von Yves Saint Laurent bekommen. Ich dachte, du würdest gut in unsere Gruppe von Models passen. Du hast ein wunderschönes und sehr besonderes Gesicht, du hast den schlanken Körper mit guten Proportionen, die man in dem Metier braucht, und du hast eine ganz besondere Präsenz in der Art und Weise, wie du mit Menschen umgehst. Wenn du willst, lass uns ein Fotoshooting machen."

Ich bestätige mit einem vorsichtigen Lächeln und einem geflüsterten und fast unhörbaren „Ja!"

Helena lächelt wieder. Und jetzt fröstelt sie und zieht die Schultern hoch:

„Es ist ein bisschen kalt hier draußen, lass uns wieder reingehen."

Das Gespräch am Tisch geht locker und fröhlich weiter, bis die ersten in ihre Zimmer gehen. Heute Abend bin ich mit Olivia im Abwaschteam. Helena sitzt mit elegant übereinander geschlagenen Beinen im Sessel, hält ein Sektglas in der Hand und schaut uns bei unserer Arbeit zu. Mein Blick streift den ihren, und sie zwinkert mir zufrieden zu. Dann leert sie ihr Glas, bevor sie aufsteht und sagt:

„Ich gehe jetzt besser nach Hause. Danke für den schönen Abend!"

In der Diele nimmt sie ihre Handtasche von der Garderobe, findet darin eine Visitenkarte und gibt sie mir.

„Ruf mich morgen an, und wir verabreden was." Olivia bekommt Wangenküsschen, und ich auch.

„Du sollst Tante Helena morgen anrufen? Warum?" fragt Olivia, als wir wieder in der Küche stehen und die letzten Töpfe spülen.

„Ich werde *nicht* die Julia spielen", antworte ich, „ich hab' was Besseres gefunden", und strahle triumphierend übers ganze Gesicht.

Audrey Hepburn spiegelverkehrt

Ich wurde am 1. Januar geboren. Ein echt nerviges Datum.

Der Neujahrstag beginnt normalerweise um Mitternacht damit, dass alle "Prost Neujahr!" rufen und mit Sektgläsern anstoßen und runter auf die Straße laufen, um das Feuerwerk zu sehen, und dagegen ist ja auch nichts einzuwenden. Doch wenn sie danach wieder in die Wohnung zurückkommen und ich an der Reihe wäre, gefeiert zu werden, sind die meisten von ihnen schon ziemlich angesäuselt und haben meinen Geburtstag vergessen, bis es einem von ihnen vielleicht wieder einfällt. Den Rest der Nacht verbringen die Leute damit, sich noch weiter volllaufen zu lassen und den Tag drauf damit, ihren Kater auszuschlafen. Der 1. Januar ist ein Datum, das einfach nur überstanden werden muss.

Meine Mutter hingegen liebte Silvesterpartys. Sie war hübsch, immer gut gekleidet und hatte im Grunde kein Interesse an Kindern. Und letzteres wurde auch dadurch nicht besser, dass ihr Fest 1960 dadurch verdorben wurde, dass sie wenige Stunden nach Mitternacht plötzlich ihr Kind zur Welt bringen musste. Das erste, was sie von mir sah, war, dass ich einen Klumpfuß und eine verkrüppelte rechte Hand hatte, als eine Hebamme mich ihr, verschwitzt und müde wie sie naturgegebenermaßen war, im Entbindungsbett auf die Brust legte.

„Oh nein", sagte sie und verdrehte die Augen.

Ich war genauso nervig wie jedes andere Kleinkind. Ich hatte dauernd Hunger, schiss in die Windeln und – und das war wahrscheinlich das Schlimmste – ich schrie. Aber meine Mutter war nicht wie alle anderen Mütter: Sie saß da auf dem Sofa in unserer noblen Arztwohnung im guten Viertel der Stadt. Wenn ich schrie, musste sie nur noch eben die Zigarette fertig rauchen, das Telefongespräch beenden oder den Nagellack trocknen lassen, bevor sie mit angespannter Miene aufstand, um sich um „den Kleinen" zu kümmern. Kein Zweifel, sie sah extrem gut aus: Hohe Frisur. Audrey Hepburn-Kleid. Leuchtend rote Fingernägel. Stöckelschuhe. Zigarette in der

Hand. Dame von Kopf bis Fuß. Wenn da eben nicht das schreiende Etwas wäre, das sie dazu zwang, Fürsorglichkeit zu zeigen, obwohl die ihr ja eigentlich total abging.

Sobald ich die Flasche bekommen hatte, sobald meine Windeln gewechselt waren und ich Ruhe gab, sah meine Mutter wieder aus wie ein Mannequin kurz vor dem Auftritt. Auf der Couch im Wohnzimmer war sie ein Star ohne Publikum.

Sie überzeugte meinen Vater schnell davon, dass wir ein Kindermädchen brauchten, erstmal nur für ein paar Stunden am Tag. Die Arbeit mit dem Kind wachse ihr über den Kopf, sagte sie. Der kleine Klumpfußindianer (mein Vater hatte ihr verboten, so über mich zu reden) sollte unter keinen Umständen mitkommen auf ihre Einkaufstouren. Was würden die Leute sagen? Die Kindermädchen wechselten häufig: Entweder waren sie unfähig oder ungeeignet oder faul, oder sie wurden schwanger oder heirateten. Auf jeden Fall hatte meine Mutter immer irgendwas an ihnen auszusetzen. Sie erfüllte ihre Mutterrolle nur in dem Maße, wie es absolut nötig war, aber auch nicht mehr.

Meine kleine Schwester wurde drei Jahre nach mir geboren. Sie nannten sie Pamela. Normalerweise sind dreijährige Jungen wie ich eifersüchtig auf ihre neugeborenen kleinen Schwestern, aber bei uns war das nicht so. Pamela lenkte die Aufmerksamkeit meiner Mutter nicht von mir ab. Es gab nämlich nicht viel Aufmerksamkeit, die man ablenken konnte. Also empfing ich das kleine Mädchen mit offenen Armen und einem ebenso offenen Herzen und sorgte dafür, dass sie sich in der neuen Welt willkommen fühlte.

Während Mama auf der Couch saß, kunstvoll rauchte, kritisch Schmollmünder in den Handspiegel warf, während sie sich die Augenbrauen zupfte oder stundenlang mit ihren Freundinnen telefonierte, war ich oft an Pamelas Bettchen, so verliebt in ihre neugierigen Babyaugen, und streichelte liebevoll ihre kleinen Pausbäckchen. Ich brachte ihr bei, nach meinem Zeigefinger zu greifen, ich zeigte ihr, wie man lacht und Schmatzgeräusche von sich gibt, ich wischte ihr den Schnodder von der Nase und ließ sie ein glückliches Gesichtchen machen, wenn ich sie an meinem in Honig eingetauchten Finger lutschen ließ. Von Anfang an waren wir beide für einander Anker, Stütze, Rückgrat.

Ich weiß nicht, wann es begann, dass meine elegante Mutter anfing, zum Mittagessen einen Bloody Mary als Aperitif zu trinken. Es stand ihr zweifellos. Manchmal mixte sie sich zum Nachtisch auch einen White Russian oder schenkte sich nach dem Kaffee einen Portwein ein. Die Tage in der stilvollen Wohnung zwischen anstrengendem Kindergeschrei und zunehmender Einsamkeit waren lang.

Ein paar Jahre später, wenn Vater abends aus der Praxis nach Hause kam, wollten Pamela und ich zur Tür rennen und ihn begrüßen. Aber oft ertönte es sofort aus der Küche: „Papa ist müde von der Arbeit, lasst ihn in Ruhe! Kommt her und deckt den Tisch!" Die Begrüßungen fielen kurz aus. Als meine Mutter einmal am Herd stand, sah ich, dass von ihrer Zigarette, die sie zwischen den Lippen hatte, versehentlich Asche direkt in die Suppe fiel. Sie verzog keine Miene und rührte um.

Eines Tages, ich war ungefähr 14 Jahre alt, fragte ich meine Mutter, ob ich mir eine Hose, die ich unten in der Fußgängerzone im Schaufenster gesehen hatte, kaufen dürfe. Mehrere in meiner Klasse hatten ähnliche Hosen. Meine Mutter schaute von ihrem Modemagazin auf, ließ ihren Blick an mir auf und ab gleiten, und nur einen Sekundenbruchteil zu lange blieb er an meinem Klumpfuß hängen, dann streifte er deutlich meine verkrüppelte Hand und von dort aus glitt er mit hochgezogener Augenbraue zurück ins Modemagazin. Sie sagte nichts. Ich bekam meine Hose, und natürlich musste sie wie immer umgenäht werden. Ich zog sie dann später nur selten an.

Es muss in der 12. Klasse gewesen sein, als ich mit Pamela in der Pause auf dem Schulhof stand. Sie liebte ihren großen Bruder sehr und erwähnte mich gegenüber ihren Freunden bei jeder Gelegenheit voller Stolz. In unserer Nähe standen Henrik aus meiner Parallelklasse und Morten, der eine Klasse über mir war. Es war allgemein bekannt, dass die beiden ein Liebespaar waren. An ihren Augen konnte ich erkennen, dass sie über uns sprachen. Plötzlich kam Henrik rüber zu uns.

„Habt Ihr Lust, was zusammen zu machen?"

Meine Augen begannen zu leuchten.

„Warum nicht?" sagte ich, und ich versuchte, mir nicht anmerken zu lassen, wie sehr ich mich freute. Pamela fragte: „Und was habt ihr euch da so vorgestellt?"

Henrik antwortete:

„Wir dachten, wir verkleiden uns!" Und an mich gerichtet: „Und du bist Holly Golightly!!!"

Ich wackelte mit meinem Hintern und schaute wie Audrey Hepburn in dem Film "Breakfast at Tiffany's", den wir natürlich alle kannten. Das muss ziemlich lustig ausgesehen haben, mit meinem Klumpfuß und dieser komischen Hand. Aber Henrik gab mir einen munteren Klaps auf den Hintern, und Pamela und Morten warfen mir Kusshände zu, und dann brachen wir alle in Lachen aus.

„Let's do it! Morgen!"

Am nächsten Abend trafen wir uns bei Morten. Er war erst 19 Jahre alt, lebte aber bereits alleine in einer winzigen Ein-Zimmer-Wohnung mit Klo unterm Dach. Er war zu Hause rausgeflogen, nachdem jemand seinem Vater gesteckt hatte, dass er mit Jungen ging. Morten hatte zwei Matratzen und einen Flokati und Räucherstäbchen. Wir tranken Tee. Sein Plattenspieler spielte Bohemian Rhapsody. Sofort betrat Pamela die Bühne, schnappte sich eine Banane als imaginäres Mikrofon und startete eine Show, in der sie Freddie Mercury war. Ich zog eines von Mutters ausrangierten Kleidern an, das ich zu Hause in einer Kiste auf dem Dachboden gefunden hatte. Es passte mir überraschend gut und ich fand mich ausgesprochen sexy. Henrik tanzte wie Michael Jackson und Morten holte eine riesige Brille aus der Kommode und sah damit aus wie Elton John. Wir tanzten die halbe Nacht. Manchmal hielten wir uns alle vier an den Händen…

Wie Segelflieger schwebten Pamela und ich spät am Abend nach Hause. Wir hatten unsere Familie gefunden.

Morten, Henrik, Pamela und ich zogen zusammen, als Pamela 17 wurde. Pamela fragte Mutter:

41

"Wir wollen ausziehen, wäre das ok?" Mutter antwortete ein wenig abfällig, ohne die Zigarette aus dem Mund zu nehmen:

„Macht was ihr wollt."

Vater hatte sich eine Geliebte zugelegt, deshalb tauchte er nur selten zuhause auf, und wir fragten ihn erst gar nicht nach seiner Zustimmung.

Unser neues Zuhause war ein nicht sehr sauberes, aber stilvolles Durcheinander. Wir malten üppige, farbenfrohe Gemälde direkt auf die Wände. Wir vier liefen in stark geblümten Gewändern, in hochhackigen Pumps (ich nur einen) und oft mit ziemlich dick aufgetragener Schminke herum. Pamela ging nie aus dem Haus ohne Blume im Haar und Mortens Elton-John-Brille auf der Nase. Das Leben wurde zum Spiel. Nachts krochen wir manchmal zusammen in Mortens und Henriks Bett wie kleine Welpen in ihrem Körbchen. Unsere Zerbrechlichkeit war gleichzeitig unsere Stärke. Wir unterstützten und trösteten uns gegenseitig, und den Rest der Zeit lachten wir über uns selbst und die Welt. Wie viele meterlange Schals habe ich in dieser Zeit gestrickt, wie oft haben wir die Wohnung umdekoriert, wie viele Abende haben wir vier einfach zusammen getanzt und die Freiheit gefeiert...

In der ersten Zeit, nachdem Pamela und ich weggezogen waren, besuchte ich ab und zu unsere Mutter. Jedes Mal, wenn sie mir die Tür öffnete, sah ich sofort, dass sie angetrunken war. Ihr Make-up wurde mit der Zeit immer schriller, ihre Sprache wurde schleppender, sie saß immer nur rauchend da und schimpfte über meinen Vater und versuchte mich davon zu überzeugen, dass sie seit Monaten nichts mehr getrunken hatte. Sie verschwand in ihrem eigenen immer kleiner werdenden Universum. Irgendwann hörte ich auf, sie zu besuchen. Mein eigenes Leben bedeutete immer mehr, und Gedanken an meine Mutter und mein Elternhaus traten in den Hintergrund. Aber hatte ich eigentlich damit meinen Frieden gefunden?

Nun waren weitere Jahre vergangen, ich war schon über 30. An einem Silvesterabend wurde ich zu einer Party bei Freunden eingeladen, die im achten Stockwerk in einem Hochhaus in einem anderen Teil der Stadt stattfinden sollte. Der Weg dorthin führte durch das Viertel, in dem sich mein Elternhaus befand. Da ich noch Zeit hatte, machte ich den kleinen Umweg und hielt vor dem Gebäude an, in dem ich aufgewachsen war. Ich musste mich zusammennehmen. Jetzt oder nie.

Ich stellte mein Fahrrad auf dem Bürgersteig ab und ging zur Haustür. Da stand immer noch unser Name. Ich drückte auf die Klingel. Nichts. Ich klingelte nochmal. Niemand öffnete. Wo könnte sie sein? Ich schaute die Straße hinunter, wo sich, obwohl es erst früher Abend war, bereits einige kleine Gruppen junger Leute befanden, die mit Feuerwerkskörpern spielten. Mein Blick fiel auf die alte Eckkneipe schräg gegenüber. Vielleicht war sie da...?

Und tatsächlich: Schon von draußen konnte ich durch die Bleiglasfenster schemenhaft meine Mutter auf einem Barhocker an der Bar erkennen. Ich öffnete die Tür. Ein schaler Geruch aus abgestandenem Rauch und Bier schlug mir entgegen.

Sie war sehr dünn und trug ein abgetragenes Kleid, das ich noch aus alten Zeiten kannte. Sie starrte auf ihr Bier und nahm einen Zug an ihrer Zigarette. Ich machte die paar Schritte auf sie zu.

"Hallo Mama." Sie blickte nur langsam auf. Ihr Blick war wässrig, ihr Gesicht gerötet, ihre Stimme rauchig.

"Oh?!" Sie sagte. „Was will denn mein kleiner Klumpfußindianer hier?"

„Ich will nur sehen, wie es dir geht."

„Mir geht es gut. Und jetzt komm mir nicht noch mal den Silvesterabend verderben. Vielleicht solltest du einfach wieder Leine ziehen?"

Sie nahm einen weiteren Zug und starrte nun in Richtung der Flaschen auf dem verspiegelten Regal hinter der Bar. "Schau mich an!" forderte ich sie auf.

Sie zögerte, aber dann drehte sie sich zu mir um und sah mir voller Bitterkeit, Scham und Ekel in die Augen. Aber ich bin mir sicher, dass ich auch Liebe in ihren Augen gesehen habe, ja, am deutlichsten für mich war die Liebe.

Ich sagte nichts, drehte mich um und humpelte zur Tür hinaus ins Freie.

Nachts um kurz vor zwölf ging ich mit einem Glas Sekt in der Hand raus auf den Balkon meiner Freunde. Ich schaute hinunter auf die Lichter der Stadt und das Feuerwerk, das nun richtig losgegangen war. Ich musste an meine Mutter denken, und dann geschah es plötzlich: Ich war zum ersten Mal in meinem Leben froh über meinen Klumpfuß. Er hatte mich stark gemacht für's Leben.

Da stand ich mit meinem Sektglas unter dem jetzt in allen Farben erleuchteten Winterhimmel. Für einen Moment schloss ich die Augen und machte tiefe Atemzüge. Dann hörte ich plötzlich:

"ALLES GUTE ZUM GEBURTSTAG!"

Meine Freunde waren unmerklich heraus zu mir auf den Balkon gekommen. Das Feuerwerk ließ ihre Gesichter erstrahlen. Sie standen um mich herum, ließen Sektkorken knallen, lachten, prosteten mir zu und einer nach dem anderen umarmte mich und wünschte mir alles Glück der Welt zu meinem Geburtstag.

Ich weiß nicht, wie es mit meiner Mutter weiterging. Ich selbst starb ein Jahr später an AIDS, aber das ist eine andere Geschichte.

Baileys

Wenn ich mich in meinem Rollstuhl ein wenig nach vorne beuge, kann ich durch das Wohnzimmerfenster ein gutes Stück vom Weg sehen. Da unten - ich wohne in einer arschlangweiligen, wie sie es nennen "seniorengerechten" Wohnung im Rosenpark - sehe ich: nichts. Ok, ein bisschen was sehe ich: Da ist der Rasen und der Weg und dann wieder ein Stück Rasen, und dann direkt gegenüber der nächste Senioren-Wohnblock. Eine Beleidigung für die Augen, könnte man sagen, aber es gibt wahrscheinlich einige smarte junge Leute in modischer Kleidung und mit passenden Frisuren, die finden, dass unsere Wohnblöcke einzigartige architektonische Wunder sind, weil sie von irgendeinem namhaften, meiner Meinung nach aber völlig talentlosen Architekten entworfen worden sind, dessen Namen ich mir einfach nicht merken kann. Ich kann mir vorstellen, dass diese Leute auf Vorträgen von bahnbrechendem Design, raffinierten Details und hochwertiger Qualität reden. Dummes Zeug! Der Beton hat Risse, die Balkongeländer rosten, die Fassaden sind verwittert. Reißt den ganzen Scheiß ab und baut was Vernünftiges!

Hin und wieder geht da unten die rothaarige ältere Dame mit dem nervösen kleinen Hund vorbei. Ich stelle mir amüsiert vor, dass sie das kleine Tier völlig verhätschelt. Ganz sicher. Anstatt Wasser und Hundefutter kriegt das Köterchen bestimmt Saft und Kuchen; es ist so fett, dass es aussieht wie eine Monsterwurst im eigenen Darm.

Und die roten Haare der Dame sind sehr rot. Also: rot-rot. Und Frisur kann man das ja wohl auch nicht nennen. Ich frage mich, wie ihre Wohnung aussieht: Wahrscheinlich hat sie eine Reihe staubiger Weihnachtsteller von 1971 an der Wand hängen, eine tickende Standuhr daneben, und ganz bestimmt liegt da ein ganzes Arsenal an Gummiknochen auf dem Fußboden, die der kleine dicke Teppichpinkler zuerst halb angekaut, und dann gelangweilt wieder ausgespuckt hat. Und im Badezimmer gibt es – wetten wir? - eine Haarbürste mit Millionen roter Haare drin, verheddert, verfilzt, und insofern: ziemlich eklig.

Es dauert noch drei Stunden, bis der tägliche Pflegedienst von der Gemeinde kommt. Ob wohl heute das Mädel mit dem schwedischen Akzent kommt, also die, die immer nach Zigarettenrauch riecht, oder ob es die andere sein wird, die kleine redselige Frau aus – ja, woher kam sie noch gleich? Ich hab's vergessen. Ich hoffe, dass nicht auch noch mein Gedächtnis nachlässt. Mein Gehirn ist bald das Einzige, was von mir altem Mann noch übriggeblieben ist.

Ich vermisse meine gute Nachbarin Erna. Die drahtige kleine Dame, die jeden zweiten Tag zu Kaffee und Kuchen vorbeikam. Wir hatten ein Ritual: Nachdem sie sich an den Esstisch gesetzt hatte, und während sie die Spielkarten mischte, sagte ich, dass ich leider keine Kaffeesahne mehr im Haus hätte, und dass wir stattdessen leider gezwungen waren, uns mit Baileys zu begnügen, um den unangenehmen Geschmack des Kaffees auszugleichen. „In deinem Haushalt herrscht Chaos", sagte sie dann immer mit ihrem spitzbübischen Lächeln auf dem Gesicht.

So saßen wir oft da, spielten Karten und unterhielten uns. Oft ging es um Männer. Immerhin waren wir beide schon ziemlich betagt (ich gehe tatsächlich auf die 90 zu), aber meine Lust auf Männer hat nie nachgelassen, was ich eigentlich nicht erwartet hatte. Erna mochte die eher stattlichen, reifen Männer mit Bäuchen und Vollbärten und einem Blick, der diese seltsame Mischung aus Hilflosigkeit und Willenskraft hatte.

Ich dagegen hatte diese Vorliebe für die sehr jungen Männer, die um die 30, wie der hübsche Seniorenpfleger, der im Frühjahr ein paar Mal hierher kam und dann nie wieder. Vielleicht habe ich ein bisschen zu viel mit ihm geflirtet: Er war immer so charmant verlegen geworden, wenn ich ihm Komplimente machte. Ich weiß nicht, warum er nicht mehr wiedergekommen ist.

„Du warst wahrscheinlich ein bisschen zu unanständig und direkt." sagte Erna. „Und jetzt ist er vermutlich in seinem Leben weitergekommen und hat eine Freundin, die 60 Jahre jünger ist als du, du alter Bock, und jetzt komm, wir spielen noch eine Runde."

Nachdem der hübsche Seniorenpfleger nicht mehr kam, gab es nur noch weibliche Pflegerinnen. Ich hab' natürlich über Ernas Worte nachgedacht, sie sagte immer gerade heraus, was sie meinte, und sie hatte wahrscheinlich Recht, ich bin da ein bisschen zu forsch gewesen.

Ich erinnere mich noch genau an den einen Tag, an dem Erna nicht wie gewöhnlich rüberkam. Ich brauchte zu dem Zeitpunkt noch keinen Rollstuhl, war vom Sessel aufgestanden um in die Küche zu gehen, wo mein Handy lag, weil ich sie anrufen und fragen wollte, wo sie bleibe, und ob sie sich vielleicht einen anderen Liebhaber als mich zugelegt habe, und dass sie wahrscheinlich noch unverbesserlicher sei als ich, trotz ihrer 92 Jahre. Ich freute mich schon darauf, sie am Telefon lachen zu hören.

Auf dem Weg aus dem Wohnzimmer bekam ich plötzlich starke Kopfschmerzen und es war, als würde mein rechtes Bein unter mir wegbrechen. Ich versuchte, mich an dem kleinen Kommödchen im Flur festzuhalten, was Quatsch war, denn natürlich habe ich es beim Sturz mitgerissen. Das Einzige, was ich in diesem Moment dachte, war, dass das kleine Kommödchen sowieso keinen Wert mehr hatte, also wenn es Kratzer bekommen würde, dann wär's auch egal. Ich stieß mit dem Kopf gegen den Türrahmen, und dadurch wurden die Kopfschmerzen ja nun auch nicht besser, im Gegenteil, sie wurden fast unerträglich, während ich da lag und mich nicht bewegen konnte. Meine Beine wollten nicht gehorchen, meine Hände hatten nicht genug Kraft, um mich zum Telefon in die Küche zu ziehen. Meine Hilferufe waren halbherzig, weil mich sowieso niemand hören würde.

Ich konnte nichts anderes tun, als mich dem Schmerz in meinem Kopf, in meinem Bein, in meiner Hüfte und sogar in meiner Schulter hinzugeben, bis mir schwarz wurde vor den Augen. Es war, als würde ich mich in ein Nichts auflösen.

Als ich in einem Krankenhausbett aufwachte, sagten sie mir, dass die Seniorenhelferin (die schwedische) mich gefunden habe, und dass ich mit meinem Schlaganfall wahrscheinlich mehrere Stunden auf dem Boden gelegen hatte. Und das war ja nun wirklich Pech, nicht nur wegen des Schlaganfalls, sondern auch, weil sie mich gerettet hatten.

Aber nun war es so: Ich musste weiterleben. Ich wollte der Krankenschwester sagen, sie solle Erna erzählen, was passiert war, damit sie sich keine Sorgen mache, aber ich brachte keinen vernünftigen Satz heraus, und es kamen nur seltsame Geräusche und nichts Zusammenhängendes. Ich gab mir wirklich Mühe und versuchte, die Wörter „Erna" und „Nachbarin" auszusprechen. Und das ist mir wohl ein wenig gelungen, denn es schien, als hätte die Krankenschwester verstanden, was ich meinte. Da sagte sie:

„Ja, es ist seltsam, dass es fast gleichzeitig in der Nachbarwohnung, direkt nebenan, einen weiteren Schlaganfall gegeben hat. Doch die Dame – ja, stimmt, sie hieß Erna – hat leider nicht überlebt."

Natürlich wurde ich sehr traurig, aber das Leben hatte mich gehärtet; Im Laufe eines ganzen Menschenlebens hatte ich gelernt, loszulassen, auch Menschen, die mir wirklich am Herzen lagen. Aber ich fühlte auch ein bisschen Trost darüber, dass ihr die Einsamkeit, mit der ich nun weiterleben musste, erspart blieb.

Jetzt bin ich wieder zu Hause. Ich kann mich nach meiner Hüftoperation kaum bewegen, sitze im Rollstuhl. Meine linke Hand ist gelähmt und meine rechte zittert die ganze Zeit. Es gibt nicht viel, das meine Tage kürzer macht. Aber zum Glück kann ich wieder sprechen, langsam und mühsam und in einem Stakkato, das ziemlich idiotisch klingt, aber die Mädels von der Seniorenpflege helfen mir geduldig, und sie kommen oft, und es ist doch eigentlich toll, dass sie sich um mich kümmern.

Und jetzt schaue ich wieder auf den Weg hinunter. Da ist die rothaarige Dame mit ihrem kleinen dicken Hund. Und dann denke ich, sie sieht eigentlich ganz freundlich aus, und vielleicht ist auch sie einsam, und vielleicht sollte ich einfach mal aus dem offenen Fenster runter rufen: Hallo Sie, ja, Sie mit dem niedlichen Hund, sie sehen aus wie jemand, der einen Kaffee mit Bailey gebrauchen könnte, haben Sie nicht Lust mal auf eine Tasse hoch zu kommen? Und der Hund kriegt auch einen Schluck, wenn er Baileys mag.

So oder so ähnlich würde ich es sagen. Der Hund und einen Baileys?!? Das macht sicher keinen Unterschied, dick bleibt dick, und erstmal würde ich die rothaarige Dame fragen: Wie heißt der Kleine überhaupt? Und vielleicht kann die rothaarige Dame Karten spielen oder würfeln, und ganz sicher gelingt es mir, sie zum Lachen zu bringen. Darauf freue ich mich schon. Und wenn wir dann hier nett plauderten, und wenn die rothaarige Dame gerade kurz zur Toilette gegangen wäre, würde ich mit meinen Baileys zum Himmel prosten und zu Erna sagen:

„Ich vermisse dich, und das Leben geht weiter."

Charlotte ist beleidigt

Wir hatten uns bei den Umzugshelfern bedankt und ihnen ein Trinkgeld gegeben. Und jetzt standen wir am Apfelbaum und guckten dem Umzugswagen hinterher, der langsam in Richtung Hauptstraße verschwand.

Ich nahm Sabrina in den Arm:

„Stell dir vor, meine Schöne, wir haben's geschafft!"

So blieben wir noch eine Weile am Apfelbaum stehen und sahen auf unser neues Zuhause.

Wir hatten uns für dieses idyllische Fachwerkhaus in dem kleinen Straßendorf auf der Insel Lolland entschieden. Es duftete nach Geißblatt, Stockrosen entfalteten gerade ihre prächtigen, rosa Blüten, Bienen summten in den Schmetterlingssträuchern. Der Garten war eine bezaubernde Wildnis und das gesamte Anwesen strahlte Geschichte und Charme aus. Wir hatten uns auf den ersten Blick in dieses Fleckchen Erde verliebt. Ich sah Sabrina in die Augen, in denen sich mein eigenes Glücksgefühl widerspiegelte.

Wir umarmten uns nochmal liebevoll und krempelten dann die Ärmel hoch um uns im Haus einzurichten. An diesem Nachmittag schoben wir Möbel hin und her, bis wir die richtigen Plätze für sie gefunden hatten, schlossen die Musikanlage an und begannen mit dem Großreinemachen in der Küche. Später stand ich noch einmal kurz im Garten an der Straße, um den Anblick unseres neuen Hauses und den Moment und den Sommerabend zu genießen und ein paar Äpfel zu pflücken.

Eine scharfe Frauenstimme riss mich aus meinem Tagtraum:

„Nein, was für schöne Äpfel du hast! Ich darf doch du sagen, oder?... Und ja, die Hortensien, prächtig! Ich heiße Charlotte, und ich wohne etwas weiter unten im Dorf im Haus Nr. 120. Ihr seid doch gerade hier eingezogen, oder? Naja, der Garten... da wartet ja einiges an Arbeit auf Euch..."

Es gefiel mir, mit Dorfbewohnern so leicht Kontakt zu bekommen, und offenbar hatte ich es hier auch mit einer sympathischen Person zu tun. Ein bisschen gesprächig vielleicht, aber die Leute sind verschieden, und so soll's ja auch sein.

„Hella", stellte ich mich vor und schüttelte ihr die Hand. „Ich habe das Haus gerade mit meiner Frau Sabrina gekauft."

Meine neue Gesprächspartnerin sah mich etwas schief an:

„Ach so ist das! Nun ja, das ist natürlich in Ordnung, es gibt ja nichts, was es nicht gibt zwischen Himmel und Erde." Und dann fuhr sie fort: „Meine Tante war auch ein bisschen gegen den Strich, hieß es, aber dafür hat es nie Beweise gegeben, aber so ein wirklich weiblicher Typ – nein, das war meine Tante nie. "Damals waren die Zeiten ja auch anders, und…"

Es war offenbar etwas schwierig, Charlotte wieder loszuwerden, wenn sie sich erstmal warm geredet hatte. Nach einer Weile, während ich mit einem Korb voller Äpfel in der Hand ihrem Palaver zugehört hatte, dachte ich mir, jetzt ist's genug. Ich log sie an:

„Ich muss rein, ich habe Essen auf dem Herd, aber schön dich kennengelernt zu haben!" Sie schien jemand zu sein, die es nicht gewohnt war, unterbrochen zu werden. Sie nickte wie in Zeitlupe:

„Nun, wenn du Essen auf dem Herd hast … Was gibt's denn? Also, bei mir gibt's heute Abend eine gute, herzhafte Erbsensuppe, die schmeckt herrlich ..." Sie redete weiter, bis ich sie wieder unterbrach:

„Charlotte, ich muss jetzt wirklich rein. Bis zum nächsten Mal!"

"Ja, wann denn?" fragte sie, und ohne auf eine Antwort zu warten, schlug sie vor: „Morgen? Ich komme um drei, passt das?"

Ich nickte halb zufrieden und beeilte mich zum Essen, das noch nicht auf dem Herd stand und ehrlich gesagt noch nicht mal geplant war.

Sabrina war am nächsten Tag nicht zu Hause, und es war genau 15 Uhr, als es an der Tür klingelte. Oh Gott, dachte ich, sie schon wieder, aber lass es uns hinter uns bringen. Ein freundliches Lächeln begrüßte mich und Charlotte war bereits mit entschlossenen Schritten durch die Tür marschiert, bevor ich überhaupt sagen konnte ‚Komm rein! Ich koche Kaffee'.

„Elmar und Susi – du kannst das ja nicht wissen, das sind die, die hier etwas weiter unten an der Straße wohnen, also Elmar und Susi werden wieder Großeltern! Stell dir vor. Als ob sie nicht schon genug Ärger mit den vier Gören hätten, die jedes Mal zu ihnen gebracht werden, wenn sich ihre Tochter, dieses Flittchen, mit Männern rumtreibt. Na ja, das müssen sie selbst geregelt kriegen, aber auf jeden Fall hat da einer mal wieder für einen dicken Bauch gesorgt, es ist doch nicht zu fassen! Ich bin gespannt, ob das so endet wie mit der dicken, wie heißt sie noch, Kristine da drüben gegenüber der Kirche, die musste am Ende abtreiben, weil ihr Körper noch ´ne Geburt nicht überstanden hätte.“

Charlotte hatte es sich nun, trotz unseres Umzugschaos und den Stapeln von Umzugskartons, auf dem mit Schlangenlederimitat bezogenen Hocker neben der Kücheninsel bequem gemacht. Was jetzt folgte, war eine dreiviertel Stunde, in der die Besucherin ununterbrochenen redete und etwa einen Hektoliter Kaffee trank. Nächstes Mal, dachte ich, kriegt sie koffeinfreien Kaffee, damit sie das Luftholen nicht vergisst und mir mit Herzinfarkt vom Schlangenlederhocker fällt.

„Na ja, zumindest Elses Mann - du kennst Else? Die von schräg gegenüber…“, sie zeigte auf ein Haus auf der anderen Straßenseite „…also der Mann hat sein Auto dieses Mal nicht durch den TÜV gekriegt, haha, das hätte ich ihm vorher sagen können, dass dieser rostige Schrotthaufen auf Rädern nicht mehr als vier Töpfe voller Pisse wert ist. Hast du von diesen Keksen vielleicht noch welche? Hmmm, wie gut sie schmecken. Naja, auf jeden Fall hättest du neulich Else ihren Mann ausschimpfen hören sollen, als er mit Dreck unter den Schuhen ins Wohnzimmer reinmarschiert gekommen war, also das war die reine Freude. Stell dir vor: Else mit vor Wut hochrotem Gesicht hatte nämlich gerade den Fußboden geschrubbt, und der Mann stand da wie ein kleiner Junge mit schlechtem Gewissen, der von seiner Mutter ordentlich einen auf die Mütze kriegt. Ich habe nichts gesagt, das geht mich ja nichts an, ich saß nur zum Kaffeetrinken in Elses Küche und hielt mich natürlich mit Kommentaren zurück.

Ich wusste, dass es schwierig sein würde, Charlotte wieder raus zu kriegen, ohne alle Regeln des guten Benimms und der Gastfreundschaft zu brechen. Die alberne Pagenfrisur lag wie ein Soldatenhelm auf ihrem Kopf, und ihre faltige Hand hielt die Kaffeetasse in eisernem Griff. Der Garten sei ihre Leidenschaft, daran bestehe kein Zweifel, wurde mir erklärt, und sie betonte, dass sie Stunden, nein, Tage, Wochen, sogar Monate damit verbringe, den Kies in der Einfahrt geharkt zu halten, und die Rasenkanten ordentlich zurechtzustutzen. So einen schönen Rasen gibt es selten, fand sie, stolz auf sich selber. Alles andere – bis auf die Rosen, die mit ihren Dornen höllisch widerspenstig sind – alles andere sagte sie, habe sie entfernt, damit der Garten schön und anständig aussieht."

Mein Gast blickte durchs Fenster in unseren Garten mit leicht herablassender Mine:

„Nun, ich sehe, hier gibt es einiges zu tun."

Jetzt schimpfte sie über den Bauern, der hinter ihrem Haus direkt bis zur Grundstücksgrenze ein Maisfeld anlegen wollte. Das wollte sie natürlich nicht stillschweigend hinnehmen, also hatte sie sich nicht nur bei der Gemeinde, sondern „beim Bürgermeister höchstpersönlich!" darüber beschwert, dass sie nun den ganzen Sommer von ihrem Wohnzimmer aus auf eine drei Meter hohe Mauer aus Mais starren solle.

„Charlotte", versuchte ich sie zu unterbrechen.

Vergeblich. Sie erzählte, sie habe ihm, dem Maisbauern, gedroht – natürlich in einem Moment, als es keine Zeugen gab – sie werde alles Roundup, was im örtlichen Baumarkt vorrätig war, aufkaufen und seinem verdammten Mais damit von morgens bis abends gründlich einseifen. Der Bauer habe daraufhin seine Pläne für's nächste Jahr geändert und sich stattdessen für Roggen, Hafer oder irgendwas anderes mit niedrigem Wuchs entschieden.

„Charlotte", versuchte ich es noch einmal. „Vergiss nicht, beim Reden zu atmen!"

„Hahaha, nein, du, kein Grund zur Sorge, meine Lungen sind in Ordnung, obwohl ich manchmal ein bisschen Druck in der Brust habe, aber nein, ich bin gesund wie ein Turnschuh.

Aber hast du schon mal von Henrik gehört, Henrik mit dem alten Traktor, den er im Garten stehen hat? Ich…"

„Charlotte! Also muss ich dich unterbrechen. Es gibt ein paar Dinge, die ich heute noch erledigen muss, deshalb musst du dir die Geschichte mit Henriks Traktor für das nächste Mal aufheben."

Ich biss mir auf die Lippe, weil mir klar wurde, dass das als eine Einladung zu einem weiteren Besuch von Charlotte aufgefasst werden könnte. Doch das war nicht der Fall:

„Na, störe ich dich etwa? Entschuldige bitte! Ich dachte nur, dass wir in der Nachbarschaft ein bisschen freundlich zu einander sein sollten, aber Ihr seid ja neu hier… Wenn Ihr kein Interesse an ein wenig menschlichem Kontakt habt, dann habe ich die das jetzt verstanden!"

Entschlossen stellte sie die Kaffeetasse auf den Tisch und stand mit beleidigter Miene vom Hocker auf.

„Das war nicht so gemeint", versuchte ich die Situation zu retten, aber vergebens. Schweigend und mit eingeschnapptem Doppelkinn schritt Charlotte zur Tür, öffnete sie, und trotz meines „Charlotte, warte doch!" und „Charlotte!!!" verschwand sie, ohne sich umzudrehen.

Ich schloss die Tür hinter ihr und fühlte mich misshandelt, aber auch erleichtert, dieser Frau, die das Potenzial hatte, eine echte Plage zu werden, zugegeben etwas ungeschickt – in ihre Grenzen gewiesen zu haben.

„… und jetzt ist Nr. 120 also stocksauer", beendete ich beim Abendessen gegenüber Sabrina meine Zusammenfassung der Ereignisse des Tages.

Sie hob eine Augenbraue:

„Dagegen kann man nichts machen. Aber mit solchen Leuten muss man vorsichtig sein, besonders wo wir ja nun mal zwei Frauen sind, die zusammenleben."

Bevor wir von der Stadt aufs Land gezogen waren, hatten wir erwartet, dass die Nachbarn vorbeikommen und uns willkommen heißen würden. Vielleicht wäre man zu Kaffee und Kuchen eingeladen worden, hätte selbst angebauten Kürbis über den Zaun hinweg gegen eine Tüte frisch geerntete Kartoffeln eingetauscht und Ähnliches. Aber es passierte nichts, obwohl nun seit unserem Einzug und Charlottes Kaffeebesuch schon mehrere Tage vergangen waren. Wir hatten bei unseren direkten Nachbarn angeklopft und uns vorgestellt, es gab aber nur ein höfliches „Na dann, willkommen!" Aber freundlich oder gar herzlich waren die Nachbarn nicht gerade gewesen und wir wurden auch nicht hereingebeten.

Manchmal machten wir einen Abendspaziergang. Wir sahen Menschen über den Zaun hinweg miteinander reden, doch sobald wir uns näherten, wandten sie uns den Rücken zu oder beantworteten unsere Grüße nur ganz kurz. Wir waren enttäuscht. Hatte es etwas damit zu tun, dass wir lesbisch sind?

Es ist definitiv nicht angenehm, an einem Ort zu leben, an dem man gemieden wird, nur weil man nicht ganz in die Norm passt. Wir bereiteten uns auf ein Leben ohne viele nachbarschaftliche Kontakte vor.

Zwei Monate später fuhr ich mit meinem geliebten alten Mercedes vom Einkaufen in der Kreisstadt Nakskov nach Hause. Auf der Straße stadtauswärts stand ein junger, schlaksiger, vielleicht 17-jähriger Anhalter und streckte seinen Daumen raus. Ich hielt an und kurbelte das Fenster herunter:

„Ich fahre in Richtung Horslunde. Kann ich dich ein Stück mitnehmen?"

"Ja, cool!" antwortete der Typ und sprang hinein.

Er war rothaarig, hatte unreine Haut, eben typisch Jugendlicher, eine Perlenkette um den Hals und ein paar Armbänder ums Handgelenk. Er trug eine Hose mit sehr weiten Beinen.

„Ich fahre nicht ganz bis Horslunde, sagte ich, ich biege kurz vorher ab, Richtung Vindeby."

„Weiß ich", sagte der Junge.

„Woher?"

„Bist du nicht eine der beiden Lesben, die in das alte Fachwerkhaus eingezogen sind?"

Dass ich sofort den Stempel „Lesbe" aufgedrückt bekam, ärgerte mich etwas, und ich fühlte mich ziemlich stigmatisiert. Aber Angriff ist die beste Verteidigung:

„Ja, genau. Ich bin eine der beiden Lesben. Und was für ein kleines Hetero-Scheißerchen bist du?"

Der Typ schaute aus dem Fenster und grinste. Erst nach einem Moment antwortete er:

„Scheißerchen vielleicht. Aber hetero?!? Nee."

Wir mussten beide über unser sparsames Gespräch schmunzeln. Und ich fuhr, und er saß da, und wir guckten uns kurz an, und wir lachten, und zunächst sagte keiner von uns ein Wort.

„Wohnst du auch im Dorf?" fragte ich.

„Ja, etwas weiter die Straße runter. Ist es wahr, dass ihr Schlangen im Haus habt und mit den anderen Leuten im Dorf nichts zu tun haben wollt?"

"Was?!? Wovon zum Teufel redest du?"

„Das sagt zumindest meine Mutter. Sie rennt im Dorf von einem zum anderen und erzählt jedem, dass Ihr Hardcorelesben seid, vor denen man sich in Acht nehmen muss."

Ich war so geschockt, dass ich das Auto am Straßenrand anhalten musste.

„Könnte es sein, dass deine Mutter Charlotte heißt?"

"Ja. Und mir ist durchaus bewusst, dass sie manchmal ziemlich stur sein und böse Gerüchte verbreiten kann. Aber die Leute glauben ihr, frag mich nicht, warum."

Ich fuhr wieder an.

"Danke, dass du es mir das gesagt hast. Mein Name ist übrigens Helle und meine Frau heißt Sabrina. Und wir haben keine Schlangen zu Hause."

"Dachte ich mir. Mein Name ist Victor."

Als ich das Auto in unserer Einfahrt parkte, fragte ich:

„Möchtest du noch auf einen Kaffee oder ein Bier mit reinkommen?"

Victor nickte:

„Gerne. Dann kann ich auch deine Frau kennenlernen."

Eine Stunde später tanzten wir.

Sabrina war angenehm überrascht, dass ich einen Gast mitbrachte. Und schon bald darauf saß er mit einem Bier in der

Hand auf dem Hocker und fühlte sich sichtlich wohl. Die beiden verstanden sich gleich gut, sie redeten über das Leben hier auf Lolland und seine ausgefallenen Klamotten, und Sabrina erzählte auch von ihrem früheren Job als Lehrerin, bevor sie Rentnerin wurde.

Währenddessen dachte ich an seine Mutter Charlotte, die offenbar sehr dominant war und es überhaupt nicht ertragen konnte, wenn ihr jemand Grenzen setzte. Dann wurde sie nämlich schnell ungerecht, fast bissig. Ihr Sohn hatte offenbar trotz all dieser Widrigkeiten seinen Weg gemacht und hatte gelernt, die Eskapaden seiner Mutter mit erhabenem Gleichmut zu ertragen. Hut ab, dachte ich.

„Wie ist es eigentlich, im Nakskover Gymnasium offen schwul zu sein?" Ich fragte während einer kleinen Gesprächspause.

„Eigentlich ist es ok", antwortete er. " Es gab ein paar Jungen aus einer höheren Klasse, die mir in der Pause dauernd „du Scheiß-Tunte" zuflüsterten, und ein anderer Typ aus meiner eigenen Klasse weigerte sich, nach der Sportstunde denselben Umkleideraum wie ich zu benutzen. Aber beide Male griffen die Lehrer ein. Erstmal kriegten sie eine sehr klare und entschiedene Zurechtweisung, später wurden sie zu langen Gesprächen vorgeladen. Der Typ aus meiner Klasse kam danach zu mir und entschuldigte sich. Ich denke, das war sehr anständig von ihm."

„Und was sagt deine Mutter?"

Ich war neugierig, was für ein Mensch sich hinter der schnell beleidigten Fassade von Nr. 120 versteckte.

„Sie findet es nicht besonders toll, dass ich schwul bin, hat sich aber mittlerweile damit abgefunden. Im Grunde ist sie eigentlich ganz in Ordnung. Aber manchmal gehen eben ihre Gefühle mit ihr durch. Dann kommt man mit vernünftigen Argumenten überhaupt nicht weiter. Und ich glaube, nachdem sie hier war und sich nicht akzeptiert fühlte und in Wut geriet, verlor sie völlig die Kontrolle. Ihr ist das wirklich wichtig, dass alle sie mögen, und wenn jemand auch nur den geringsten Zweifel aufkommen lassen, dass sie sie nicht wertschätzen, reagiert sie sehr hart. Nun ja, so ist meine Mutter."

Sabrina fragte unseren jungen Gast, was ihn am meisten interessierte.

"Musik!!!" antwortete er unmittelbar und enthusiastisch.

Und Sabrina:

„Können wir mal deine Lieblingslieder hören?"

„Klar!!!"

Victor sprang auf, kramte eifrig sein Handy aus der Tasche und, dann schlossen wir die Lautsprecher an. Die Musik kannten wir nicht, aber schon die ersten Takte waren nicht schlecht, und der Rhythmus ging uns gleich ins Blut, wenn auch Generationen zwischen unserem Musikgeschmack und dem von Victor lagen. Unser Gast ging so sehr mit seiner Musik mit, dass er sich nicht mehr auf das Gespräch, sondern nur noch auf die Lieder konzentrieren konnte.

Sabrina war die erste, die vom Sofa aufstand und zu tanzen begann, und dabei hielt sie ihre Arme in die Luft wie eine erotische Bauchtänzerin. Victor folgte ihr sofort auf die Tanzfläche zwischen all den Umzugskartons und der Küchentheke. Mit seinen Händen schlug er imaginäre Trommeln im Takt der Musik und machte mit seinem ganzen Körper sehr trendige und elegante Bewegungen. Er schloss die Augen, und ich konnte sehen, dass er nicht nur die Melodien mochte, sondern auch uns und unser Haus.

Zum Schluss habe ich dann mitgetanzt, zunächst etwas schüchtern und ungeschickt, weil ich nicht sehr oft tanze, aber jetzt fühlte es sich sehr richtig an. Ich liebte unsere kleine Party, und ich folgte dem Rhythmus und fand meinen eigenen Stil. Victor war DJ und der Großteil seiner Musik war absolut tanzbar. Man konnte sehen, dass er jede Note und jedes Wort der Liedertexte auswendig kannte.

Während einer kurzen Pause hielt ich mein Getränk in der Hand und sah den beiden schönen Menschen beim Tanzen zu. Sabrina mit ihrem unwiderstehlichen Charme, den weiblichen Formen und dem bezaubernden Gesicht. Sie trug immer noch ihren Arbeitsoverall, was sie nur noch unwiderstehlicher machte. Meine Frau – ich war nach so vielen Jahren immer noch in sie verliebt.

Ja, und dann war da Victor: So süß. Seine Augen waren schmal und verführerisch, sein rotes Haar war in der Stirn gelockt, ansonsten kurz geschnitten. Sein langer, dünner Körper hatte eine Anmut, die viele Jungen in seinem Alter hatten, aber selten so ausgeprägt wie er.

Nachdem Victor irgendwann nach Hause gegangen war, weil seine Mutter eine Nachricht geschickt hatte, sie warte mit dem Essen auf ihn, setzten sich Sabrina und ich mit einem Gin Tonic auf das Sofa. Sie legte ihren Kopf auf meine Schulter, ich hielt sie im Arm. Ich sah, wie sie strahlte, und ich glaube, ich tat's auch.

„Glaubst du, er wird uns nochmal besuchen?" Sie sah mir fragend in die Augen.

„Wenn wir jetzt auf ihn anstoßen, denke ich, dass er wiederkommen wird. Ein Hoch auf Victor!"

In den folgenden Wochen änderte sich die Stimmung im Dorf. Unsere unmittelbaren Nachbarn zur Rechten grüßten und lächelten zurück, nachdem ich ihnen vom Garten aus ein „Hallo, Nachbarn!" zugerufen hatte.

Die Nachbarin von der anderen Seite rief Sabrina sogar über die Hecke zu:

„Was für ein schönes Spätsommerwetter wir haben!"

Und Sabrina hatte zurückgerufen:

„Ja, nicht wahr? Und die Äpfel schmecken besonders gut, wenn du ein paar möchtest, kann ich dir einen Korb rüberreichen!"

Und als ich eines Tages an Charlottes Garten vorbeifuhr, passierte es sogar, dass Charlotte aufblickte und die Hand zum Gruß hob.

Wir wunderten uns. Was war passiert? Und wir sahen uns fragend in die Augen und riefen dann wie aus einem Mund:

"Victor!"

Und ob es nun ein Zufall war oder nicht: klingelte er genau am nächsten Tag an der Tür.

„Ich wollte nur kurz vorbeikommen und nach euren Schlangen sehen!"

Victor zeigte sein bezauberndstes Lächeln. Haha, wie entwaffnend der süße Kerl mit seinem hinterlistigen Humor war!

„Dann komm rein. Du weißt, dass unsere Schlangen bissig sind, aber sei froh, dass sie es nur auf Heteros abgesehen haben!"

Er saß jetzt auf dem Hocker und schlürfte seine Cola.

„Neulich war's ja echt lustig bei euch. Ihr seid die coolsten Lesben, die ich je getroffen habe!"

Ich konnte an Sabrina sehen, wie sehr sie sich über das Kompliment freute. Und dann fragte sie:

„Du, Victor, darf ich mal fragen, was du deiner Mutter zu Hause über deinen Besuch bei uns erzählt hast?"

Er zögerte ein wenig, aber dann antwortete er:

"Nichts Besonderes."

Wir sahen ihn etwas zweifelnd an.

„Okay…", gab er zu, „…ich habe nur gesagt, dass ich den ganzen Nachmittag bei Euch war und dass Ihr eigentlich ziemlich cool drauf seid. Und dann habe ich gesagt, dass du, Helle, eine Millionenerbin bist, und dass du deshalb so einen fetten Mercedes fährst, und dass du die Pagenfrisur von meiner Mutter so schön findest, und dass du sehr bewundernd von ihrem Garten gesprochen hast. Ja, und dann sagte ich noch, dass ihr bald das ganze Dorf zu einem Tag der offenen Tür einladen werdet. Ich glaube, es dauerte nur ein paar Stunden, bis dem ganzen Dorf meine Version der Geschichte serviert wurde!"

Victor lächelte spitzbübisch.

Sabrina und ich waren zunächst fassungslos, und nach einem Moment der Stille brachen wir alle drei in lautes Gelächter aus. Wir schlugen uns gegenseitig auf die Knie vor Lachen und riefen:

„Nein, nein, nein, du bist der größte Held, Victor!!!"

Es dauerte lange, bis wir uns wieder einigermaßen eingekriegt hatten, und dann schaute mich Sabrina seelenfroh an, immer noch mit Lachtränen in den Augen:

„Nun, meine süße Millionenerbin mit dem fetten Mercedes, ich finde, wir sollten das ganze Dorf zu einem Tag der offenen Tür einladen. Einverstanden?"

Crossing the Dead line

Von dem Mehrfamilienhaus, in dem ich wohne, blickt man auf einen weder sehr langen noch sehr breiten Kanal in der Nähe des Kopenhagener Stadtzentrums. Auf meiner Seite, der Morgensonnenseite, dürfen keine Autos fahren oder parken. Im passenden Abstand stehen einige Bänke auf dem Kai mit dem Rücken zur Häuserzeile und warten geduldig auf Menschen, die genug Zeit haben, sich hinzusetzen und gedankenverloren auf die leichten Wellen im Wasser, auf die geparkten Autos auf der anderen Seite des Kanals, und auf die einfallslos-traurigen Hausfassaden gegenüber zu blicken. Es gibt selten Leute, die dort sitzen. Entweder ist es zu windig oder zu sonnig oder – in 10 von 12 Monaten – einfach zu kalt, um da zu sitzen.

Natürlich habe ich noch nie auf einer der Bänke da unten gesessen. Warum sollte ich? Auf meinem Balkon im zweiten Stock habe ich einen besseren Überblick über den gesamten Kanal und was an seinen Ufern passiert – oder auch nicht. Außerdem ist man hier gegen Regen und Wind geschützt, und gegen die Kälte habe ich eine Terrassenheizung installieren lassen. Mir fehlt es an nichts.

Heute ist ein besonders schöner Tag, weil es mein freier Tag ist, und alleine das macht mir gute Laune. Außerdem muss ich über die Sache nachdenken. Ich bereite mir mein Frühstück mit Kaffee, weichgekochtem Ei, Marmelade und frisch gebackenen Brötchen zu. Und ich freue mich auf den Luxus, auf dem Balkon essen zu können, obwohl es eigentlich noch etwas zu kalt ist. Als ich dann endlich da sitze, genieße ich einfach das Leben. Es ist sechs Minuten nach neun. Die Maisonne scheint und die Morgenluft ist noch frisch. Ich beiße in mein Brötchen und trinke einen Schluck Kaffee. Heute Nachmittag kann ich vielleicht sogar meine Terrassenheizung ausschalten. Die gegenüberliegende Häuserzeile liegt im Gegenlicht. Auf einer der Bänke unten am Kai sitzt ein älteres Ehepaar. Der Mann hat seinen Arm um die Frau gelegt, ihr Kopf ist an seine Schulter gelehnt, und ich vermute, dass sie die Augen geschlossen hat und die ersten Strahlen der Morgensonne genießt.

Ein spärlich gefülltes Touristenboot tuckert vorbei. Auf dem vorderen Teil des Decks steht eine vermutlich verkatete Geschichtsstudentin, die unkonzentriert und mit heiserer Stimme durchs Mikrofon die Sehenswürdigkeiten am Kanal lobt – oder genauer gesagt die Sehenswürdigkeiten des Viertels, weil es am Kanal im Grunde genommen keine gibt. Das Boot ist gerade vorbeigefahren und ich drehe meinen Kopf vom Kanal zurück zu meinem Brötchen und meinem Kaffee, und gerade als ich mein Frühstücksei köpfen will, ertönt ein Schuss. Ich werde nach hinten geschleudert, habe keine Zeit zum Erschrecken, denn schon liege ich mit einem blutroten Loch in der Stirn auf dem Balkonboden, mit dem Kopf an der Wand. Ich bin tot.

Das Ehepaar unten auf der Bank schaut sich verunsichert um. Es fällt ihnen offensichtlich schwer herauszufinden, woher der Schuss kam und ob jemand getroffen wurde. Von ihrer Bank aus können sie nicht sehen, dass ich das Opfer auf dem Balkon im zweiten Stock bin. Sie unterhalten sich kurz, fühlen sich sichtlich unwohl, stehen auf und gehen weiter am Kanal entlang in westliche Richtung.

Auch die Bootspassagiere, der Kapitän und die Geschichtsstudentin schauen sich in verschiedene Richtungen um, können mich aber auch nicht sehen. Sie vergessen den lauten Knall schnell, und die Studentin mit dem Mikrofon nutzt die Pause, um eine Kopfschmerztablette zu nehmen, bevor sie ihre Anekdote darüber fortsetzt, wie gefährlich das Viertel im letzten Jahrhundert gewesen ist bevor der ganze Slum abgerissen und durch diese Häuser ersetzt wurde, wo dann Ärzte und Selbständige mit ihren Familien einzogen.

„Jetzt ist es hier sehr…" – sie möchte das Wort *kotzlangweilig* benutzen, hält aber im letzten Moment inne und sagt stattdessen: „…friedlich." So wie es in ihrem Text steht.

Ich könnte nicht bestätigen, was sie sagt. Aus gutem Grund.

Es vergehen gut fünf Stunden, in denen ich mit dem Einschussloch in der Stirn auf dem Balkon liege. Erst am frühen

Nachmittag stutzt die ältere Dame mit dem Hund von schräg gegenüber auf der anderen Seite des Kanals, als sie ihren Blick über meinen Balkon schweifen lässt. Ist da nicht – hinter den Topfpflanzen – liegt da nicht...? Eilig geht sie ins Wohnzimmer, holt ihr altes Theaterfernglas aus der Schublade der Anrichte und kommt wieder raus auf ihren Balkon. Im runden Rahmen des Fernglases – es muss nur kurz eingestellt werden – sieht sie mich.

Die ältere Dame hat zu viele Kriminalromane gelesen, um nicht sofort zu verstehen, dass da etwas passiert ist, was zumindest einen Krankenwagen, mit hoher Wahrscheinlichkeit auch Polizeiarbeit erfordert. Sie geht entschlossenen Schrittes in ihr Wohnzimmer, schnappt sich das Handy und tippt 112. Es vergehen kaum acht Minuten - sie registriert alles ganz genau - bis ein Polizeiauto und ein Rettungswagen mit ziemlich hoher Geschwindigkeit und Blaulicht um die Ecke gefahren kommen und dramatisch schräg vor meinem Gebäude anhalten. Kurz darauf treffen vier stattliche, dunkle, zivile Polizeiautos mit ebenfalls eingeschaltetem Blaulicht ein. Durch das Theaterfernglas kann die alte Dame erkennen, dass sich kurz danach eine ganze Reihe Menschen in meiner Wohnung befindet: Rettungskräfte, die resigniert den Kopf schütteln, nachdem sie untersucht haben, ob ich nun wirklich auch tot bin. In der Wohnung sind Leute in weißen Overalls und blauen Gummihandschuhen, die Fingerabdrücke nehmen und meinen Computer in eine Plastiktüte und von dort weiter in einen Pappkarton legen. Sie öffnen Schubladen, suchen im Kleiderschrank, im Mülleimer und sogar in meinen Familienalben nach versteckten Hinweisen und heben obendrein meine Matratze hoch. Die alte Dame findet das alles spannend.

Natürlich kann ich mir ausrechnen, wer auf die Idee gekommen sein könnte, mich zu erschießen. Hinterher ist man immer klüger. Und ich kann mir auch vorstellen, dass in genau zwei Wochen in der Regierung die Hölle los sein wird. Ich würde während der Ermittlungen gerne eine Fliege an der Wand sein und alles miterleben, aber ich bin tot! Die Welt ist ungerecht, und das nicht immer zu meinen Gunsten.

63

Doch es vergehen nicht mehr viele Stunden, bis Zeitungsartikel im Internet erscheinen: Regierungsrat aus der Oberfinanzdirektion erschossen. Polizei und Ministerium geben eine Pressekonferenz um 20 Uhr.

Marianne, meine Assistentin, bricht in Tränen aus, als sie von meinem Tod erfährt. Auch die anderen im Sekretariat sind völlig aufgelöst, und niemand kann arbeiten, obwohl morgen Nachmittag eine wichtige Deadline ansteht. Das können sie nicht schaffen, wenn sie sich nicht bald zusammennehmen. Die Arbeitsschutzbeauftragte versucht, einen Krisenpsychologen zu erreichen. Aber was kümmert's mich? Ich bin tot und all das sollte mir egal sein. Es ist schwer, sich daran zu gewöhnen.

Gestern Nachmittag im Büro hatte ich das Gefühl, dass mit den Rechnungen des Ministeriums etwas nicht stimmte. Oberflächlich betrachtet gab es nichts, was man hätte beanstanden können; alle Posten machten Sinn. Und die erheblichen Geldbeträge, die überwiesen wurden, landeten auf Konten, die plausibel und in Ordnung klangen. Doch aufgrund meiner langjährigen Erfahrung als ermittelnder Chefökonom bei der Polizei für Wirtschaftskriminalität läuteten bei mir die Alarmglocken. Es handelte sich um mehrere Millionen dänische Kronen, die als „externe Beratung" ins Ausland gingen.

Ich hatte die Stirn gerunzelt und angefangen, mit meinem privaten Handy Fotos von den Belegen auf dem Bildschirm zu machen. Und genau in diesem Moment guckte mein Chef, der Leiter der Direktion, in mein Büro um mir einen guten Feierabend zu wünschen. Er stutze, als er sah, dass ich mein Handy vor den Bildschirm hielt und fragte, was ich da fotografierte und ob er das bitte mal sehen könne. Ich konnte nichts anderes tun, als ihm die Bilder der Belege zu zeigen, die mir seltsam vorkamen. „Löschen Sie diese Bilder", sagte er und in seinen Worten und seinem Blick lag eine ernste Drohung. „Natürlich, tut mir leid", sagte ich zu ihm und löschte sie in seinem Beisein. „Wenn Sie ein Problem mit den Konten haben, kommen Sie zu mir und zu niemand anderem. Haben Sie das verstanden?" Ich nickte und versuchte natürlich, reumütig und unterwürfig auszusehen. Aber in Wirklichkeit dachte ich: Yessss!!! Volltreffer! Der Leiter der Direktion ging hinaus, blieb aber einen kurzen Moment im Türrahmen stehen, drehte sich zu mir um – sein Blick war eiskalt.

Kurz nach Feierabend ging ich nach Hause, kochte das Abendessen und schaltete dann die Terrassenheizung ein. Ich nahm mein Handy und meinen Computer und machte es mir auf dem Balkon gemütlich. Schließlich bin ich kein Anfänger und habe immer ein Backup der gelöschten Dateien, auch der Bilder, die ich mit meinem Handy mache. Außerdem muss ich mit schlecht unterdrücktem Stolz sagen, dass ich ein Meister darin bin, Informationen im Internet zu finden, und dass ich einiges darüber weiß, wie man sich in manche Systeme hackt. Also... - Ich fand heraus, dass die als „Konsulentenberatungen" getarnten Überweisungen über verschiedene Umwege auf mehreren Konten in der Schweiz und auf den Cayman Islands gelandet waren. Und der Besitzer dieser Konti war niemand geringeres als der bekannte Theaterdirektor und Lokalpolitiker, den die Boulevardpresse als den inoffiziellen Partner des Ministers handelte. Ich fand auch heraus, dass sie zusammen ein Ferienhäuschen an der Küste besaßen, also an den Gerüchten war wohl was dran.

Gut, dass ich am nächsten Tag frei hatte, um darüber nachzudenken, was ich jetzt tun sollte. Ich trug ein unheimliches und gefährliches Wissen mit mir rum. Sollte ich den Premierminister anrufen? Der würde wahrscheinlich seine eigenen Leute schützen oder meine Informationen politisch nutzen, also das war keine gute Idee. Die Polizei? Zu groß die Gefahr, dass sich die Ermittlungen ewig in die Länge ziehen oder auf Weisung des Innenministeriums unter den Teppich gekehrt würden. Die Presse? Vielleicht…

In meiner letzten Nacht schlief ich unruhig und sehr wenig. Um drei Uhr machte ich das Licht an und schrieb mein gesamtes erworbenes Wissen bis ins kleinste Detail auf und legte den Bericht inklusive der Beweise auf eine verschlüsselte Cloud, zu der ich den größten Zeitungen des Landes Zugang gewährte, aber erst in zwei Wochen. Ich hatte bis dahin jederzeit die Möglichkeit, wieder hineinzugehen und die Datei zu verändern oder zu löschen, sollte ich es mir anders überlegen. Dann war dieses Wissen zumindest sicher. Ich legte mich nach getaner Arbeit wieder in mein schönes, weiches Bett und konnte den Rest der Nacht tief und fest schlafen.

Morgens lag ich lange im Bett. Als die Morgensonne über dem östlichen Ende des Kanals aufstieg, beschloss ich, meinen ehemaligen Polizeikollegen Niels aus meiner Zeit in der Wirtschaftskriminalität um Rat zu fragen. Ich schickte ihm eine Nachricht und fragte, ob wir in ein paar Tagen vielleicht zusammen ein Bier in der Kneipe trinken könnten, weil ich etwas mit ihm besprechen wollte. Er antwortete jedoch erst, nachdem ich erschossen worden war. Schade. Niels wäre der richtige Mann gewesen, um die Sache durchzusprechen. Ich gehe davon aus, dass mein Tod ihn viele schlaflose Nächte kosten wird. Tut mir leid, Niels. Doch ein Anruf anstelle von meiner Textnachricht hätte den Mord auch nicht verhindern können.

Jetzt muss ich einfach loslassen, der Geschichte ihren Lauf zubilligen. Ich werde zu den Geschehnissen weder befragt, noch werde ich bei den Ermittlungen helfen dürfen. Ich kann meiner Assistentin nicht einmal tröstende Worte sagen, und wenn das Sekretariat die Deadline morgen vergeigt, werde ich nicht für Aufschub sorgen können.

Die Friedhöfe sind voll mit Menschen, die sich für unverzichtbar hielten. Ich will nicht einer von ihnen sein. Andere müssen übernehmen, das entstandene Loch schließen, und das Leben muss ohne mich weitergehen. Und das ist ja im Grunde genommen ein durchaus beruhigender Gedanke.

Knockout

Ich ging ins Schlafzimmer, packte Hosen, einen Pullover, Unterwäsche und ein paar andere Sachen in den Rucksack, holte auch meinen Kulturbeutel aus dem Badezimmer und tat so, als müsste ich aufs Klo, drückte auf die Spülung, damit sie nicht misstrauisch wurde. Auf dem Weg zur Tür passte ich auf, dass sie den Rucksack vom Wohnzimmer aus nicht sehen konnte. Ich rief kurz:

„Ich gehe mal um den Block und schnappe ein bisschen frische Luft."

Sie antwortete nicht. Im Treppenhaus hing ein fast schmerzhaft angenehmer Geruch nach Selbstgebackenem. Unten im Keller holte ich meinen Schlafsack. Raus durch die Hintertür. Und weg war ich.

Wie oft hatte ich im Bett gelegen, die Wand angestarrt und gehofft, dass man die blauen Flecken nicht sehen würde. Und jedes Mal gab ich wieder nach, wenn sie angekrochen kam und sich entschuldigte: ‚Ich weiß nicht, was in mich gefahren ist, es passiert nie wieder, ich schwör's dir, und du bist einfach das Beste was ich habe', und so weiter und so fort. Tief im Inneren glaubte ich nicht, dass sich das jemals ändern würde. Zu Anfang unserer Beziehung nutzte sie ihren umwerfenden Charme und ich glaubte, die Liebe in ihrer Stimme hören zu können. Dann wies sie mich immer öfter in die Schranken und kam mit allen möglichen Forderungen, später machte sie weiter mit Wutausbrüchen und fing an mich zu demütigen, und schließlich kamen die Schläge - und danach die anschließende Versöhnung. Ein böser Kreis.

Die einzige Person, der ich davon erzählt hatte, war mein bester Freund Thomas. Das war das letzte Mal, als wir uns sahen. Wir wollten uns an einem Nachmittag nach der Arbeit treffen, und ich hatte zu Hause gesagt, ich müsse Überstunden machen. Als Thomas und ich im Café saßen, in unseren Tassen rührten und auf die regennasse Stadtstraße draußen blickten, fragte er mich, wie es gehe. Er sah mich aufmerksam an, weil er merkte, dass ich total verzweifelt war. Ich antwortete nicht sofort. Ich schaute erst ihn an, dann meinen Kaffee, und plötzlich bekam ich einen Kloß im Hals und Tränen in die Augen. Er konnte sich offensichtlich zusammenreimen, was los war:

„Du musst sie verlassen, sonst wirst du zugrunde gehen."

Ich wusste, dass er Recht hatte, aber ich wusste auch, dass ich nicht die Kraft dazu haben würde.

„Ich kann nicht", sagte ich, beschämt über meine Misere und meine Schwäche. Und über meine Angst davor, dass er mich fragen würde, warum nicht.

Aber er sagte nichts. Er trank nur einen Schluck Kaffee. „Sie...", stammelte ich, während ich mir die Tränen mit der Serviette abwischte, „...sie schlägt mich. Ich will ihr doch nur ein guter Mann sein und dafür sorgen, dass es ihr gut geht. Aber es ist, als gäbe es etwas, das sie nicht kontrollieren kann, und dann wird sie unberechenbar."

Thomas nahm meine Hand in seine. Er sah mich mit warmen und starken Augen an.

„Wenn du sie verlassen willst und es nicht kannst, dann helfe ich dir. Aber wenn du kannst, aber nicht willst, kann ich nichts für dich tun."

Ich nickte, zog meine Hand zurück, nahm mich zusammen und fragte ihn, wie es mit dem Bau des Carports an seinem Haus stehe, und ob der nicht bald fertig sei.

Doch danach wurde es zu Hause immer schlimmer. Sie schimpfte mich aus, verdrehte jedes Mal die Augen, wenn ich etwas sagte, schmollte, oder schubste oder prügelte mich wegen der kleinsten Verfehlungen, und ihre Versöhnungen wurden mechanisch und kalt.

Und nun also raus hier und in den Hinterhof. Ein letzter Blick hinauf zum kalten Licht aus dem Küchenfenster – und weiter vorbei an den Fahrrädern und zum Tor hinaus. Scheppernd fiel es hinter mir ins Schloss. Draußen auf der Straße holte ich tief Luft und sog die warme, gute Sommerluft ein. Ich war ein wenig stolz auf mich, hatte aber auch Angst vor dem Unbekannten, und davor, nicht zu wissen, wohin, und vor allem vor der Leere. Ich beeilte mich die Straße hinunter. Ein Bus kam, irgendeine Linie, ich habe nicht hingeschaut, einfach eingestiegen, einfach abgehauen.

In einem Dorf in der Nähe der Autobahn stieg ich aus dem Bus. Ich kaufte mir eine Schachtel Zigaretten, obwohl ich schon längst aufhört hatte zu rauchen, weil sie fand, dass ich stank – „Ekelhaft, wie du nach Rauch stinkst", hörte ich sie in ihrer gewohnt herablassenden Art sagen. Ich zündete mir eine Zigarette an, inhalierte, hustete und atmete erneut ein, und dann kam der alte Drang zum Rauchen zurück. Was für eine Befreiung.

Als ich auf dem Bürgersteig in Richtung Autobahn ging, trat ich gegen einen Fußball, der am Bordstein lag. Ein Junge auf der anderen Straßenseite fing den Ball und lächelte mir zu. Ich winkte zurück.

Der erste, der anhielt, war ein kleiner roter Wagen mit einer jungen Frau am Steuer. Auf dem Rücksitz saß ein wütendes Kind, das ihr mit der Hand regelmäßig auf den Kopf schlug. Die Frau sagte zum Kind mit liebevoller Stimme:

"Schatz, du sollst doch der Mama nicht immer auf den Kopf hauen!"

Sie sah mich mit einem entschuldigenden Ausdruck an, und sagte etwas in Richtung, dass Kinder ja nun mal Kinder seien und sich frei entfalten dürften. Sie fragte mich, wohin ich wolle. –

„Na, das weißt du nicht? – dann stehen dir ja alle Türen offen, muss man sagen."

Sie war sichtlich amüsiert über den hübschen jungen Anhalter, der sich auf einer ungewöhnlichen Reise befand. Und dann kam der nächste Hieb von hinten. Die Frau setzte mich an einer Kreuzung ab, weil sie dort abbiegen wollte auf eine Landstraße, die blind in einem kleinen Dorf endete. Ich sagte danke und schönen Abend noch, und als ich aus dem Auto stieg, wurde auch ich von dem jähzornigen Kind auf den Hals gehauen.

Es war fast dunkel. Soweit das Auge reichte, gab es nur frisch gepflügte Felder. Was für ein seelenloser Fleck Erde. Ich musste einen Platz zum Schlafen finden. Ich wollte mein Handy nicht einschalten, um zu sehen, wo ich war oder wohin ich gehen konnte – ich wollte ihre wutentbrannten Nachrichten und die von mir nicht angenommenen Anrufe nicht sehen. Ich sehnte mich nach Frieden und danach, nur für mich selbst da zu sein.

Hier auf der einsamen Landstraße fuhren nicht viele Autos. Ich hielt den Daumen raus. Das fünfte Auto hielt an. Hinter dem Steuer des schweren alten Volvos saß ein bärtiger, gewichtiger Mann mittleren Alters. Er lehnte sich nach vorne gegen das heruntergelassene Seitenfenster, lächelte mich an und fragte:

„Wohin willst du?"

Ich zeigte in die Richtung, in die er fuhr, zog die Schultern hoch und sagte mit leiser Stimme:

„Ich weiß nicht, zu einem Hotel in der Nähe ..."

Das ließ den Mann übers ganze Gesicht lachen:

„Hahaha, ein Hotel? Hier gibt es meilenweit kein Hotel. Steig ein und wir werden sehen."

Er startete den schweren Wagen und sah mich ab und zu neugierig an. Ich lächelte zurück. Und erst nach wenigen Kilometern sagte er:

„Du siehst hungrig aus. Wir werden erstmal was essen."

Er bog ein in den Innenhof eines kleineren Gehöfts. Ein Retriever kam mit wedelndem Schwanz aus dem Wohnhaus, und ein anderer Mann erschien in der Tür. Es kam mir so vor, dass das Licht im Haus wärmer strahlte als anderswo. Der Bärtige und ich stiegen aus dem Auto. Er begrüßte den Hund, gab dem Mann an der Tür einen Kuss auf den Mund und machte eine Bewegung rüber zu mir, der am Volvo stehen geblieben war:

„Ich hab einen Gast mitgebracht, und wir sind beide schrecklich hungrig."

Ich folgte dem Handzeichen zu kommen, und dann sagte der Bärtige: „Das ist Asger und mein Name ist Ole."

Ich schüttelte beiden die Hand und antwortete nur:

„Rasmus."

Nach dem Essen saßen beide Männer und ich an diesem Abend noch lange in der Wohnküche. Ole wollte wissen, warum ein so gutaussehender Kerl wie ich, ohne Ziel und Plan, alleine unterwegs war, irgendwo so weit draußen auf dem Land. Ich lächelte verlegen und antwortete:

„Ich bin von einer kaputten Beziehung davongelaufen. Das ist ein etwas zu heikles Thema, um heute Abend darüber zu sprechen …"

Die Realität war, dass ich das Geschlecht meiner Beziehung nicht preisgeben wollte um kein falsches Bild zu erzeugen. Und ich fuhr fort:

„... aber ich bin froh, dass ich jetzt am Tisch des nettesten Paares der Welt gelandet bin."

Meine Augen müssen geleuchtet haben, denn meine beiden Gastgeber lächelten fast verlegen und waren ein wenig gerührt. Während Ole das Gästezimmer für mich herrichtete, half ich Asger, den Tisch abzuräumen. Wir haben nicht viel geredet, aber ich habe mich selten in meinem Leben so willkommen gefühlt, wie an diesem Abend.

Als Ole am nächsten Tag mit dem Volvo zur Arbeit gefahren war, durfte ich mir seine Gummistiefel ausleihen und Asger beim Füttern der Tiere auf dem Bauernhof helfen. Wir schütteten Körner in die Schalen im Hühnerstall und sammelten Eier ein, wir ließen die Schafe auf die Wiese und die Schweine raus in die Schlammkuhle, und dann misteten wir den Schweinestall aus. Später waren wir im Garten um Beeren zu pflücken und Kartoffeln auszugraben. Ich tat, um was Asger mich bat, und ich war froh, wenn ich es ihm recht machen konnte. Als Ole am Abend nach Hause kam und am Tisch saß und ich Asger beim Kochen half, konnte ich Oles Blick auf mir spüren.

„Du kannst bleiben", sagte er, „und auf dem Hof helfen, wenn du willst."

Mein Herz klopfte vor Freude. Ich lachte und nickte glücklich und flüsterte nur:

„Ja."

Ich blieb. Ich fütterte die Tiere, schleppte Strohballen und half im Gemüsegarten. Asger sagte mir, was ich tun sollte, und je mehr Aufgaben er mir zuteilte, desto eifriger wurde ich, besonders wenn er mich anlächelte oder mich sogar lobte. Als Ole von der Arbeit nach Hause kam, nahm ich ihm seine Jacke ab und hängte sie an die Garderobe, und ich hatte auch dafür gesorgt, dass ein kühles Bier für ihn auf dem Tisch stand. Er war sehr zufrieden mit mir.

Eines Abends stand ich am Herd und kochte, während die beiden am Tisch saßen, Bier tranken und mich ansahen. Fast unsichtbar nickte Asger Ole zu, woraufhin Ole zu mir sagte:

„Rasmus, zieh dich aus! Und dann zieh deine Schürze wieder an!"

Ich gehorchte. Ich zog die Schürze aus, dann T-Shirt, Hose, Unterhose... Da stand ich nackt, und meine Erregung war nicht zu verbergen, als ich die Schürze langsam wieder anzog. Die beiden Männer hatten ihre Hosen geöffnet und ich konnte sehen, dass ich da eine neue Aufgabe bekommen hatte.

Noch nie in meinem Leben bin ich so glücklich gewesen wie in diesen Tagen, als ich Asgers und Oles Wünsche erfüllen durfte. Ich wusch Wäsche, putzte das Haus, kümmerte mich um die Tiere, und wenn ich fleißig genug gewesen war, durfte ich mich ausziehen und ihr Verlangen mit meinem ganzen Körper befriedigen. Manchmal erlaubten sie mir, in ihr Bett zu kommen, und wenn ich gute Arbeit geleistet hatte, durfte ich auch bei ihnen einschlafen. Später in der Nacht jedoch wurde mir befohlen, in mein eigenes Bett im Gästezimmer zu gehen. Da lag ich dann in meiner Glückseligkeit, hörte die Eulen rufen, und der Wind flüsterte durch die Blätter der Bäume, und das Mondlicht fiel durch das Fenster und verzauberte mein Leben nur noch mehr.

Eines Tages, etwa zwei Monate nachdem Ole mich beim Trampen mitgenommen hatte und der Volvo auf dem Hof gefahren war, rief er mich zu sich und sagte, er müsse mit mir reden. Ich bekam heftige Angst, dass ich vielleicht etwas falsch gemacht haben könnte, und war bereit, mich zu entschuldigen, und ich würde mir bestimmt Mühe geben, alles wieder gutzumachen. Aber Ole sagte, nein, ich habe nichts falsch gemacht und ich sei ein guter Kerl, und sowohl er als auch Asger hätten es genossen, mich bei sich zu Hause zu haben. Aber jetzt fühlte es sich nicht mehr richtig an, und vor allem Asger hatte nicht das Gefühl, dass er mit mir als Houseboy weitermachen wollte.

Die beiden mussten auf ihre eigene Weise wieder zusammenfinden, nachdem sie mich eine Zeitlang in ihre Zweisamkeit gelassen hatten. Ole sagte, dass es auch für mich wahrscheinlich an der Zeit sei, in meinem Leben weiterzukommen und meinen eigenen Weg zu finden.

Bestürzt blickte ich zu Boden.

„Natürlich", sagte ich, „ich verstehe."

Aber ich verstand nichts. Diesen Schlag hatte ich nicht erwartet. Ich musste mit offenen Augen zusehen, wie mein Leben wie ein Kartenhaus in sich zusammenfiel.

Am nächsten Tag verabschiedete ich mich zunächst von Asger. Ein letztes Mal spürte ich den großen, warmen Mann, und seine starken Arme lagen wie eine Decke um meinen schlanken Körper. Wunderbar und schrecklich fühlte sich das an, ich versuchte aber nicht zu weinen. Ich riss mich los, ging in die Hocke um den Retriever zu streicheln und flüsterte ein "Lebe wohl!" in sein Ohr. Ich nahm meinen Rucksack, schaute mich noch einmal um, und dann fuhr mich Ole im Volvo zum nächsten Bahnhof. Auf dem Bahnsteig vibrierte die Luft zwischen uns. Ole wischte mir die Tränen weg, nachdem wir uns zum Abschied lange geküsst hatten.

Es regnet in Strömen. Wann hört der verdammte Regen endlich auf? Der Regen, der Regen, der Regen… Gut, dass ich hier in der Bushaltestelle ein Dach über dem Kopf habe. Eine ältere Dame mit weißen Haaren wartet auf ihren Bus, und nun schaut sie mit einem Blick auf mich herab, der eine Mischung aus Missbilligung und Mitleid verrät. Für den Bruchteil einer Sekunde treffen sich unsere Blicke, dann guckt sie weg und hält Ausschau nach dem Bus. Als er kommt, steigt sie ein. Sie setzt sich auf den ersten verfügbaren Fensterplatz und schaut mich wieder durch das Fenster an. Ich bleibe auf der Bank sitzen. Ich bin schmutzig, und glaube, ich rieche schlecht.

Der letzte Schlag war zu hart gewesen. Ich war gescheitert, fühlte mich wie gelähmt und hatte mich in mich selbst zurückgezogen. Seitdem habe ich auf vielen Parkbänken und in Bushaltestellen gesessen. Was soll ich tun, wenn der erste Frost kommt? Die Nächte werden kalt, vielleicht zu kalt?

Ein Bus hält auf der gegenüberliegenden Straßenseite. Als er wieder angefahren ist, steht die weißhaarige ältere Dame wieder da. Sie blickt mich kurz an, überquert die Straße, kommt auf mich zu und sagt:

„Du siehst hungrig aus und brauchst wahrscheinlich ein Bad. Komm mit zu mir. Dort kannst du auf deinem Weg eine Pause machen."

Die weiße Leinwand

Ein bunter Fleck in der Landschaft. So könnte man den Mann, der in der Einfahrt von Schröders Einfamilienhaus stand, am besten beschreiben. Vor ihm standen zwei ansehnliche Staffeleien, auf denen eine Leinwand ruhte, die vermutlich mindestens zwei Meter breit und anderthalb Meter hoch war. Auf einem Tisch neben dem Maler stand eine beeindruckende Ansammlung von Farbtöpfen. In jeder Hand hatte er mehrere Pinsel, die er abwechselnd und mit kritischem Blick auf die Leinwand führte. Hier, von meinem Küchenfenster aus, konnte ich nicht sehen, was der Mann malte, aber er war sehr konzentriert bei der Arbeit.

Normalerweise würde man einfach denken, nun ja, der Schröder hat zu viel Geld, jetzt hat er einen Künstler engagiert, der ihm ein Bild von seinem Haus malt. Und damit wäre dann alles gesagt. Aber – ich konnte mich nicht vom Küchenfenster losreißen. Wie sah Schröders Haus auf der Leinwand wohl aus? Wie malte der Mann? Wer war er?

Seltsamerweise zog der Künstler im Garten des Nachbarn von Anfang an mein Interesse auf sich. Am auffälligsten an ihm war seine Kleidung. Seine Socken gehörten nicht zum selben Paar. Eine Socke grün, die andere rot. Eine lila kariert, die andere braun gestreift. Nichts passte zusammen. Und doch: Unter seiner warngelben Arbeitsjacke, deren Aufdruck verriet, von einer auf Autobahnreparaturen spezialisierten Baufirma aussortiert worden zu sein, trug er ein rotes Hawaiihemd mit Blumenmuster. Dieses war schief geknöpft und das untere Ende achtlos in eine giftgrüne Hose gesteckt, die eindeutig neuere und sauberere Tage gesehen hatte, und die von Tiroler Hosenträgern unter dem soliden Bauch an Ort und Stelle gehalten wurde. Eine rosa Mütze bedeckte die grauen Locken des Malers. Eines seiner besonderen Merkmale war zweifellos, dass er mit seiner runden Brille und dem grauen Bart äußerst männlich wirkte. Er muss ungefähr in meinem Alter gewesen sein, so um die sechzig.

Mir war es vor mir selber peinlich, wie ich starrend dastand und meinen Blick nicht losreißen konnte. ‚Setz dich jetzt an den

Küchentisch und trink deinen Kaffee!' befahl ich mir streng. Während ich mein Morgenbrötchen aß und online die Zeitung las, ging mir auf, dass mich die Nachrichten heute Morgen nicht wirklich interessierten. Es war still im Haus. Der Kühlschrank summte ein wenig, hörte dann aber nach einer Weile wieder auf. Die Uhr an der Wand gab keinen Ton von sich; sie war stehen geblieben. Ich schaltete meinen Laptop aus und lauschte auf die Lebendigkeit, die nicht da war.

Fast mein ganzes Leben lang war ich in der Verwaltungsbehörde angestellt gewesen. In den letzten Jahren hatte jedoch ein schleichender Wandel stattgefunden: Immer bessere IT-Programme, die künstliche Intelligenz nutzten, hatten meine Aufgaben übernommen, und die übrige Arbeit wurde an meine Kollegin Camilla verteilt. Für mich gab es nichts mehr zu tun. In der Cafeteria hatte ich Leute darüber reden hören, dass mein neuer Chef sehr religiös sei, und zwar ein wichtiger und ziemlich einflussreicher Kirchenführer einer stark homophoben Sekte. Natürlich kann ich nicht wissen, ob das der Grund war, weswegen ich dauernd übergangen wurde, aber es war so. Auch Camilla fand es seltsam, aber was sollte sie tun? Der Niedergang hatte begonnen.

Mein Chef hatte angekündigt, neue Aufgaben für mich zu finden, aber es geschah nur wenig, und das änderte die Situation so gut wie gar nicht. Die Tage zogen sich hin. Ich legte Papierstapel auf meinen Schreibtisch, ging mit beliebigen Ordnern unterm Arm durch die Flure, lieh mir grundlos den Schlüssel zum Archiv, alles nur, um meine Kollegen und Vorgesetzten glauben zu machen, ich sei beschäftigt. Mehrmals am Tag ging ich zum Kopierraum, um zu sehen, ob es etwas aufzuräumen gab. Das war selten der Fall. Das Telefon klingelte fast nie – ein Chatbot war installiert worden – und wenn doch, dann war es meist nur jemand, der nach der Telefonnummer eines Kollegen fragte. Ich hatte meinen Bildschirm so positioniert, dass man vom Flur aus nicht sehen konnte, womit ich meine Zeit totschlug: Sonderangebote, Spiele, Nachrichten.

Ab und an bekam ich eine Aufgabe. Aber anstatt mich dann voller Freude und Eifer darauf zu stürzen, seufzte ich nur tief und erlebte sie wie eine unüberwindbare Bürde. Ich war müde und schob die Aufgabe vor mir her. Zuerst musste ich ja etwas essen und Kaffee trinken und mich auf den Weg zum Kopierraum machen. Die Zeit verging langsam. Das Lösen der Aufgabe zog sich in die Länge, und erst als der Chef hereinschaute und in freundlichem aber bestimmten Ton fragte, wann er mit dem Ergebnis rechnen könne, machte ich mich an die Arbeit und lieferte sie später in schlechter Qualität ab.

Sollte ich mir einen neuen Job suchen? Ohne Lust sah ich die Stellenanzeigen durch. Es gab immer einige Erwartungen an die Bewerber, die ich meiner Meinung nach nicht erfüllte. Und wenn es dann schließlich mal eine Funktion gab, die ich mir zutraute, war ich mir sicher, dass sie einen alten Mann wie mich auf keinen Fall haben wollen würden. Ich fand immer ein Haar in der Suppe. Aber die Wahrheit war, dass ich mich nicht dazu überwinden konnte mich zu bewerben. Mein Selbstbewusstsein war weg. Ich hatte aufgegeben.

Bjarne sagte eines Abends bei einem Bier im Café Intime:

„Lennart, du hast ein *Boreout*, kannst du das nicht selbst sehen?"

Ich hatte das Wort noch nie gehört, aber seine Bedeutung war leicht zu verstehen.

„Ja, vielleicht hast du recht. Aber – was soll ich tun? Ich schleppe mich zur Arbeit, mache nichts und komme erschöpft nach Hause. Sie können einen wie mich nicht mehr gebrauchen."

Er sah mich ernst an:

„Du musst so schnell wie möglich aufhören. Nimm dir anschließend ein paar Monate Zeit, um wieder auf die Beine zu kommen. Und wenn du dann bereit bist, werde ich dir schon Feuer unterm Hintern machen!"

Er legte seinen Arm um mich, mit seinem verschmitzten Lächeln forderte er von mir ein dankbares Nicken und ein ‚Ja, du hast recht' ein, und dann stießen wir an und bestellten noch ein Bier.

Die nächsten Tage auf der Arbeit verbrachte ich damit, im Internet zu surfen und alles über Abfindungsregelungen und Entlassungen, Arbeitslosenunterstützung, Vorruhestandsregelung und Rentenalter zu lesen. Und je mehr ich mich mit der

Möglichkeit, meine Stelle zu kündigen, befasste, desto froher wurde ich beim Gedanken an eine bessere Zukunft. Wenn Bjarne mir helfen würde, könnte ich mein Leben grundlegend ändern. Er war nicht nur gut darin, über den eigenen Tellerrand zu schauen, er war auch erfahren und vor allem: lebensklug. Er kannte mich in- und auswendig. Er und ich waren vor fast 30 Jahren ein Paar gewesen, aber das hielt nicht lange. Damals wurde uns schnell klar, dass wir bessere Freunde als Liebhaber waren, und seitdem waren wir durch dick und dünn, durch Höhen und Tiefen gegangen, hatten uns gegenseitig unterstützt, gescholten, auf die Schulter geklopft oder Mut gemacht. Bjarne und Lennart: Eine lebenslange Freundschaft.

Mein Chef konnte sich schon ausrechnen, was ich wollte, als ich ihn eines Morgens im Büro um ein Gespräch bat. Auf die direkte Frage, ob er mich nicht entlassen könne oder einem vorzeitigen Ausscheiden zustimmen würde, antwortete er:

„Ja, Lennart, ich sehe, dass wir nicht genug Arbeit für dich haben. Vielleicht können wir eine Vereinbarung aushandeln ... Mal sehen, was ich tun kann."

Es verging keine Woche, als er mich in sein Büro rief:

„Lennart, ich habe jetzt mit unserer Personalabteilung gesprochen. Wir meinen, dass wir Dir einen Vertrag über vorzeitiges Ausscheiden anbieten können. Bist du damit einverstanden?"

Ich sah Licht am Ende des Tunnels:

„Ja. Danke", antwortete ich erleichtert.

Zwei Monate später gab ich einen Abschiedsempfang in der Abteilung. Als die Kollegen mich fragten, warum ich aufhörte, nahm ich einen Schluck Sekt und sagte nur:

„Ich muss zusehen, dass ich weiterkomme."

Sie nickten, konnten das verstehen, und fragten dann nicht mehr weiter nach, vermutlich um mir die Demütigung zu ersparen zu sagen, dass ich überflüssig geworden war. Als ich zum letzten Mal aus der Tür des Gebäudes der Verwaltungsbehörde trat, schloss ich die Augen, holte tief Luft und war zuversichtlich. Meine Zukunft konnte beginnen.

In der ersten Zeit nach meiner Kündigung war es herrlich, arbeitslos zu sein. Ich schaute viele Filme, ging erst nach Mitternacht zu Bett, wachte spät morgens auf und ließ mir für alles Zeit. Brachte den Garten auf Vordermann, sortierte meine Bücher im Regal nach Alphabet und ging ins Museum.

Doch dann begann die Begeisterung nachzulassen. Der Garten war so, wie er sein sollte. Die Museen, in die ich gehen wollte, hatte ich gesehen, die Bücher im Regal hatten ihren Platz in alphabetischer Reihenfolge erhalten. Die Zeit begann sich hinzuziehen wie Kaugummi. Ein Tag konnte lang sein. Vor allem die Wochenenden. Ich traf Bjarne ab und zu auf ein Bier im Café Intime, aber er hatte eine hohe Position, war dementsprechend beschäftigt und hatte nicht viel Zeit. Meine anderen Freunde hatten auch ihre Jobs und Ehemänner oder Ehefrauen und Kinder und Enkelkinder, ihre Sommerhäuser und Schrebergärten, ihre Reisen ins Ausland und ihre heimlichen Liebhaber. Ich hatte nichts. Und nein, mehr Freizeit führte nicht zu mehr Freundschaft. Mein Gemüt wurde schwer. Das Lesen der Zeitung frustrierte mich, machte mich sogar oft wütend, weil ich mich machtlos fühlte. Träge und lustlos saß ich oft da, und sagte zu mir selbst: „Jetzt nimm dich doch mal zusammen!" Aber zu was? Darauf hatte ich keine Antwort. Irgendwann wurde mir klar, dass ich einsam war, zutiefst einsam.

Der Maler da drüben – ich wurde den Gedanken an ihn nicht los. Nun stand ich wieder vom Küchentisch auf und schaute rüber zu Schröders Einfahrt. Er stand immer noch da und malte. Ich holte das Fernglas aus dem Wohnzimmer. Ja, jetzt konnte ich ihn deutlicher sehen. Ein sympathisch aussehender Mann, der in seine Arbeit vertieft war. Vielleicht sollte ich einfach hingehen und ein bisschen mit ihm plaudern? "Komm schon, Lennart", forderte ich mich auf, "du hast nichts zu verlieren. Das Schlimmste, was passieren kann, ist, dass er nicht mit dir reden will, und dann ist's ja auch egal."

Ich steckte in jede Jackentasche eine Flasche Bier und ging hinaus. Die Sonne stand hoch am Himmel, und auf der Vorstadtstraße herrschte schläfrige Mittagsstille. Die Kinder der Nachbarschaft waren in Kindergärten und Schulen, Mütter und Väter bei der Arbeit, und auch Schröders Mercedes stand nicht im Carport.

„Hallo", rief ich vom Bürgersteig aus den Maler an. Zuerst schien es, als hätte er mich überhaupt nicht gehört, aber als ich ein zweites Mal rief, hielt er inne und schaute in meine Richtung.

"Hallo! Malst du Schröders Haus?" Ich fragte, und im selben Moment dachte ich: Es ist so offensichtlich, dass er es tut, dass es wahrscheinlich die dümmste Frage ist, die man stellen kann. Der Maler lächelte und anstatt zu antworten, fragte er:

„Und wer bist du?"

Ich nickte rüber zu meinem Haus:

„Der Nachbar. Bin bin neugierig geworden, als ich dich gesehen habe. Das passiert ja nicht jeden Tag, dass jemand mit einer Staffelei in Schröders Einfahrt steht, oder?"

Der Maler runzelte die Stirn und sah mich ziemlich intensiv an.

„Nein, da kannst du recht haben."

„Darf ich näher treten und sehen, was Du gemalt hast?"

„Ja, komm einfach, aber halte dich bitte mit Kommentaren zurück, okay?"

Ich schaute mir das Werk an und dachte sofort: Schröder bekommt den Schock seines Lebens, wenn er dieses Porträt seines Hauses sieht, aber vielleicht unterschätze ich ihn ja. Auf dem Bild sah ich eine beeindruckende Vielfalt geometrischer und nichtgeometrischer Flächen, eine exquisite Orgie aus Erdtönen, zwei blau-weiße Flecken oben auf der Leinwand – sollten das womöglich die Augen des Besitzers sein, die über das Haus wachen? Und darüber geheimnisvoll geschwungene Balken – vielleicht Schröders mächtige Augenbrauen? Der Wacholderbusch war nicht an seiner Form oder Farbe zu erkennen, sondern an seinem Pinselstrich und seiner Platzierung im Bild. Der Schornstein sah aus, als habe er sich verflüssigt und seine Farbe von weiß zu pastellgelb geändert, und der Himmel, ja, der Himmel bestand zum großen Teil aus gelben und dunkelbraunen abgerundeten Dreiecken. Ich trat einen Schritt zurück, um das Gemälde aus der Ferne zu betrachten. So hatte ich das Haus nebenan noch nie gesehen. Und ich konnte mich fast nicht losreißen. Je länger ich es betrachtete, desto mehr gab es zu entdecken.

Selbstverständlich verzichtete ich auf jeden verbalen Kommentar. Der Maler ließ mich nicht aus den Augen, und er konnte natürlich an meinem Gesicht sehen, dass mich sein Werk faszinierte.

„Malst du selbst?" Ich schüttelte den Kopf.

„Vielleicht hast du Lust, mich in meinem Atelier zu besuchen? Dann könntest Du mehr von meinen Arbeiten sehen."

Ich war überrascht und froh, und beeilte mich zu sagen:

„Ja, sehr gerne! Ich heiße übrigens Lennart."

„Asmund." antwortete der Künstler. Wir schüttelten die Hände. Es verging ein Moment, in dem wir zwei stillen Menschen wortlos nebeneinanderstanden.

„Ach ja, das hätte ich fast vergessen: Darf ich dir ein kühles Bier anbieten?" Das Angebot wurde mit Freude angenommen, und wir öffneten die Flaschen, prosteten uns zu, und dann malte er weiter.

"Was machst du?" fragte er.

"Nichts", antwortete ich etwas beschämt.

"Das ist nicht gesund." Offenbar war der Maler ein Mann, der kein Blatt vor den Mund nahm, wenn eine bittere Wahrheit gesagt werden musste.

„Nein, das ist es wahrscheinlich nicht", gab ich zu und muss in diesem Moment geseufzt haben, denn er hörte auf zu malen und wandte sich mir wieder zu:

„Dagegen müssen wir was unternehmen!"

Er gab mir die Adresse und schlug einen Zeitpunkt vor, und als ich die Vereinbarung mit einem Nicken und einem „Bis dann!" bestätigte, tranken wir unser Bier aus und mit den beiden leeren Flaschen in meinen Jackentaschen ging ich wieder zurück nach Hause.

Zwei Tage später stand ich in einem Industriegebiet vor der Tür eines unbeschreiblich nichtssagenden Gebäudes. Ich klopfte an. "Komm rein!" ertönte eine Stimme von innen. Sowohl der Griff, als auch die Türscharniere machten quietschende Geräusche, als ich öffnete und eintrat. Das Atelier des

Malers hatte breite Oberlichter, hohe weiße Wände, an denen monströse halbfertige Leinwände hingen, und rundherum standen Farbeimer, Zeichenutensilien, Arbeitstische mit Aquarellpapier und Becher mit eingetrockneten Kaffeeresten. Im Hintergrund lief eines von Bachs Klavierkonzerten. Asmund trug eine Handwerkerhose, übersät mit Farbflecken und ein Hemd aus dünnem Stoff, gelb mit orangenen Punkten. Er stand lässig mit einer Tasse in der Hand in einem Türrahmen und sah mich freundlich an.

„Lennart! Schön, dass du kommst. Kaffee?"

Kurz danach stand ich vor mehreren Bildern, die an der Wand lehnten. Ich nippte am Kaffee. Ließ mich von den Gemälden faszinieren. Asmund führte mich umher:

„Dieses Bild hier hat in der Freien Ausstellung in Kopenhagen gehangen. Und diese drei hat das Oberlandesgericht gekauft. Da drüben habe ich einige Aquarelle: Sie sind gerade von einer Ausstellung im Kunstmuseum Dronninglund zurückgekommen…"

Die besondere Tiefe, der Ausdruck und die Kompositionen der Bilder begeisterten mich am meisten. Wir setzten uns in abgenutzte, aber bequeme Sessel.

„Erzähl etwas von dir!" begann er das Gespräch, lehnte sich zurück, trank einen Schluck Kaffee und sah mich erwartungsvoll an.

Ich erzählte, dass ich meine Arbeit aufgegeben hatte und jetzt meine Freiheit genieße.

„Und was macht man damit? Mit dieser Freiheit?"

Ich wurde verlegen, versuchte mich rauszureden: Museum… Garten… Freunde treffen… Lennart unterbrach mich:

„Du meinst: Nichts?" Ich fühlte mich getroffen, antwortete nicht gleich, schaute nur einen Moment aus dem Fenster auf die gegenüberliegende Fabrikhalle.

„Ja, ich denke, so kann man das nennen."

„Darf ich dich malen?"

Die Frage kam überraschend und bereitete mir Unbehagen. Ich konnte nichts vor ihm verbergen, diesem Asmund. Ich war mir sicher, dass er alles sah, meine Fassade, darunter meine Resignation, mein ganzes verkrustetes Leben. Sollte ich mich bereit erklären, mich porträtieren zu lassen, würde er alles offenbaren, was ich war, aber nicht sein wollte.

„Vielleicht ein andermal", sagte ich, und ich muss ziemlich mutlos gewirkt haben, denn er antwortete:

„Völlig ok! Aber im Falle, dass du dich selbst malen willst: Im kleinen Atelier nebenan kriegst du eine Staffelei und eine Leinwand, und dann kannst du loslegen."

Bald darauf hatte ich die Ärmel hochgekrempelt und stand mit dem Pinsel in der Hand vor einer mittelgroßen Leinwand. Lennart hatte sich in das andere Atelier verzogen, um weiter an Schröders Haus zu arbeiten.

„Denk dran", ertönte seine Stimme von nebenan, „denk dran, keinen Spiegel oder eine Handykamera benutzen! Dein Selbstporträt soll nicht zeigen, wie du aussiehst, sondern wer du bist."

Aber wer war ich? Wie malt man Entbehrung? Fehlendes Selbstwertgefühl, nicht vorhandene Entwicklung, Mangel an Freunden? Und wie zeichnet man einen Mann, der von der Arbeit, vom Nichts erschöpft, aber tief drinnen enorm hungrig auf Leben ist? Welche Farbe hat Sehnsucht?

Eine leere Kaffeekanne, eine immer noch weiße Leinwand und ein fast aufgebender Nichtmaler – das war das Bild, das ich abgab, als Asmund zwei Stunden später rüberkam, um zu sehen, wie es lief. Er schaute interessiert auf die weiße Fläche auf der Staffelei, trat einen Schritt zurück, kam wieder näher heran, neigte seinen Kopf mit kritischem Blick erst in die eine, dann in die andere Richtung.

"Aha." er sagte. „Ein Porträt der seltenen Art. Darf ich sagen, was ich darin lese?"

Ich schämte mich ein wenig, weil ich nichts gemalt, nichts geleistet hatte, nickte aber trotzdem.

„Ich sehe etwas Weißes und es fühlt sich an wie Frieden und Licht. Es gibt auch eine Leere in deinem Bild, eine traurige Leere und eine Verlorenheit. Komm ein bisschen näher!"

Er legte seine Hand auf meine Schulter und zog mich ganz dicht an die Leinwand.

„…und hier, hier, wo ich jetzt mit dem Finger hinzeige, kannst du all die kleinen Nuancen sehen, die der Schatten deines Kopfes auf die Leinwand wirft: Ich sehe einen wohlgeformten, aber immer noch verschwommenen Umriss, aber ich spüre auch ein enormes Potenzial darin. Ungenutztes Potenzial. Ich kann auch feststellen, dass mein gelbes Hemd den Farbton der Leinwand verändert. Und wenn du jetzt deine Hände ganz dicht dranhältst, kannst du zusehen, wie sich das Bild verändert: Die Schatten werden dunkel, stark, ich lese in ihnen, dass deine Hände erschaffen können, formen wollen, deine Zukunft modellieren werden, du musst sie nur loslassen und freigeben."

Ich betrachtete das Bild mit staunenden Augen. Ja, jetzt konnte ich mich selbst auf der weißen Leinwand erkennen. Das Bild war noch ungemalt, aber je länger und je intensiver ich es betrachtete, desto deutlicher entwickelte es sich zu einem ausdrucksstarken Porträt. Asmund lächelte ein wenig und ließ mich auf dem Hocker vor meiner Staffelei sitzen. Er ging wieder rüber in sein Atelier und rief kurz danach von dort aus:

"Brauchen wir nicht bald mal eine Mittagspause? Ich bestelle was zu essen."

Meine Gedanken hatten sich verwirrt, ich war herausgefordert – und hungrig.

"Ja!" rief ich zurück. "Ja!!!"

Den ganzen Nachmittag habe ich dann gemalt. Da war zuerst mein Körper – wie ist er? Ich entschied mich dafür, nur die Körperteile zu malen, die ich bewusst wahrnehmen konnte, und die Größe variierte je nach Wichtigkeit. Meine Augen zeigten sich auf dem Bild erweitert und geöffnet, aber gleichzeitig verblasst, als wären sie hinter einem Stück Gaze verborgen. Das Herz nahm starke Konturen an, man sah fast, wie es pumpte. Meine Hände waren zusammengerollt, fast wie in einem Krampf. Den Rücken, die Hüften und den Schritt ließ ich ungemalt – ich spürte sie nicht. Aber eigentlich mochte ich meinen Körper, und deshalb bekam er verschiedene Blautöne, meine Lieblingsfarbe. Meinen Gedanken wurden auf dem Bild zu einer Vielzahl brauner, roter und gelber geometrischer Figuren, meine Seele erschien als blasenartiges pastellgrünes Leuchten. Mein Haus um mich herum sah in Farbe und Form wie ein Bunker aus, und dann kam der Garten. Der Garten wurde der Verlierer des Bildes: eine konturlose, eindimensionale grüne Fläche mit scharfen Kanten. Bjarne war auch da: Er schwebte über allem und sah aus wie ein außerirdischer Vogel. Asmund wurde als starke gelbe Flüssigkeit dargestellt, die ich über die ganze Leinwand spritzte.

Ich war weit gekommen, war aber noch nicht fertig, als Asmund am späten Nachmittag mit zwei Dosen Bier aus seinem Atelier nebenan kam. Wir öffneten sie mit einem zischenden Geräusch.

"Prost!" Asmund schaute auf meine Arbeit: „Nun, so langsam wird das ja was. Das sieht dir ja schon ziemlich ähnlich!"

Ich freute mich, ich freute mich sehr, und noch mehr, als er fragte:

„Sollen wir nicht morgen weitermachen?"

Ich saß auf meiner grauen Couch und sah mich um. Mein Wohnzimmer schrie nach Veränderung. Irgendwas Neues. Oder vielleicht einfach - alles? Andere Farbe an den Wänden, neue Möbel, frische Bilder? Ich nahm das alte Landschaftsgemälde von der Wand: Darunter war die Tapete heller als drumherum. Die Jahre hatten ihre Spuren hinterlassen. Meine Zimmerpflanzen waren staubig. Mein Bücherregal zwar ordentlich sortiert, aber voller ungelesener, uninteressanter Bücher. Es war mir peinlich. Wenn ich mich nicht zusammenriss und etwas veränderte, wie würde mein Weg enden?

Jetzt stand ich vor meinem Kleiderschrank. Ach du liebes bisschen, was für eine dröge Sammlung aus Grau, Braun und Schwarz! Und eine ganze Kleiderstange mit Kleidungsstücken, die ich nur zu besonderen Anlässen trug. Entschlossen nahm ich einen schwarzen Müllsack und sortierte die langweiligen und nichtssagenden Klamotten aus: Von nun an sollte jeder Tag ein besonderer Tag sein. Die gute Kleidung sollte fortan im Alltag angezogen werden.

Ich freute mich auf morgen.

Bevor ich in Asmunds Studio auftauchte, hatte ich für ein herzhaftes Frühstück für ihn und mich gesorgt. Asmund hatte einen gesunden Appetit, griff zu und war gut gelaunt.

„Du wirst wahrscheinlich der neue Picasso, wenn du so weiter malst wie gestern!"

„Haha, du machst Witze, Asmund! Aber ja, es war eine fantastische Herausforderung, vor die du mich gestellt hast!"

"Dann lass uns sehen, ob dein Selbstporträt heute fertig wird", lächelte er vergnügt.

Den ganzen Tag arbeitete ich tief konzentriert an der Aufgabe. Die Grünfläche, die gestern den Garten ausmachte, verwandelte sich heute in einen Dschungel geheimnisvoller, dunkelroter, schwarzer, schwarzbrauner und fast vibrierender Figuren - vielleicht Insekten? - und imaginäre Gewächse in allen Farben wuchsen wild aus dem kurz geschnittenen Rasen. Das Bunkergrau der Hausfassade bekam einen rötlichen Schimmer und die Fenster wurden lebhaft: als leuchtende, organische Elemente symbolisierten sie meine neue Lebendigkeit. Das Gemälde war zu meinem Spiegel geworden. Es dokumentierte meine beginnende Veränderung: Mein Wille lag wie eine Kugel in meiner Hand, die heute ihren gestern noch verkrampften Griff um sich selbst gelockert hatte. Im Laufe des Tages verwandelte sich mein Gemälde in ein fließendes Universum, das die Transformation zum Ausdruck brachte, nach der ich mich so sehr sehnte. Heute war ich mir selbst nähergekommen.

Wir waren beide zufrieden mit unseren Werken und mit einander, als wir am Abend bei unserem Feierabendbier zusammensaßen und über Kunst und das Künstlersein sprachen.

„Als ich gestern Morgen anfing, spürte ich das große Nichts meines Lebens in mir", sagte ich. „Alle meine verschwendeten Stunden, Tage und Monate von meiner vorherigen Arbeit wurden plötzlich sichtbar, als ich vor der weißen Leinwand stand. Ich steckte fest und war kurz davor zu heulen. Kannst du das verstehen? Mich selbst zu malen war zunächst so, als würde ich mich bloßstellen. Aber nachdem du mir Mut gemacht hattest, etwas zu beginnen, schämte ich mich plötzlich nicht mehr. Im Bild habe ich mich in all meinen Schattierungen gezeigt."

Asmund nickte: „An manchen Tagen ist man einfach innerlich leer und kein Tropfen Farbe landet auf der Leinwand. Aber manchmal ist die Kunst einfach nur ein Wirbelwind und das Malen kann nicht schnell genug gehen. Es gab viele Nächte, in denen ich mich nicht bremsen konnte, ich musste malen, formen und ausdrücken, was sonst verloren zu gehen drohte. Es ist schon vorgekommen, dass ich morgens spät im Sessel aufgewacht bin, im dem ich nachts vor Erschöpfung eingeschlafen war. Und dann musste ich weitermalen. Malen ist ein Prozess, bei dem man sich selbst und der Welt einen Spiegel vorhält … eine ständige Veränderung und letztendlich eine kolossale Liebeserklärung."

Draußen war es dunkel geworden. Ich stand auf.

„Ich muss nach Hause, danke für diesen ganz besonderen Tag heute, Asmund. Wenn ich darf, werde ich ab und zu vorbeikommen und dich hier besuchen, und wenn mein Bild trocken ist, werde ich es nach Hause holen."

Auch er war aufgestanden und sagte nichts. Er sah mir nur in die Augen. „Komm", sagte er, breitete seine Arme aus und umarmte mich mit seinem massigen Körper, so herzlich und warm, wie ich nie zuvor umarmt worden bin. „Danke", flüsterte ich. "Danke."

Ich schwebte durch die nächtliche Stadt. Balancierte auf dem Bordstein, pfiff Bachs Klavierkonzert, hüpfte auf Parkbänke, drehte Pirouetten und auf dem Kinderspielplatz spielte ich Kapitän auf dem Holzschiff. Und als ich nach Hause kam, hatte sich mein Garten in einen Urwald und mein Haus in eine Art Raumstation verwandelt.

Das Format einer Frau

Hanne W. Nielsen schritt jede Treppe mit der Erhabenheit hinunter, mit der sich Grace Kelly im Palast von Monaco bewegte. Und das tat sie unabhängig davon, ob sie in Rom die Spanische Treppe hinunterging oder die Hinterhoftreppe des Kopenhagener Mehrfamilienhauses, in dem sie im zweiten Stock in der Wohnung neben mir wohnte.

Hanne war groß und schlank, ihre Haltung war beeindruckend, und trotz ihrer Körpergröße von 1,84 m trug sie immer Schuhe mit hohen Absätzen: im Sommer Pumps und im Winter hohe Stiefel, und wenn ich hohe Stiefel sage, meine ich sehr hohe Stiefel von der Sorte, die bis über's Knie gehen. Es ist mir immer ein Rätsel gewesen, wie sie es schaffte, die – zugegebenermaßen sehr schlanken aber bestimmt nicht kleinen Füße – in diese Stiefel zu kriegen. Ein unsichtbarer Reißverschluss? Gleitgel? Was war ihr Geheimnis?

Wenn sich die Wohnungstür öffnete, und sie auf den Treppenabsatz trat, tat sie dies mit unwiderstehlicher Eleganz. Vielleicht lag es auch an der Art, wie sie ihre kleine Handtasche hielt. Sie baumelte mit erstaunlicher Leichtigkeit am in der Länge wohl sorgfältig abgemessenen Griff von Hanne W. Nielsens Unterarm herab, während sie den Wohnungsschlüssel in ihrer schlanken Hand hielt. Mit der anderen Hand schob sie die leicht getönte Brille von der Nase auf den Kopf, und betraute sie so mit der noblen Aufgabe, das volle Haar zusammenzuhalten. Grace Kelly würde vor Neid erblassen, dachte ich, und doch war diese in ihrem Leben weiter gekommen als Hanne W. Nielsen. Oder vielleicht nicht?

Hanne lebte allein in ihrer Wohnung. Ich glaube, es gab weder Mann noch Frau, noch Kinder, Mutter oder Liebhaber in ihrem Leben. Ich war noch nie in ihrer Wohnung gewesen, aber dort hineinzukommen stand ganz oben auf meiner Wunschliste. In den ersten zwei Jahren, nachdem sie in meine Nachbarwohnung eingezogen war, grüßten wir uns auf der Treppe immer nur höflich, ohne über etwas anderes zu reden als über das Wetter, oder wir wechselten ein paar Worte über die Mülltrennung und dass es damit ja nicht so einfach sei. Erst später, beim jährlichen Arbeitstag der Bewohner des Hauses, kamen wir ins Gespräch. Wir hatten den ganzen Morgen gearbeitet. Sie trug einen abgenutzten und fleckigen grauen Overall, der jedoch seine Renaissance dadurch erlebte, dass er das auserwählte Kleidungsstück war, das ihren Körper umhüllen durfte. Hannes Haare waren mit einem Haarband zurückgehalten, das perfekt zum Overall passte. Die schlanken Hände, vom Handgelenk bis zu den aufwendig rot lackierten Fingernägeln, waren in türkisfarbenen Gummihandschuhen verborgen. Sie trug sie mit einer Anmut, die einer Fürstin würdig wäre.

Nach der Arbeit saßen wir mit den anderen Bewohnern im Hinterhof zum Grillen. Ich hatte dafür gesorgt, dass ich neben ihr sitzen konnte. Ich weiß nicht, warum ich so darauf aus war, mit Hanne zu reden, aber ich war es. Sobald es ins Gespräch passte, fragte ich sie, was sie mache. Also - beruflich.

„Ich bin Busfahrerin", sagte Hanne W. Nielsen.

Ich muss wie ein glotzender Koalabär beim Anblick eines Eisbergs ausgesehen haben. Es war schwer, sich eine Frau ihres Formats als Busfahrerin in einem Stadtbus vorzustellen.

„Na, Lise", sagte sie, sichtlich erfreut über meine Reaktion. „Das überrascht dich, was?!?"

Ich nickte wortlos. Und sofort stellte ich mir vor, wie die großgewachsene, schlanke Filmstar-Figur mit den kultivierten Damenhänden einen vollen Stadtbus bei nebligem Novemberwetter um die Straßenecken von Kopenhagen-Nørrebro nahezu schweben ließ, wie sie den Knopf zum Öffnen und Schließen der Tür drückte, als berühre sie eine Kontaktlinse im Auge. Und wie sie ihre Hand hob, um die entgegenkommenden Kollegen zu grüßen, mit einer Anmut, als sei sie die abdizierte Königin Margrethe, die den Menschen vom Balkon aus zuwinkt.

Hanne W. Nielsen hatte alles, was ich nicht hatte. Ich war, wenn auch nicht verliebt, so doch ganz hin und weg von ihr. Eines Tages klopfte es an meiner Tür. Da stand sie und lächelte ihr unwiderstehliches Lächeln. Sie schaute sozusagen aus ganz natürlichen Ursachen auf mich herab, weil ich einen Kopf kleiner war als sie und um die Hüften zwei Köpfe breiter. Hinter ihr stand ein Koffer. Am linken Unterarm baumelte ihre Handtasche, mit der anderen Hand hielt sie mir einen ebenso baumelnden Türschlüssel vors Gesicht.

„Hallo Lise, darf ich dich um einen Gefallen bitten? Würdest du meinen Wohnungsschlüssel aufbewahren, so lange ich auf Reisen bin?" Sie beugte sich ein wenig vor, als handele es sich um eine Verschwörung zwischen zwei Schwestern. „Nur für den Fall, dass was passiert."

„N-n-natürlich", sagte ich, nahm den Schlüssel entgegen und redete irgendwas weiter, dass ich gut auf ihn aufpassen würde und dass sie sich auf mich verlassen könne und wohin sie überhaupt reisen wolle?

„In den Süden", antwortete sie gutgelaunt, und ihr verführerisches Lächeln ließ mich diesen göttlichen Körper im Bikini im Liegestuhl auf einem Kreuzfahrtschiff oder an einem maledivischen Traumstrand vorstellen. Ich fragte nicht weiter, war aber geistesgegenwärtig genug, ihr eine gute Reise zu wünschen, woraufhin sie sich bedankte, ihren Koffer (der wahrscheinlich voller Bikinis war) nahm und ging.

Der Schlüssel hing von nun an in meinem Flur am Haken. Jedes Mal, wenn ich vom Wohnzimmer, wo ich nachts auf dem Schlafsofa schlief, vorbei am Zimmer meines Sohnes Magnus, zur Küche und wieder zurück ging, streifte ihn mein Blick.

Am dritten Tag nach der Abreise von Hannes W. Nielsen konnte ich der Versuchung nicht länger widerstehen: Ich nahm den Schlüssel, wartete hinter meiner Tür bis es im Treppenhaus ruhig war, und schlüpfte dann in Hannes Wohnung. Leise schloss ich die Tür hinter mir. Jetzt war ich drin, in der kleinen Wohnung nebenan, genauso geschnitten wie meine, nur spiegelverkehrt. Zuerst sah ich mir genau das Wohnzimmer an: Sofa, Bücherregal, Esstisch, Musikanlage, keine Pflanzen, alles geschmackvoll dekoriert, aber so neutral, dass es wie eine Ausstellung in einem Möbelhaus aussah. Ich war enttäuscht, obwohl ich nicht wirklich weiß, was ich eigentlich erwartet hatte.

Im Schlafzimmer herrschte die gleiche Vorhersehbarkeit: Einzelbett (ordentlich gemacht), Kommode (langweilig), Spiegel (in dem ich selbst auf unangenehme Weise zu sehen war), Schrank, Schminktisch mit Nagellack und Cremes und Tuben und Haarbürste, alles aufgeräumt und geordnet. Ich öffnete die Schranktür; unten hochhackige Schuhe und oben eine lange Reihe Kleider. Wieder eine Enttäuschung. Ich wusste nicht, wonach ich suchte, aber ich wurde immer begieriger, ich schwitzte, obwohl es nicht heiß war.

In der unteren Schublade der Kommode befanden sich alte Fotos. Ich ging sie schnell durch und hielt bei einem Foto inne: Es war ein älteres Foto eines sehr hübschen, großgewachsenen und schlanken Jungen in Badeshorts am Strand. Der Junge sah genauso aus wie Hanne. Es bestand kein Zweifel, das *war* Hanne…

Als ich mit dem Foto in der Hand dastand, fühlte ich mich plötzlich so erbärmlich, so hässlich, dass ich anfing zu weinen. Ich legte es zurück und schloss die Schublade, eilte zur Eingangstür, lauschte ins Treppenhaus und war bald darauf wieder in meiner eigenen Wohnung. Im Flur hockte ich mich hin, mein Gesicht in den Händen verborgen. Ich heulte und schluchzte, als ob sich der ganze Kummer, die Scham und die angesammelte Reue meines Lebens ihren Weg bahnen wollten.

Die Tür zum Zimmer meines Sohnes Magnus war immer geschlossen. Tatsächlich war ich dort nie mehr hineingegangen, seit er sein Zimmer und die Wohnung verlassen hatte, nach dem, was an jenem Nachmittag vor fast einem Jahr passiert war. Er war damals 19, und wie alle in dem Alter erzählte er nicht viel von sich selbst. Ich guckte Fernsehen, er saß im Sessel mit seinem Notebook. Er stand auf, ging auf die Toilette und nahm sein Notebook mit. Sein Handy ließ er unverschlossen auf dem Couchtisch zurück. Ich zögerte, konnte aber der Versuchung nicht widerstehen: Ich nahm es und begann zu schnüffeln, und das erste, was ich sah, war eine Nachricht, in der er einem anderen Jungen seine Liebe gestand. Als er zurückkam, schaffte ich es nicht rechtzeitig, das Handy auf den Tisch zurückzulegen.

Er hatte mich erwischt. Er sah mich vom Flur aus mit einem Blick an, dessen Enttäuschung, Wut und – ja – Verachtung grenzenlos waren. Magnus kam erzürnt auf mich zu und riss mir das Handy aus der Hand, er lief in sein Zimmer und schlug die Tür hinter sich zu. Und nach kurzer Zeit kam er mit einer gepackten Tasche wieder heraus. Vom Eingang aus warf er mir einen giftigen Blick zu, zeigte mit dem Zeigefinger auf mich und sagte: „Das machst du *nie* wieder!"

Die Wohnungstür fiel hinter ihm hart ins Schloss. Ich blieb auf dem Sofa sitzen und starrte auf die gegenüberliegende Wand, während meine Einsamkeit begann, mich aufzufressen.

Papa trägt mich

Ich will im Grunde nichts anderes, als hier sitzen. Auf Papas Sofa – dem sichersten Ort der Welt. Ok, ich gebe zu, es ist an den Rändern ausgefranst, es ist durchgesessen, eine Feder bohrt sich fast durch die Polsterung und es wird immer schlimmer. Was tut man? Man legt ein Kissen und eine Decke darüber und dann ist das Problem gelöst. Vorerst. Sie sehen, ich bin ein praktisch veranlagter Mensch. Aber sicher, ich werde wahrscheinlich irgendwann ein neues Sofa finden müssen.

Die Cola-Flasche ist halb leer. Ob da wohl noch mehr in der Küche sind? Kann mich nicht erinnern, ich muss rausgehen und nachsehen, aber erst, wenn diese leer ist, nicht vorher. Man sollte seine Kräfte nicht unnötig verschwenden.

Die Nachmittagssonne scheint herein, sodass man kaum auf den Hof und die Scheune gegenüber schauen kann, so dreckig sind die Fenster. Sie müssten eigentlich mal geputzt werden, aber ich kann meine Brille nicht finden, muss sie verlegt haben, also so gesehen ist es ja auch egal mit den Fenstern. Und da draußen gibt es sowieso nichts anzugucken, es gibt nur den Hof und Papas abgemeldetes Auto und den Stapel Bretter und die alte Matratze und all das Zeug. Es gibt nicht einmal Vögel oder Hunde oder so was. Auf unserem Gehöft seien Hunde mittlerweile leider verboten, sagte die Frau von der Gemeinde. Ich muss die Fenster putzen, das weiß ich, aber das mache ich später, irgendwann später.

Ich muss einkaufen. Zum Kiosk im Dorf. Zigaretten und Cola und Bier und Baileys. Erst morgen werden die Lebensmittel und Waren geliefert, glaube ich. Oder übermorgen? Die Frau von der Gemeinde hat mir geholfen, Essen online zu bestellen. Schokoladen- und Milchreis, Kuchen und Pudding. Ich konnte das selbst nicht auf die Reihe kriegen. Ja, ich weiß, es ist nicht wirklich schwierig, aber das bloße Hochfahren von Papas Computer ist für mich fast nicht zu schaffen. Fragen Sie mich nicht warum, ich kann es nicht erklären. Aber jetzt funktioniert es. Sie kommen einmal die Woche, aber mein Getränkevorrat reicht nicht für eine ganze Woche. Ab und zu muss ich eben selbst mit dem Fahrrad zum Lebensmittellädchen in Fossendrup fahren und Vorräte einkaufen.

Ich trinke zu viel, und ja, Papa mag das gar nicht, aber Lucky ist das egal. Er sitzt einfach in seinem Käfig und piept und piept und springt von einer Holzstange runter zur nächsten und wieder hoch. Den ganzen Tag. Ab und zu kackt er, und wenn alles vollgekackt hat, muss ich vom Sofa aufstehen, hingehen und das Ganze abkratzen und den Käfig mit neuem Sand füllen und ihm Körner und Wasser und so geben. Manchmal kann ich das gar nicht überschauen, alles geht so schnell, dann sagt die Frau von der Gemeinde zu mir: Marianne, du musst doch aufstehen und Luckys Käfig saubermachen und ihm was zu trinken und zu essen geben, und dann mache ich das natürlich auch, denn Lucky muss es ja gut gehen.

Überall hier liegen Bierdosen und so rum. Ich müsste die leeren Baileys-Flaschen zum Müllcontainer bringen, aber wissen Sie was? Das ist mir einfach zu viel. Ich dämmere lieber vor mich hin auf Papas Sofa, es ist schön warm hier, aber manchmal ist es nur warm zwischen meinen Beinen, nein, nein, wie peinlich, aber man kann doch auch nicht immer der perfekte Mensch sein, oder?

Papa ist immer gut zu mir gewesen. Zwar hat er die Hunde besser behandelt hat als mich, aber ich bin ja nun auch nicht sehr hübsch anzusehen, also so gesehen ist das ja verständlich. Nachdem meine Mutter in ihrem ständigen Suff mit einem anderen Mann durchgebrannt und über alle Berge verschwunden war, gab es ja nur noch meinen Vater und mich hier auf dem Hof. Es muss wirklich hart für ihn gewesen sein, seine Frau zu verlieren und nur noch seine Tochter zu haben.

Ab jetzt musste ich mich um ihn kümmern. Ich habe mich auch ein bisschen gefreut, weil ich ihn jetzt für mich alleine haben konnte, dachte ich. Aber er hat mich oft geohrfeigt, nicht nur, wenn ich das Frühstück nicht fertig hatte, wenn er morgens aufstand. Und wenn ich es nicht geschafft hatte, die Wäsche zu waschen, hatte ich ja auch nichts anderes verdient, als dass er mich ins Kabuff unter der Treppe einsperrte. Aber er hat mich stets wieder rausgelassen, irgendwann, und dafür bin ich ihm immer noch dankbar. Schließlich habe ich auch mein

Bestes getan, um ihn ein bisschen froh zu machen, wenn er mich darum bat. Danach hielt er meinen Kiefer in seiner Hand und drückte zu, und dann musste ich ihm versprechen, dass ich es niemandem erzählte, wenn wir zusammen Spaß hatten, wie er das ausdrückte. Natürlich habe ich ihm das versprochen, ich konnte nicht im Traum daran denken, Papas und mein kleines Geheimnis preiszugeben. Aber egal, was ich tat und wie sehr ich mich anstrengte: Er behandelte die Hunde besser als mich. Ich weiß immer noch nicht, warum ich als Tochter nicht gut genug war.

Das Hundehotel meines Vaters lief eigentlich sehr gut. Die Leute kamen und brachten ihre Köter zu uns und zahlten für jeden Tag einen guten Preis, bis sie sie wieder abholten. Mein Vater mochte Hunde, aber vor allem war er ein Geschäftsmann, oder besser gesagt Krämer, der sich darauf verstand, Geld aus den Kunden rauszuholen. Nachdem die Besitzer die Hunde abgegeben hatten und wieder weggefahren waren, um auf Reisen oder Familienbesuche zu gehen, wurden sie in die Käfige in der Scheune gesperrt. Sie bekamen was zu essen und zu trinken und warteten dann darauf, dass Herrchen und Frauchen aus dem Urlaub auf den Malediven oder so zurückkamen. Das Gute war, dass die Viecher nicht reden und plappern und nicht über unsere Hundepension herziehen konnten. Sie heulten nachts, und wenn sie zu viel heulten, bekamen sie einen Tritt in den Hintern und dann waren sie still, das kann ich Ihnen flüstern. Auf diese Weise brachte mein Vater ihnen bei, sich ordentlich zu benehmen. Und als die Besitzer sie dann abholten, freuten sich die Hunde noch mehr, als sie es normalerweise getan hätten. Sie rannten dann herum, sprangen auf und leckten den Kunden das Gesicht, und alle waren glücklich. Meinem Vater sei Dank. Wie gesagt, es lief alles sehr gut.

Doch dann kam der Abend, an dem mein Vater krank wurde. Es war schon spät und der Himmel war dunkelblau. Ich stellte mich an die Tür des Schuppens, wo er mit seinem Küchenmesser an der Fleischbank stand und Kuhmägen in Stücke schnitt. Die Viecher liebten den Gestank, besonders wenn das Fleisch ein wenig angegammelt war und schlecht

95

roch. Papa bemerkte, dass ich nur dastand und guckte, und dann sah er mich wütend an und sagte mir, ich solle aufhören da so blöde zu stehen und zu glotzen, und damit hatte er ja eigentlich auch recht, denn ich hatte ihn wirklich angestarrt, ein wenig bewundernd, ein wenig abgestoßen, ein wenig angezogen, alles irgendwie von ganzem Herzen.

Plötzlich ließ er sein Messer los, und es fiel auf den Boden. Warum lässt er sein Messer los? fragte ich mich einen Moment lang. Er packte sich an den Hals, dann gaben die Knie nach und sein schwerer Körper fiel auf den Lehmboden in die Pfütze aus Tierblut und Eingeweiden. Da lag er nun mit weit geöffneten Augen. Mein armer Vater. Das war richtig blöd, denn es geschah mitten in den Herbstferien, als alle Käfige mit Kötern gefüllt waren. Ich musste was tun. Ich ging zu ihm und öffnete seine Hose, weil ich dachte, dass er vielleicht wieder gesund wird, wenn ich ihn froh mache, aber er reagierte nicht wie sonst. Er keuchte und stöhnte und sagte nur: „Hol den Krankenwagen!" und dann rannte ich ins Haus und rief 112 an und sagte: „Guten Tag, hier ist die Marianne, und mein Vater liegt im Schuppen und sagt, ich soll sie rufen, und wir wohnen im Hørtrupweg 22." Und dann habe ich gleich wieder aufgelegt.

Kurz danach kamen ein Krankenwagen und ein Polizeiauto, und der ganze Hof wurde vom Blaulicht erleuchtet. Das war unheimlich schön anzusehen, fast wie ein Feuerwerk, aber stärker, viel stärker. Unser in blaues, blinkendes Licht getauchter Hof ist tatsächlich das Schönste, was ich je gesehen habe, dank meines Vaters, der mir dieses Erlebnis geschenkt hat.

Sie hoben ihn auf eine Trage, schoben ihn in den Krankenwagen, und kurz darauf waren sie weg und mit ihnen das blaue Blinklicht, und ich war allein auf dem dunklen Gehöft mit all den kläffenden Kötern.

In den nächsten Tagen tat ich, was ich konnte, aber als die ersten Hundebesitzer aus dem Urlaub zurückkamen, beschwerten sie sich, dass ihre Hunde in ihrem eigenen Kot lagen und abgemagert seien. Aber ich hatte ihnen was zu essen gegeben, ich meine bestimmt, dass ich das getan habe, zumindest so gut ich konnte. Dauernd klingelte das Telefon, aber ich wollte nicht abnehmen, also zog ich den Stecker aus der Wand, und dann war es still, und ich konnte mich auf die Hunde konzentrieren, und ich musste ja auch für mich selbst was zu essen finden. Die Gefrierkühltruhe war Gott sei Dank mit Essen gefüllt, also auch dafür hatte mein lieber Vater gesorgt. Selbst jetzt, wo er krank war, dachte er an mich.

Es dauerte nicht viele Tage, bis die Polizei wieder auf den Hof gefahren kam und mir einige Papiere zeigte, die ich nicht lesen wollte, und sie sagten etwas über Tiermisshandlung und dass die Lizenz widerrufen worden sei und dass unsere Tierhaltung unverzüglich zu stoppen sei. Ich habe das nicht verstanden. Die Tiere bellten in der Scheune, daran konnte ja nun nichts falsch sein. Ich sagte ihnen, dass mein Vater wahrscheinlich auf dem Weg vom Krankenhaus nach Hause sei, aber nein, sagten sie, das sei nicht der Fall, und ob man mir nicht gesagt habe, dass er tot ist. Nein, das hatte man nicht, und das habe ich auch nicht geglaubt, das war eine reine Lüge von diesen Polizisten.

Ich war ziemlich sauer auf sie, weil sie mir weismachen wollten, dass Papa tot sei, und weil sie das blaue Blinklicht nicht einschalten wollten, obwohl ich sie darum bat. Aber sie guckten mich nur erstaunt an und schüttelten den Kopf.

Eine Menge Tiertransporter und fremde Leute kamen dann und holten die Tiere ab, und auch in Vaters Büro wurde herumgestöbert, um die Besitzer der Tiere zu finden, aber damit wollte ich überhaupt nichts zu tun haben. Es war ja nicht meine Verantwortung, sie mussten nur noch ins Krankenhaus gehen und meinen Vater fragen. Während also die Autos auf dem Hof ein und aus fuhren, und die Leute herumliefen, ging ich einfach rein ins Haus, holte eine Pizza aus der Gefriertruhe und machte sie in der Mikrowelle warm. Ich hatte Hunger, das war ja klar nach so einem Tag mit all dem Trubel.

Und jetzt sitze ich hier auf dem Sofa. Die Käfige sind leer und der Hof liegt ruhig in der Abendsonne. Die Polizisten hatten wahrscheinlich recht, dass Papa tot ist, und manchmal werde ich traurig, und manchmal denke ich, dass es nur eine Lüge ist und er zurückkommt und wir neue Hunde bekommen und alles wird sein, wie es war.

Die Sonne ist inzwischen untergegangen und die Dämmerung hat begonnen. Ich werde wahrscheinlich bald den Fernseher einschalten, aber die Fernbedienung funktioniert nicht mehr, und bevor ich aufstehe, um die Tasten unter dem Bildschirm zu drücken, lege ich mich auf die Seite auf dem Sofa, ziehe die Beine an, mache für einen Augenblick die Augen zu, atme tief und versinke in Halbschlaf. Das Wohnzimmer rückt immer weiter in die Ferne und verschwindet in einer Art halbdunklem Nebel. Das Sofa knarrt unter meinem Gewicht, aber mit der Zeit werde ich ganz klein, ganz leicht, und mein Papa kommt und hebt mich hoch, hält mich auf dem Arm, mit seiner kräftigen Hand legt er meinen Kopf auf seine warme, haarige Brust. Ich höre die Hunde draußen in den Käfigen bellen, aber Papa denkt nur an mich und trägt mich den ganzen Tag mit sich herum. Und jetzt bin ich glücklich, sehr glücklich.

Frau Elsebeth Kruse kann zupacken

Frau Elsebeth Kruse geht langsam die Frederiksberg Allé hinauf. Sie geht mit ihrem Hund, einem kleinen Pelztierchen, das auf den Namen Kalli hören sollte, Gassi. Kalli kann 20 Kunststückchen. Jeder, der regelmäßig hier auf der Frederiksberg Allé spazieren geht, weiß das, insbesondere die anderen Hundebesitzer. Allerdings ist nicht ganz klar, was Frau Kruse mit „20 Kunststückchen" meint, findet zumindest der Uhrmacher, an dessen Schaufenster sie und Kalli gerade vorbeigehen. Daran ist nichts Besonderes, denn das machen sie normalerweise dreimal am Tag. Die Frau des Uhrmachers, die im Hinterzimmer sitzt und sich auf das Sortieren der Post konzentriert, ist die einzige, die das Selbstgespräch ihres Mannes ansatzweise hören kann, und nur das folgende Fragment dringt an ihre Ohren: „… fragt sich, was das für 20 Dinge sind, außer kläffen, pissen und Scheißhaufen produzieren…" Zumindest Letzteres kann Kalli, und die Frau des Uhrmachers sähe es mit eigenen Augen, wenn sie in diesem Moment aus dem Hinterzimmer durch den Verkaufsraum aus dem Fenster auf den Bürgersteig blickte.

Frau Kruse geht ein wenig nach vorne gebeugt, besonders weil heute ein ziemliches Lüftchen weht, sie wirkt aber trotz ihrer 73 Jahre nicht gebrechlich. Ihr Gang ist fest, ihre Schuhe sind dementsprechend eher vernünftig als modisch. Sie trägt eine Hose mit scharfer Bügelfalte, eine praktische Jacke in einer Farbe, die vor 15 Jahren in Mode war. Ihr weißes, volles und ein wenig toupiertes Haar wird von einem Kopftuch zusammengehalten, das, wenn nicht dieselbe, so doch eine ähnliche Farbe wie die Jacke hat. Während Kalli mit "produzieren" beschäftigt ist, steht Frau Kruse da und blickt zur Friedhofsmauer hinüber.

"Als gäbe es da etwas zum Hinglotzen", murmelt der Uhrmacher, der in diesem Moment den Ausdruck auf seinem Gesicht hat wie ein Geschäftsmann, der seit zwei Tagen nichts verkauft hat. Was er übrigens auch nicht hat. Und in seinen Unmut mischt sich ein Anflug von Ekel, als Frau Kruse eine kleine schwarze Plastiktüte aus ihrer Jackentasche zieht und, ohne übrigens in die Knie zu gehen, Kallis Exkremente aufhebt und hineintut. Er wendet seinen Blick von der Straßenszene ab und hin zur Kuckucksuhr, die ohne Vorwarnung Lärm macht. Ein kleines Türchen öffnet sich, ein kleiner Vogel schießt nach vorne, verneigt sich, piept, verneigt sich nochmal, verschwindet wieder hinterm Türchen. Der Mechanismus verrät, dass die Uhr Tiroler Herkunft ist. Das weiß der Uhrmacher. Er ist Experte.

Obwohl nicht reich, so ist Elsebeth Kruse doch jemand, der es an nichts fehlt. Sie wohnt nicht nur im vornehmen Frederiksberg, sondern direkt um die Ecke von der teuren Frederiksberg Allé in einer Wohnung, die etwas geräumiger ist, als eine Metzgerwitwe wie sie es sich normalerweise leisten könnte. Zwar war ihr Ehemann, der Metzgermeister Henrik Kruse, ein tüchtiger Schlachter, und das Geschäft lief gut, aber damals, als er spurlos verschwand, war er noch ein junger Mann von 46 Jahren, sodass es keine lebenslangen Ersparnisse gab, die Elsebeth zu einer wohlhabenden Frau hätten machen können. Aber da war seine nicht unerhebliche Lebensversicherung.

Elsebeth hatte sich in jungen Jahren mit Grethe Jensen angefreundet. Fabriksarbeiterin im Schlachthof. Sie hatten sich bei einem Lehrgang des Industrieverbandes kennengelernt. Von da an waren die beiden unzertrennlich. Und Grethe war natürlich für Elsebeth da, sowohl vor als auch nach Henriks Verschwinden.

Henrik beschwerte sich öfters:

„… deine lesbische Freundin ruft zu jeder Tageszeit an und hält dich von der Arbeit ab. Und es ist immer ihre Schuld, wenn ich auf mein Abendessen warten muss."

„Ja, aber, wie kannst du sowas sagen? Grethe und ich haben eine ganz normale Freundschaft zwischen zwei Frauen," behauptete Elsebeth dann empört.

Nach seinem Verschwinden hielt sie das Geschäft geschlossen. Die beiden Angestellten, der Metzgerlehrling Johannes, und Lisbeth, die an der Theke half, wurden entlassen, allerdings mit Elsebeths Versprechen, dass die beiden wieder eingestellt würden, sollte Kruse wieder auftauchen.

Ein Monat verging, dann zwei. Metzger Kruse blieb weg. Elsebeth Kruse hatte den Eindruck, dass die Polizei sich nicht viel Mühe machte, ihn zu finden. Je mehr Zeit verging, desto mehr Menschen, die den Metzgermeister kannten, glaubten, dass er wahrscheinlich nie wieder auftauchen würde. Und dass es ohne ihn eigentlich auch ganz gut gehe. Nun, er war kein Mensch mit vielen Freunden, aber Feinde hatte er auch nicht gerade. Er war eine ziemlich leidenschaftslose Person gewesen, nicht unfreundlich, aber selten wohlwollend oder gar großzügig. Er war der Meinung, dass man im Leben an Zweckmäßigkeit festhalten sollte. Weder für etwas so Überflüssiges wie Kunst oder Kultur, noch für etwas so Unangenehmes wie Empfindungen oder gar Gefühle gab es viel Platz in seiner Welt. Henrik Kruse war schon immer ein Mann der Vernunft und ohne "Gedöns" gewesen, wie er die Vorliebe seiner Frau für ein wenig Luxus bezeichnete. „Du und dein Gedöns", sagte er immer, wenn sie ganz selten einmal mit einem Strauß Tulpen vom Einkaufen nach Hause gekommen war. Doch mittlerweile ist das mehr als 30 Jahre her.

Im krassen Gegensatz zu ihrem vermissten Ehemann ist Frau Elsebeth jemand, die findet, dass vielleicht nutzlose, aber schöne Dinge die Würze des Lebens sind. Sie nennt es Wohlleben, wenn sie Blumensträuße auf den Tischchen hat, nicht nur einen, sondern vier, einen auf dem Esstisch, einen auf dem Schreibtisch, einen auf dem kleinen Tisch am Eingang und am liebsten eine Vase mit zwei einzelnen Blumen vor dem Spiegel im Bad. Das ist diese Art von Luxus, die sie erfreut. Ihr Sherry, der den drei anderen Mitgliedern des Doppelkopf-Clubs einmal pro Woche angeboten wird, ist von der nicht ganz billigen Sorte, was Ernest Green, ein älterer Herr mit guten Manieren und englischem Akzent, jedes Mal anmerkt, wenn er ihn probiert, während sie die Karten ausgeteilt.

101

Sie hat es nun ein gutes Stück die Frederiksberg Allé hinaufgeschafft. Sie wäre außerhalb des Blickfeldes des Uhrmachers, wenn dieser noch am Fenster hinter den Uhren stünde. Doch der er hat einen Kunden, der alle Aufmerksamkeit erfordert, und der, wie sich später zeigen wird, trotz alldem nichts kauft.

Elsebeth Kruse grüßt freundlich zurück, als die beiden jüngeren Herren, die zusammen in der Nachbarwohnung wohnen, ihr entgegenkommen und, freundlich wie immer, „Guten Tag, Frau Kruse!" sagen. Sie hat da keine Vorurteile. Diese Menschen sind freundlich und benehmen sich gut. Jeder hat ein Recht, hier zu sein, findet sie. Zumindest sind diese zwei feinen Männer nicht so grobschlächtig wie Kruse es gewesen ist. Er konnte „so etwas" nicht ausstehen. Er fand, das sei eine seltsame Konstellation mit zwei Männern: „Sie können ja gar keine Kinder bekommen!" hatte er einmal gesagt. Allerdings hatte auch das Ehepaar Kruse nie Kinder gehabt.

Kalli zieht an der Leine. Elsebeth gefällt das nicht. Sie schimpft mit ihm, doch ein etwas zu liebevoller Tonfall bedeutet, dass Kalli nicht versteht, was das Frauchen meint. Ihre Schelte führt dennoch zum gewünschten Ergebnis, denn Kalli hat schnell vergessen, welcher Duft ihn zum ungestümen Ziehen verlockt hat. So – jetzt geht er wieder ordentlich neben ihr her.

Am Anfang hatte sie Kruse tatsächlich gemocht. Er hatte ein etwas grobes Gesicht und die beiden Goldzähne machten ihn nicht gerade hübscher, aber er hatte männliche Hände, und die hatten sie angezogen. Er war anständig, und er besaß seine eigene Fleischerei. Elsebeth begann damals bei ihm als Putzfrau. Sie kam abends nach Ladenschluss, und dann krempelte sie die Ärmel hoch: Zuerst wischte sie den Verkaufsraum durch, wo die Kunden bedient wurden. Die trugen häufig Schmutz und Schneematsch herein, was ja immer deutliche Spuren hinterließ. Als ob Sie irgendwo auf dem Land wären und nicht in der Kopenhagener Vorstadt Valby, wo Kruse seinen Laden hatte. Dann machte sie weiter hinter der Theke, leerte die Fettschüsseln, wischte über die Gefriertruhe und brachte den Müll raus. Später im Arbeitsraum: sie spülte den Wurstfüller, reinigte die Knochenmehlmühle, putzte den Fleischwolf und den

Quetschband-Knorpelseparator, und dann schliff sie die Messer mit dem Messerschärfer. Alles wurde auf Hochglanz gebracht mit Lappen, Schwämmen und Bürsten, die Elsebeth mit dem Gummihandschuh entschlossen und geschickt benutzte.

Kruse war damals jung, 28 Jahre alt, und frischgebackener Meister. Er hatte den Betrieb von seinem Vater übernommen. Und nun fehlte eine Frau im Haus, wie Kruse es ausdrückte. Die Wahl fiel auf Fräulein Elsebeth Daugaard. Er konnte sehen, dass sie praktisch veranlagt war. Sie konnte zupacken. Sie wrang den Aufnehmer mit festem Griff. Sie reagierte nicht zimperlich auf die blutigen Fleischreste, die noch an der Knochensäge hingen; sie stellte sich nicht an beim Geruch der Kuhmägen. Auch als es darum ging, die abgetrennten Schweineköpfe wegzuräumen, zögerte sie nicht. Er mochte ihre Tatkraft, als er mit seiner Feierabendzigarre an der offenen Hintertür stand und Elsebeth bei der Arbeit zuschaute. Andere Männer hätten vielleicht andere Gedanken gehabt, denn Elsebeth war bestimmt ein hübsches Mädchen gewesen. Aber Kruse dachte an sein Geschäft.

Und das tat er auch, als er Elsebeth Daugaard einen Heiratsantrag machte. Sie bat um etwas Bedenkzeit, aber zwei Tage später, als er fragte, ob sie über sein Angebot nachgedacht habe, sagte sie ja. Da lächelte er zufrieden und arbeitete gutgelaunt weiter, zunächst am Wurstfüller, und später am Tag an der Knochenmehlmühle. Er musste heiraten, es war eine notwendige und vernünftige Entscheidung.

Jetzt hat die alte Dame bald das Ende der Frederiksberg Allé und den Eingang zum Park erreicht. Sie bleibt einen Moment stehen. Ihr ist etwas kühl, und sie zieht ihren Kragen mit einer Hand höher an den Hals. Mit der anderen Hand hält sie die Leine fest, die sie mit Kallis gut genährtem Körper verbindet. "Willst du noch weiter in den Park?" Der Hund guckt nur.

Die Hochzeit verlief ruhig. Aufsehenerregendes Brimborium, wie er es ausdrückte, wollte Kruse nicht. Und das Geschäft sollte ja nicht geschlossen bleiben, nur wegen der Hochzeit. Elsebeth hatte eigentlich gedacht, etwas mehr „Brimborium" würde nicht schaden, aber sie sagte nichts. Seitdem behielten sie beide die Eheringe an, morgens und abends, Tag und Nacht, egal wie sehr ihre Hände in den folgenden Jahren schleppten und kneteten, formten und putzten, über den Tresen langten und Geld entgegennahmen. Sie trugen auch die Ringe in der Nacht, als es passierte.

Am Morgen nach seinem Verschwinden kam die Polizei, um Ermittlungen anzustellen. Während der Beamte mit traurigem Gesicht, mit Block und Bleistift auf der Couch in der Kruseschen Wohnung saß, erzählte Elsebeth ihre gut durchdachte Version des Vorfalls: Henrik sei aufgestanden um halb fünf Uhr morgens. Er zog sich an, trank in der Küche eine Tasse Kaffee und ging dann hinunter in die Metzgerei, um alles für den Tag vorzubereiten. Sie selbst war wie immer noch etwas im Bett geblieben. Heute Morgen hatte sie schlecht geschlafen, weil sie Kopfschmerzen hatte. Als es sechs Uhr war, ging auch sie in den Laden hinunter…

Sie habe müde und blass ausgesehen, so beschrieb Lisbeth die Frau des Chefs, als der Polizeibeamte sie anschließend nach dem Vorgang befragte. Lisbeth war wie immer um kurz vor sechs gekommen. Aber ihr Chef war nicht da, was noch nie zuvor passiert war.

„Vielleicht ist er nach Amerika abgehauen?" bemerkte der Beamte etwas zu keck und mit einem unpassenden und daher nur angedeuteten Lächeln. Typisch Männer, dachten die Damen. Seine Frage hing in der Luft wie die Räucherwürstchen im Laden, der, wie gesagt, weder an diesem, noch an den darauffolgenden Tagen geöffnet wurde. *Wegen Krankheit geschlossen* stand auf einem Schild an der Tür. Die Kunden glaubten natürlich nicht an Krankheit als Grund, denn das Verschwinden hatte sich mit Windeseile herumgesprochen. Aber das Schild bekam einen wahren Hintergrund, da Elsebeths Kopfschmerzen stärker wurden. In den folgenden Tagen fühlte sie sich krank und schwindelig. Grethe war bei ihr eingezogen, damit sie mit ihrer Trauer nicht so alleine war, wie gesagt wurde.

Am dritten Tag bat sie Johannes, das inzwischen zu alte Fleisch in der Metzgerei zur Müllverbrennung zu bringen, nur die geräucherten Würste waren in Ordnung, sie gab sie Johannes und Lisbeth mit nach Hause. Danach folgten viele Nächte, in denen Elsebeth Kruse halb wach lag und manchmal schweißgebadet aufwachte, weil sie geträumt hatte, dass der Mann zurückkäme. Aber er tat es nicht. Und daran hatte sie ja ehrlich gesagt auch keinen Zweifel.

Hier auf der Frederiksberg Allé weht der Wind heute heftig. Frau Kruse und ihr Hund Kalli drehen um, noch bevor sie das Tor zum Frederiksberger Schlosspark erreicht haben. Kalli friert, sagt sie zu sich selbst, weiß aber nicht wirklich, ob Kalli friert. Sie selbst friert.

„Ab mit uns beiden nach Hause", sagt sie zu Kalli. Das Tier sieht sie an und folgt ihr, ohne verstanden zu haben, was Frauchen gesagt hat.

Die Tage in der Wohnung des verschwundenen Metzgermeisters in Valby waren lang. Frau Kruse hätte nicht beschreiben können, was sie eigentlich für eine Krankheit hatte, aber sie blieb tagelang im Bett. Sie versuchte sich einzubilden, dass Henrik ihrer überdrüssig geworden war, und dass er vielleicht wirklich nach Amerika ausgerissen war, um ein neues Leben zu beginnen? Die Untersuchung brachte keine Ergebnisse. Die Polizei stellte die Ermittlungen ein.

Ein Jahr war vergangen. Elsebeth Kruse hatte den Laden verkauft und war wieder auf die Beine gekommen. Sie fing an, sich neue Kleider zu kaufen. Sie gönnte sich jeden Nachmittag zwei köstliche Pralinen. Sie kaufte Sherry – die gute Sorte. Sie verbrachte Stunden damit, raffinierte Gerichte für sich und Grethe zuzubereiten. Muscheln und Hummer und alles, was sie nie gewagt hatte zu servieren, als Henrik noch da war. Elsebeth begann, ihre bescheidene Form des Überflusses zu genießen.

Und dann, nach weiteren neun Jahren, ließ sie die Behörden ihren vermissten Ehemann für tot erklären. Es war keine angenehme Aufgabe, aber sie wollte ja, dass die Lebensversicherung ausbezahlt würde, deshalb führte daran kein Weg vorbei. Damals nämlich, nach der Hochzeit, hatte sie ihn davon überzeugt, dass es klug sei, eine Lebensversicherung abzuschließen. Und als der Versicherungsmann an ihrem Couchtisch saß und seine Vorschläge machte, hatte Henrik einen seiner wenigen großzügigen Momente; er entschied sich für die höchste Lebensversicherung, die ihm angeboten wurde.

Kurz nachdem ihr als nun anerkannte Witwe die Versicherungssumme ausgezahlt worden war, hielt ein Umzugswagen vor Elsebeth Kruses Wohnung. Ihre Zeit in Valby war vorbei. Die neue Ära zusammen mit Grethe im etwas nobleren Frederiksberg konnte beginnen.

Kalli und Elsebeth Kruse sind jetzt wieder zuhause in der Wohnung angekommen. Auf dem Heimweg war sie noch kurz ins Lebensmittellädchen an der Ecke gegangen, um frische Blumen zu kaufen. Kalli musste draußen warten und bellte so laut und schrill, dass der Uhrmacher gegenüber von seinem Kreuzworträtsel aufblickte. Er sah die Dame mit zwei Rosensträußen im Arm zurückkommen und war froh, dass Kalli mit dem Bellen aufhörte und stattdessen mit seinem kleinen Stummel eines kupierten Schwanzes wedelte. Der Uhrmacher seufzte kurz und wandte sich ohne jeden Kommentar wieder dem Kreuzworträtsel zu.

„Grethe, wir sind wieder da!" ruft sie vom Eingang ins Wohnzimmer. Elsebeth nimmt Kalli das Halsband mit der Leine ab, woraufhin er nervös auf dem feinen Parkett der Wohnung hin und her rennt, während sie vor dem Spiegel ihre Haare ordnet. Danach stellt sie die Blumen in die Vasen, platziert sie wohlüberlegt in den Räumen, auch im gemeinsamen Schlafzimmer, und schenkt sich ein Glas Sherry ein.

„Möchtest du auch einen?" Sie kennt Grethe so gut, dass sie sich die Antwort ausrechnen kann.

Und jetzt sitzt sie da in ihrem Sessel. Kalli hat sich beruhigt, er liegt auf dem Sofa.

Sie schaut auf ihre Hände. Nach einer Weile steht sie auf, geht zur Anrichte, holt das kleine Kästchen heraus und öffnet es. Es ist schwierig, den Ehering vom Finger zu bekommen; sie hat ihn noch nie abgezogen. Aber heute muss es geschehen. Ein bisschen Spucke hilft. Schließlich hält sie den Ring in der Hand. Sie betrachtet ihn, dreht ihn, wiegt ihn in der Hand und legt ihn schließlich zu dem genau gleichen, jedoch etwas größeren Ehering und den beiden Goldzähnen ins Kästchen.

Die Grimstrupgeschichte

Darf ich mich vorstellen?

Mein Name ist Björn, ich wohne in Dänemark, bin 72 Jahre alt, etwas übergewichtig und nicht so gut zu Fuß. Deshalb gehe ich mit einem Stock. Außerdem bin ich alles andere als ein schöner Mann, aber das ist es nun mal so. Und jetzt möchte ich ihnen eine Geschichte erzählen, die Sie wahrscheinlich nicht für wahr halten. Aber sie ist es.

Eines Nachmittags war ich mit meinem guten alten Jugendfreund Carlo in der nahe gelegenen Kleinstadt Hillerød gewesen, um mir mit ihm zusammen im Stadtmuseum eine Fotoausstellung über die Geschichte der Landbevölkerung in der Gegend anzusehen. Danach tranken wir einen Kaffee und ein Schnäpschen im Café in der Fußgängerzone, und dann schlenderten wir zwei alte Leutchen gemütlich weiter zum Bahnhof, wo wir uns voneinander verabschiedeten, und er fuhr mit seinem Bus nach Hause, und ich nahm die Bahn in meine Richtung.

Ich war völlig in Gedanken versunken, als ich in der Lokalbahn saß in Richtung Frederiksværk, wo ich wohne. Und egal, wie sehr ich mir den Kopf zermartere, ich kann immer noch nicht verstehen, was mich dazu bewogen hat, mitten auf dem Land an einem sehr selten benutzten Haltepunkt namens Grimstrup aus dem Zug auszusteigen. Aber die Wahrheit ist, ich stand plötzlich auf dem Bahnsteig von Grimstrup, während der Zug ohne mich weiterfuhr. Die Sonne stand bereits tief über den Grimstrupper Hügeln, und der dünne Wolkenschleier machte das Licht zart und hell.

Zuerst stand ich einfach nur da, dann setzte mich auf die Bank, schloss die Augen und lauschte dem Zwitschern der Vögel und einem fernen Flugzeug weit oben am Himmel. In Grimstrup gab es ein paar Bauernhöfe und unendlich viel Löwenzahn. Als ich da so saß, spürte ich zuerst eine unerklärliche Schwere, aber kurz danach eine selten erlebte Leichtigkeit darüber, hier zu sein, und mehr noch: ein Glücksgefühl, überhaupt am Leben zu sein, überkam mich.

So muss ich da eine Weile gesessen haben, denn als ich meine Augen wieder öffnete, hatte sich ein Junge im Teenagealter neben mich auf die Bank gesetzt. Sie müssen mir nachsehen, dass ich sein Alter nicht näher bestimmen kann, aber es ist mir schon immer schwergefallen, das Alter von Menschen zu schätzen, auch von Kindern. Ich schaute ihn ein wenig verwirrt an und merkte sofort, dass er sehr schüchtern war. Er hielt die Augen ein wenig gesenkt und blickte auf die Schienen, aber ich bin mir ziemlich sicher, dass er mich aus den Augenwinkeln heraus beobachtete.

Eigentlich wollte ich gar nicht mit ihm reden. Er war alles andere als hübsch, blasse Haut, ein bisschen pickelig, und die dünnen, leberwurstfarbenen Haare guckten unter einer albernen, verblassten hellblauen Pudelmütze mit kleiner roter Bommel hervor. Seine Kleidung war bäuerlich: abgetragene Holzschuhe, schmutzige Hosen, ein zerschlissener Pullover. Nun, was erwartet man von den Leuten in so einem gottverlassenen Kaff, sagte ich zu mir selbst mit einem Anflug von Spott.

Der Junge schwieg, aber ich konnte spüren, dass er etwas sagen wollte, also dachte ich: Nun hilf ihm ein wenig auf die Sprünge und sag was!

„Wartest du auf den nächsten Zug?"

Der Junge schaute kurz auf und sah mir in die Augen, sagte aber nichts. Vielleicht ist er etwas zurückgeblieben, dachte ich, und wahrscheinlich hätte ich normalerweise über so einen Dorftrottel nur den Kopf geschüttelt, aber ich hatte das Gefühl, dass er mich nun noch intensiver musterte, und dass mir diese Nachdrücklichkeit irgendwie bekannt und unangenehm vorkam.

„Ich heisse Björn", sagte ich und streckte ihm meine Hand hin. Er legte seine weiche Jungenhand in meine. Sie fühlte sich kalt und ein wenig verschwitzt an. „Wie heißt du?"

Ich begann schon, mich über mich selbst zu ärgern, weil ich mich allein durch die bloße Anwesenheit dieses fremden Jungen dazu drängen ließ, mit ihm zu sprechen. „Wohnst du hier?" Ich fragte gegen meinen Willen weiter, und jetzt konnte ich schon selbst die Gereiztheit und Ungeduld in meiner Stimme hören.

„Ja", sagte der Junge und nickte vage, „da drüben." Er machte ein Zeichen in Richtung eines Hügels, wo ich hier vom Bahnsteig aus kein Haus sehen konnte. Sein sommersprossiges Gesicht wurde im Dunst der Abendsonne seltsamerweise noch blasser. Ich tat einen tiefen, leicht seufzenden Atemzug. Ich saß da, auf meinen Stock gestützt, und schaute direkt auf das Gleis. „Aha", sagte ich, weil mir nichts Besseres einfiel. Ich dachte nur, wie lange dauert das eigentlich bis zum nächsten Zug…

Plötzlich stand der Junge auf. Er kniff die Augen zusammen, sah mich an und fragte:

„Willst du mir helfen?"

Natürlich will man immer gerne Menschen helfen, wenn man kann, schließlich ist man kein Unmensch. Aber gerade hier gab es nichts, was ich weniger im Sinn hatte, als diesem stillen Teenager, mit dem ich ja absolut nichts zu tun hatte und haben wollte, hinterherzulaufen. Die Situation war von Anfang an nicht besonders behaglich gewesen, aber jetzt war sie ausgesprochen unangenehm geworden. Ich wollte einfach nein sagen und weggucken, aber stattdessen fragte ich ihn:

„Womit soll ich dir helfen?"

„Komm mit! Sei bei mir!"

Der Junge ging ein paar Schritte in Richtung auf den Hügel zu, hinter dem er offenbar wohnte, und als er stehenblieb und mich auffordernd ansah, lag in seinem Blick eine Eindringlichkeit, die ich nicht ignorieren konnte.

Als ich mich trotz meines inneren Widerstandes schwerfällig von der Bank erhob, schimpfte ich mich selber aus: Das wirst du ja wohl nicht tun, dieser kleine Trottel muss sich jemand anderen suchen, der ihm hilft, und außerdem will ich hier nur auf den nächsten Zug warten und schleunigst zusehen, dass ich nach Hause komme. Aber trotz alldem ging ich dem Jungen nach, der sich regelmäßig über die Schulter schaute, um sicherzustellen, dass ich ihm auch folgte.

Für diejenigen unter Ihnen, die Grimstrup nicht kennen, möchte ich hier anmerken, dass es in einer hübschen Landschaft mit saftigen Wiesen und kleinen Höfen mit strohgedeckten Bauernhäusern, mit Scheunen aus Fachwerk und schiefen

Zaunpfosten und Apfelbäumen und Fliederbüschen liegt. Einer dieser Orte, in denen sich seit meiner Jugendzeit nichts verändert hat.

Ich weiß nicht, ob Sie das verstehen können, aber ich war fast wütend auf mich selbst, als ich dem Jungen folgte. Schließlich war ich den ganzen Tag auf den Beinen gewesen, und meine Hüfte begann weh zu tun. Der Junge führte mich einen schmalen Pfad zwischen zwei Gärten hinauf. In dem einen hängte eine junge Frau mit einer altmodischen Schürze Wäsche auf die Leine. Sie sah mich nicht an, als ich vorbeiging, aber ich konnte ihr Gesicht deutlich sehen. Es kam mir irgendwie bekannt vor, doch woher – daran konnte ich mich nicht erinnern.

Als der Junge und ich die Spitze des Hügels erreicht hatten, war ich außer Atem und musste einen Moment ausruhen. Ich stützte mich auf meinen Gehstock und wischte mir den Schweiß von der Stirn. Ich war nun trotz meines inneren Widerwillens so weit gegangen war, dass es mir unmöglich vorkam, einfach umzudrehen und zurückzugehen. Ich musste ja auch sehen, was dieser hässliche Junge eigentlich von mir wollte. Und ja, Sie haben richtig gehört: Dieser hässliche Junge. Ich weiß, dass es respektlos ist zu sagen, dass jemand hässlich ist, und erst recht, wenn es sich um ein Kind handelt. Aber ganz tief drinnen begann ich alles an ihm abzulehnen: die Kleidung, den Haarschnitt, das pickelige Gesicht und den stumpfen und hilflosen, aber fordernden Blick, der mich seltsamerweise dazu brachte, immer weiter zu gehen.

Vor uns lag ein ärmliches Gehöft. Am Eingang zum Innenhof standen einige alte verbeulte Mülltonnen, wie es sie in meiner Kinderzeit gegeben hatte. Nein, nein, dachte ich, wie kann man heutzutage nur noch so einen alten Krempel rumstehen haben…

Der Junge winkte mich in eine Scheune. Widerwillig folgte ich. Gut, dass ich meinen Stock dabeihatte. Auf dem alten Kopfsteinpflaster auf dem Hof und in der Scheune wurde ich ziemlich wackelig auf den Beinen und blieb stehen. Was tat er

111

jetzt? Der Junge holte eine kleine Schatulle unter ein paar Brettern hervor. Er trug sie vorsichtig in den Händen, hielt sie mir hin und öffnete sie, so dass ich den Inhalt sehen konnte. Ich nahm die Schachtel in die Hand und starrte hinein. Da war ein kleines schwarz-weißes Bild, sorgfältig aus einer Zeitung herausgeschnitten, ein Bild von James Dean. Ich kannte das Bild gut. Das große Idol war abgebildet mit halb offenem Hemd und einem Blick, so schmerzhaft schön und melancholisch, fast so, als könne man seinen nahen Tod ahnen.

Ich weiß nicht mehr, ob ich entsetzt war oder verliebt oder beides, aber auf jeden Fall konnte ich mich fast nicht vom Bild losreißen. Und währenddem hatte ich gar nicht bemerkt, dass der Junge über eine Holzleiter rauf zum Heuboden geklettert war, und nun blickten seine traurigen Augen für einen kurzen Moment auf mich herab. Ich schloss die Schatulle und stellte sie auf eine Tonne. Was machte er jetzt? Ich stieg selbst ein paar Sprossen die Leiter hinauf, gerade so weit, dass ich den Heuboden überblicken konnte. Da stand ich nun, meine Hüfte schmerzte gewaltig, und jede weitere Sprosse hätte ich einfach nicht geschafft. Ich sah, wie der Junge auf einen Strohballen stieg. Von dort aus kletterte er an einigen rostigen Haken am Pfosten weiter nach oben und befestigte ein Seil am Firstbalken. Jetzt stellte er sich auf dem Strohballen. Mit geübten Knabenhänden machte er eine Schlaufe ins Ende des Seils. Als er die Schlinge um seinen Hals legte, schaute er mir ein letztes Mal in die Augen, und in diesem Blick des Jungen erkannte ich sie wieder: die Hilflosigkeit, Verzweiflung und Angst meiner ganzen Kindheit.

Ich stand völlig gelähmt auf halber Höhe der Holzleiter. Mit weit offenen Augen starrte ich den Jungen an, als er mit dem Fuß den Strohballen wegstieß.

Ich schrie:

„Nein, nein!!!", aber die Worte blieben mir im Hals stecken, da kam kein Laut heraus, und ich versuchte, auf der Leiter noch höher zu steigen, aber meine Hüfte tat so weh, dass ich mein Bein kaum anheben konnte.

Mit Entsetzen sah ich den Jungen am Strick baumeln. Aber im letzten Moment hatte er seine Hände um das Seil an seinem Hals gelegt und sich daran festgehalten, und während er baumelte, fing er an, mit den Beinen zu strampeln, und irgendwann erreichte er mit einem seiner Holzschuhe einen der Haken des Pfostens, aber er rutschte wieder ab. Seine hellblaue Mütze mit der roten Bommel fiel ihm vom Kopf, er kämpfte nun mit aller Kraft um sein Leben, versuchte es noch einmal, und dieses Mal gelang es ihm, seinen Fuß am Haken zu halten und sich zum Pfosten zu schwingen, und jetzt erreichte er einen weiteren Haken mit der Hand.

Jetzt hätte ich mich zusammenreißen, den Schmerz ertragen und die Leiter weiter hinaufklettern können, um dem Jungen beim Herunterkommen zu helfen. Aber ich war mir sicher, er würde das selbst schaffen, meine Hilfe war nicht mehr nötig.

Es war inzwischen dunkel und sternenklar geworden, als ich langsam den Hügel hinunter zurück zum Bahnsteig von Grimstrup humpelte. Mein Gehstock half mir, den Weg am Garten vorbei zu finden, wo die Wäsche auf der Wäscheleine hang. Unten am Bahnsteig setzte ich mich auf die Bank und wartete auf den nächsten Zug. Ich war sehr müde. Und anscheinend hatte ich nicht gemerkt, dass ich eingeschlafen war, denn als ich meine Augen öffnete, hielt der Zug direkt vor mir. Der Lokführer beugte sich aus seinem Führerstand, und im Schein der Bahnsteiglampen konnte ich erkennen, dass er mir freundlich zunickte. Ich setzte mich in den Zug, und nun war ich endlich auf dem Weg zu mir, nach Hause.

Am nächsten Morgen rief Carlo an. Ich erzählte ihm, was mir auf dem Heimweg passiert war. Aber er sagte, dass es in Grimstrup keine strohgedeckten Bauernhäuser mit Fachwerkscheuen mehr gebe, da müsse ich mich geirrt haben. Alles, was es dort gab, war eine alte Kartoffelmehlfabrik und ein paar gewöhnliche Bauernhöfe, aber Strohdächer hätten sie schon seit unserer Jugendzeit nicht mehr.

„Was sagtest du, wie der Junge aussah? Er trug eine hellblaue Mütze mit roter Bommel auf dem Kopf? An die Pudelmütze kann ich mich gut erinnern. Du hast sie immer aufgehabt als Junge, Sommer wie Winter. Hast du das ganz vergessen?"

Ich wurde ziemlich verlegen und zögerte, und dann antwortete ich leise und mehr an mich selbst gewandt:

„Ja, das hatte ich ganz vergessen, ich muss das alles wohl nur geträumt haben."

Nach dem Telefonat stand ich von meinem Seniorensessel auf, um meinen Kaffee aus der Küche zu holen. Als ich zurückkam, lag dort, wo ich gesessen hatte, ein kleiner Halm aus Stroh.

Über das Schreiben

Ich kann mich nicht bewegen. Ich stecke fest. Mein linker Arm ist zwischen Trümmern eingeklemmt. Aber ich kann meine Finger bewegen, Gott sei Dank. Aber der andere Arm – der ist frei, ich kann meine Hand an einem Stück zersplittertem Holz vorbei zu meinem Gesicht ziehen. Kann die Tränen abwischen, den salzigen Finger schmecken. Gut, dass die Hand unverletzt ist. Auf jeden Fall die rechte Hand.

Kurz bevor das Haus einstürzte, saß ich da und schrieb an meinen Vater. Ja klar, mein Vater ist tot, aber ich habe ihm trotzdem geschrieben. Eine Art posthume Liebeserklärung, oder wie man das nennen soll. Es hatte lange gedauert, bis ich damit anfangen konnte, ihm zu schreiben. Fast zwei Wochen habe ich darüber nachgedacht, was ich schreiben will, was mir auf dem Herzen liegt, all das, was ich wirklich fühle, und das zu seinen Lebzeiten ungesagt geblieben war. Dann war plötzlich alles so schnell gegangen, nach seiner Einlieferung ins Krankenhaus.

Ich hatte mit meiner Wandergruppe im norwegischen Oppland einen Berg in 2.500 Metern Höhe bestiegen. Und natürlich hatte ich mein Handy nicht eingeschaltet. Warum sollte ich? In den Bergen ist der Empfang schlecht, und ich wollte die Welt um jeden Preis ausblenden. Wollte nichts anderes erleben als die Natur, die herausfordernden Felsen, die schneebedeckten Berge, die klare Luft. Als ich nach langem Anstieg dort oben auf dem Berggipfel stand und die majestätische Aussicht über das Gebirge genoss, dachte ich an meinen Vater. Schließlich war er nie im Ausland gewesen, er hatte unser kleines italienisches Dorf fast nie verlassen. Nur wenige Male in seinem Leben war er nach Rom gereist, ab und zu besuchte er seine Schwester in Perugia. Wenn er hier in Norwegen wäre und dieses atemberaubende Panorama sehen könnte, würde er sicherlich das Kreuzeszeichen machen und ein Dankesgebet an unseren lieben Herrgott richten. Du alter Narr, dachte ich, warum musst du den Dingen immer einen religiösen Überbau geben, statt sie als das zu nehmen, was sie sind? Ich schüttelte ein wenig den Kopf über ihn und lächelte vor mich hin: Papa ist, wie er ist, und daran wird sich auch nichts ändern. Ich wandte mich wieder den anderen Wanderern zu, setzte mich zu ihnen auf einen Felsvorsprung, wir lachten froh und stolz, den Aufstieg geschafft zu haben, aßen unsere Butterbrote, und ich dachte nicht weiter an meinen Vater.

Nach dem besonders anstrengenden Wandertag kamen wir rechtzeitig zum Abendessen wieder im Hostel an. Wir waren müde und hungrig, aber auch glücklich. Ich zog die Stiefel im Eingang aus und ging mit schmerzenden Gliedern auf mein Zimmer, nahm ein Bad, und machte mich für das Abendessen fertig. Ich schaltete mein Handy ein, und da sah ich, dass Marcello schon am Morgen angerufen hatte. Ich runzelte die Stirn: Es muss etwas passiert sein, mein älterer Bruder rief mich sonst fast nie mehr an, nachdem ich mit Lars zusammengekommen war. Sofort rief ich zurück, er nahm auch gleich ab.

„Endlich rufst du an!" sagte er in einem vorwurfsvollen Ton. „Du musst nach Hause kommen. Vater ist ins Krankenhaus eingeliefert worden, er hat Wasser in der Lunge, und es steht wirklich schlecht um ihn."

Ich begriff gleich, was er sagen wollte.

"Ok, ich verstehe. Ich komme so schnell wie möglich."

„Ja, beeil dich, er will dich nochmal sehen. Er hat Schwierigkeiten zu atmen und weiß, dass ihm nicht mehr viel Zeit bleibt. Er hat mich gebeten, den Priester zu holen, um ihm die letzte Ölung zu geben."

Ich war geschockt. Die letzte Ölung – das Sakrament, das bedeutet, dass es keine Hoffnung mehr gibt. Ich legte auf, setzte mich aufs Bett und versuchte, mich zu sammeln. Was soll ich machen? Wie soll ich denn bloß vom hintersten Zipfel Norwegens zum hintersten Zipfel Süditaliens kommen, und das in Windes Eile? Ich musste erstmal etwas essen, nach der anstrengenden Klettertour hatte ich Heißhunger auf was Warmes. Ich ging runter in den Speisesaal. Meine Wandergefährten saßen bereits auf der Bank am Tisch und waren gerade dabei, sich die Teller bis zum Rand mit der deftigen Gemüsesuppe zu füllen.

„Francesco – was ist los?"

Als ich mich zu ihnen setzte, konnten sie mir vom Gesicht ablesen, dass etwas passiert war.

„Mein Vater – er… ich muss nach Hause nach Italien…"

Von dem Anruf in Norwegen bis zu meiner Ankunft hier in der kleinen Stadt in Kalabrien vergingen fast anderthalb Tage. Als ich nach einer langen Reise mit Flugzeug, Bahn und Bus schließlich müde, verschwitzt und schmutzig vor dem Arzt im Provinzkrankenhaus stand, nahm ich nur die wenigen Worte wahr: Du kommst zu spät, leider.

Ich setzte mich auf eine Bank unter einer Palme im Krankenhauspark. Ich konnte noch nicht weinen und meine Gedanken waren ein einziges Durcheinander: Die jetzt anstehenden Gespräche mit meinen Brüdern und meinen Cousins, alles, was mit dem Bestatter geregelt werden musste, welcher Sarg, welche Kirchenlieder, Treffen mit dem Pfarrer. Es tauchte auch die Sehnsucht nach meinem Ex-Freund Lars auf. Wie sehr ich doch seinen Trost hätte brauchen können, gerade jetzt.

Aber nachdem ich eine Zeitlang dort gesessen hatte, geriet das alles in den Hintergrund. Der Schmerz über den Verlust meines Vaters kam in mir hoch: Warum war das passiert ausgerechnet jetzt, wo ich nicht schneller hatte kommen können, warum hatte ich mich nicht früher von ihm so verabschiedet, als wäre es das letzte Mal gewesen, warum hatte ich die Chancen nicht genutzt, mit ihm ins Reine zu kommen?

Ich hätte ihm sagen wollen, was er mir in meinem Leben bedeutet hat, ich hätte ihm in die Augen gesehen, ich meine, ihm *wirklich* in die Augen gesehen und danke für alles, Papa, sagen können. Ich hätte ihn auch ausgeschimpft: Warum hast du damals dieses getan… Wieso hast du jenes *nicht* getan… Es gibt so viel, was du hättest besser machen sollen, besser machen *müssen*.

Als ich die Tür zu meinem Elternhaus öffnete, schlug mir die besondere Luft meiner Kindheit entgegen: hier war es kühler als draußen und es roch ein wenig stockig und nach Fußbodenseife. Ich ging hinein und stellte den Rucksack mit meiner Wanderausrüstung in mein altes Kinderzimmer. Die Stille

wurde schwer: Regelmäßig tropfte der Wasserhahn im Badezimmer, der Kühlschrank in der Küche summte leise. Vaters
abgenutzter alter Sessel, seine Hausschuhe, seine Arbeitsjacke
am Haken im Eingang. Sein Rasierwasser im Badezimmer roch
nach altem Mann – und nach ihm. Ich durchstreifte jedes Zimmer, setzte mich auf den Stuhl in der Küche, lehnte mich an
den alten Kleiderschrank, starrte auf das Kruzifix an der Wand
über dem Doppelbett, nahm die Bibel von seinem Nachttisch
und wog sie in meiner Hand. Vater war tot und doch allgegen-
wärtig. Ich war allein im Haus, hatte plötzlich die Freiheit, zu
entdecken ohne zu erklären, ich war Zuschauer einer seltenen
Zeitlosigkeit, und genau hier und jetzt wollte ich sein. Eine
Aufgabe wartete auf mich. Aber welche?

Nach der Beerdigung fuhr ich nicht gleich nach Hause nach
Dänemark, sondern blieb im Dorf. Ich hatte das Bedürfnis, in
die Vergangenheit einzutauchen und wieder die Düfte der
Kindheit, Lavendel, Bougainvillea und Rosmarin zu erleben.
Am Morgen, bevor die Sonne zu heiß wurde, machte ich einen
Spaziergang entlang der sonnenverbrannten Landstraße in
Richtung des kleinen Heiligenhäuschens mit Maria und dem
Jesuskind. Unter einem blühenden wilden Oleander lag ein to-
ter Vogel am Straßenrand, ekelhaft, von den Ameisen ange-
fressen. Die Zikaden summten hysterisch. Ich folgte am Himmel den Bahnen von zwei Flugzeugen in verschiedene Richtungen, bis die Kondensstreifen ein weißes Kreuz vor der
stahlblauen Unendlichkeit malten.

Wieder zurück im Dorf ging ich auch zur Kirche hinauf,
roch ihre kühle, modrige und mit Weihrauch durchtränkte
Luft, nahm die andächtige Dunkelheit in mich auf und
lauschte dem Schlag der Taubenflügel in den hohen Gewölben.
Mein Blick fiel auf den Beichtstuhl mit dem schweren dunkel-
roten Vorhang hinter der Öffnung zum Priesterstuhl.

Je länger ich hier blieb, je mehr ich den Ort atmete, desto
deutlicher wurde meine Aufgabe: Ich musste alles aufschrei-
ben. Meine Trauer, meine Traurigkeit, meine Wut, meine Enttäuschung und meine Liebe mussten ein Ventil finden. Zu viel
war noch nicht abgeschlossen. Ein Kapitel in meinem Lebens-
buch wollte fertig geschrieben werden. In meiner Familie

spricht man nicht über Gefühle, daher gab es keine Möglichkeit, all das, was mich bewegte in Worte zu fassen, als ich mit meinen Brüdern und Cousins zusammen war. Nein: Ich musste direkt zu ihm sprechen: Vater, du warst gut und du warst nicht gut, ich habe dich gehasst und geliebt, und es ist schwer, Abschied zu nehmen, wenn der Abschied für immer schon Vergangenheit ist.

Ich setzte mich an den Schreibtisch meines Vaters. Hier hatte er abends immer gesessen, und als Junge war ich so oft hereingekommen, mit geputzten Zähnen und im Schlafanzug. Ich hatte ihm dann die Hand gegeben:

„Gute Nacht, Vater."

„Gute Nacht, mein Junge."

Ich bewunderte seine derben, von der Arbeit rauen Hände. Ich schämte mich für meine kleinen weichen Kinderhände.

Ich begann zu schreiben:

Erinnerst du dich, als du mich zum Priester mitgenommen hast? Du wolltest, dass ich Messdiener werde. Du sagtest, du wärest stolz, wenn dein Sohn den Priester beim Gottesdienst helfen würde. Wir saßen in der Sakristei. Der Priester roch übel. Er freute sich, dass der Sohnemann Messdiener werden sollte, tätschelte mir hart den Hinterkopf. Ich wollte nicht, sagte aber nichts, konnte nichts sagen. Du hattest mir beigebracht, dass ich ein Nichts war, nicht wert, eine Meinung zu haben, nicht wert, gehört zu werden, nicht wert, geliebt und gehalten zu werden, wenn die Tränen rollten. Ich schämte mich so sehr vor Gott, vor der ganzen Welt, vor den Blicken und den stieren Augen der Gläubigen in der Kirche. Ich hatte Angst, als Messdiener etwas falsch zu machen: neben den anderen Messdienern auf dem Kirchenboden auszurutschen, Angst auf dem Weg zum Altar zu stolpern, Angst, das Weihrauchfässchen könnte aus meinen verschwitzten Knabenhänden herausgleiten und mit einem Knall zu Boden fallen, Angst vor Gottes Strafe und den bösen Blicken des Pfarrers, wenn ich kurz vor dem Abendmahl dem Priester den Weinkelch reichen sollte und hinein nieste, Angst davor, nach dem Chorgesang in die falsche Richtung zu gehen. Ich war gepeinigt, feige, gelähmt, und du hast mir nicht geholfen, hast mich nicht gesehen. Du meintest es ja gut, hast es aber nur noch schlimmer gemacht. Ich habe Mama genauso sehr vermisst wie du. Du konntest mir nicht die Fürsorge geben, die sie mir gegeben hatte, bevor sie starb.

Und bist du dir darüber im Klaren, was du mir angetan hast, als du mich in den Beichtstuhl geschickt hast? Ich war 8 Jahre alt und musste vor Gott und dem Priester meine Sünden bekennen. In der hohen, kühlen Kirche hast du mich vor dir hergeschoben, bis wir den Beichtstuhl erreichten. Du hast die Tür geöffnet und mich hineingeschickt. Ich hatte keine Sünden begangen, aber du hast mir beigebracht, dass ich das niemals sagen dürfe, denn dann lüge man vor Gott, weil die Bibel sagt, ein jeder Mensch trage die Erbsünde.

Und nun kniete ich nieder, ich hatte meine Hände gefaltet und stammelte den Satz, den ich auswendig gelernt hatte:

„Im Namen des Vaters und des Sohnes und des Heiligen Geistes. Amen."

Hinter der Holzwand mit dem Gitterfenster hörte ich den Priester sagen:

„Gott, dessen Licht unsere Herzen durchdringt, schenke dir wahre Erkenntnis deiner Sünden und seiner Barmherzigkeit."

Ich verstand nicht, was er meinte, aber ich hatte gelernt, noch einmal „Amen" zu sagen. Als nun Stille herrschte, hörte ich ihn sagen:

„Jetzt darfst du beichten."

Ich wusste nicht, was ich sagen sollte, spürte einen Kloß im Hals, musste pinkeln, machte mir in die Hose, schämte mich und erfand dann eine Lüge:

„Ich habe einem Mädchen aus meiner Klasse an den Haaren gezogen!" Es kam einfach aus mir heraus. Ich kniete wie auf einem Schafott. Der Priester sagte etwas über Vergebung, ich hörte nichts, ich sah nichts, denn jetzt würde Gott mich verlassen und der Blitz würde mich treffen und ich würde tot umfallen und in der Hölle verbrennen.

Aber offenbar noch nicht gleich, denn ich durfte gehen. Ich stand auf, nass zwischen meinen Beinen, ich machte das Kreuzeszeichen, öffnete die Tür des Beichtstuhls. Ich machte mich auf den Weg zu meinem Untergang. Jetzt nur noch einen Schritt vom Tod entfernt. Ich trat in den Kirchenraum hinaus. Mit einem Knarren schloss sich die Tür hinter mir. Kein Blitz. Ich stand da und war bereit zu sterben. Ich konnte nur deine Hand um meinen Nacken spüren, du schobst mich aus der Kirche, und ich zweifelte nicht, dass mich hier, spätestens hier unter freiem Himmel, der Feuerstrahl des Teufels treffen werde…

Aber es gab keinen Feuerstrahl. Gottes Strafe kam nicht. Sie kam nie.

Alles Lüge und Täuschung? Alles Illusion und Betrug? Ich war in meinem Glauben erschüttert und konnte nicht mit dir darüber sprechen. Wenn ich es getan hätte, hättest du mich wegen meiner bösen Gedanken, die der Teufel mir eingegeben hatte, ausgeschimpft. Du hast mich einsam und verwirrt zurückgelassen. Mein Glaube war wie ein zerbrochener Krug.

Aber ich bin dir trotzdem weiter gefolgt, und du hast mir meine sichere Basis, meine Richtung, mein Zuhause gegeben. Du hast getan, was du konntest, um ein guter Vater zu sein. Und das habe ich gespürt.

Als ich eines Tages etwas weiter unten auf der Straße aus Versehen einen Ball in ein Fenster geschossen hatte, gingst du hin zu der Familie, entschuldigtest dich in meinem Namen und machtest alles wieder gut. Ohne wütend auf mich zu werden. Du hast mir beigebracht, wie man ein Fahrrad repariert. Du hast beim Essen gespart, damit wir es uns leisten konnten, mich aufs Gymnasium gehen zu lassen. Und als ich mein Abitur bestanden hatte, warst du stolz auf mich.

Zwei Tage lang hatte ich geschrieben, die Sätze feingeschliffen, neue gebildet, wieder verworfen und mit Präzision und Genauigkeit versucht, zurückzufinden in meine Kindheit, zu den wenigen jungen Jahren mit meiner Mutter, später auch zu meinen Kämpfen mit meinem Vater und mir selbst. Ich wollte auch über die Sehnsucht nach meiner italienischen Heimat

schreiben, in den Jahren, lange nachdem ich zu meinem geliebten Lars nach Dänemark gezogen war.

Nachdem ich im Restaurant bei Giovanni zu Abend gegessen hatte, kam ich nach Hause und setzte mich wieder an den
Schreibtisch. Ich beschrieb meinen Vater, wie er in der Kirchenbank kniete, die Augen schloss, selbst in seiner Hingabe stark
wirkte. Und plötzlich – mitten im Satz – begann der Boden zu
beben. Die Wände knarrten, Fensterscheiben zerbrachen mit
klirrendem Knall, Risse bildeten sich im Boden, in der Decke.
Raus!!! Raus hier!!! Ich riss den Computer an mich, zog den
Stecker aus der Steckdose und rannte so schnell ich konnte
raus, doch kurz bevor ich die Haustür erreichte, fielen die ersten Trümmer um mich herum nieder. Ich warf mich unter den
Esstisch, das Haus um mich herum stürzte ein und ich war in
eine Staubwolke gehüllt, ich hustete, kniff die Augen zusammen, spürte, wie mein Bein zerschmettert wurde, ein Stück Beton in meinen unteren Rücken gedrückt wurde, ich konnte
meine Hüften nicht mehr spüren.
Jetzt liege ich hier seit vielen Stunden, eingezwängt, habe
Todesangst. Alles tut weh. Mein Durst ist unerträglich. Aber
ich bin froh, dass ich lebe. Hin und wieder rufe ich um Hilfe,
aber ich muss mit meinen Kräften sparsam sein. Wenn ich meinen Kopf nach rechts drehe, sehe ich ein schwaches helles
Leuchten vom Tageslicht. Es muss schon Morgen sein. Das
Licht beruhigt mich. Ich rufe nochmal um Hilfe, ich bin doch
noch nicht fertig mit meiner Aufgabe, ich muss noch weiter-
schreiben, Frieden schließen.

„Leute, ich glaube, hier liegt einer… Ja, jetzt hab ich ihn rufen hören, hier liegt einer, er lebt! Kommt her und packt mit
an!"

Verstecke

Ach was – bist du das? Damit habe ich bestimmt nicht gerechnet, dass mein Nachbar von unten mich hier besuchen kommt! Och, wie schön mit den Blumen! Vielen Dank - das wär' doch nicht nötig gewesen. Das hätte natürlich auch ein kleiner Flachmann sein können, aber du hast recht: das ist hier im Krankenhaus ja nicht erlaubt. Dauernd kommen die Weißkittel angerannt, und mit diesen Gipsarmen hier kann man kann man ja nun auch nichts unter der Bettdecke verstecken, und wenn man's doch tut, dann sehen sie ja sofort, dass man da etwas verbirgt, und dann tun sie so, als müssten sie plötzlich das Bett aufschütteln, und schwups ist die Flasche weg und du kriegst einen Anschiss, der sich gewaschen hat: Sie wissen doch genau, sie dürfen hier nicht trinken, und Sie dürfen nicht dies und dürfen nicht das… Also es ist gut, dass du stattdessen Blumen mitgebracht hast, die muss ich vor niemandem verstecken – ja, draußen im Flur gibt es sie ein Regal für Vasen, wenn du eine holen würdest…

Nun ja, es läuft ganz gut, die Beinbrüche sind ziemlich kompliziert, ich darf immer noch nicht aufstehen, aber der Tag wird kommen. Die Brüche an den Armen wachsen langsam zusammen, es juckt unter dem Gips, nein, wie das juckt! Du weißt vielleicht, dass ich Knochenschwund habe, da brechen die Knochen ja, wenn man sie nur anguckt. Aber der Kopf funktioniert, und - haha - mein bestes Stück auch, aber wozu zum Teufel soll man den denn gebrauchen, wenn man überall eingegipst ist? Hier auf der Station gibt es ja fast nur Frauen, nur den einen Arzt, der sieht gut aus, aber ich bin ja ein alter Mann, und wieso sollte sich denn da einer für mich interessieren… Und schon gar nicht der hübsche junge Arzt.

Wärst du so nett und gibst mir einen Schluck Wasser? Die Schnabeltasse steht auf dem Nachttisch, aber halte sie vorsichtig an meinen Mund, sonst läuft mir das Wasser über die Backe runter auf's Kopfkissen. Ahh, danke, das tut gut!

Wie es passiert ist? Ja, du, das frag ich mich auch manchmal. Nun, es ging alles so schnell. Ich hatte an diesem Abend ein bisschen zu viel intus, aber ich war nicht so betrunken, dass ich mich an nichts erinnern könnte. Es war da in der Kneipe Centralhjørnet so gemütlich gewesen. Ich kannte drei oder vier der anderen Gäste, und wir hatten an der Bar gesessen und gelacht und getrunken. Manchmal muss man eben mal rauskommen und ein bisschen Spaß haben, anstatt immer zu Hause rumzuhängen und über die Ungerechtigkeiten der Welt zu jammern, nicht wahr?

Ich sehe, dass du schwitzt, du bist ja ganz feucht auf der Stirn, zieh einfach deinen Kapuzenpullover aus, du hast ja noch dein T-shirt drunter. Sei bloß froh, dass du nicht derjenige bist, der hier rumliegt in all dem Gips...

Dann hatte Erwin sich verabschiedet, und Carl war schon einige Zeit vorher nach Hause gegangen, er hat ja auch seinen Mann zu Hause. Sie sind seit 30 Jahren zusammen, 30 Jahre, stell dir vor. Ich war der Letzte, als Franz die Stühle auf die Tische gestellt hatte und die Centralhjørnet zum Feierabend schließen musste. Ich bekam noch einen letzten Absacker. Es war so klar und warm in dieser Sommernacht, ich holte tief Luft und machte mich auf den Heimweg, die Stadt war so voller Leben und ich fühlte mich wohl. Es war ja mitten in der Nacht, unser Haus war dunkel und still, nur bei dir im ersten Stock war Licht an. Seltsam, dass du nichts gehört hast, aber, ja, du sagtest ja, du seiest eingeschlafen und habest vergessen, das Licht auszuschalten.

Ich ging die Treppe hinauf und sah sofort, dass eingebrochen worden war. Meine Tür war angelehnt. Ich rief in die Wohnung „Hallo, ist da jemand?" Aber keine Antwort, drinnen war es still und stockfinster. Ich dachte, der ist wohl schon weg, der Mistkerl, und im Flur wollte ich das Licht anmachen, aber die Glühbirne war ja seit vorgestern kaputt, ich hätte sie gleich austauschen sollen. „Hallo, ist da jemand?"

Und dann ging das Licht im Treppenhaus aus und die Eingangstür hatte sich wieder angelehnt, nun war es stockfinster, aber durch das Küchenfenster fiel ein wenig Mondlicht. Plötzlich gab es einen Knall, eine Gestalt stürzte aus dem Schlafzimmer auf mich zu, etwas Hartes traf mich am Arm und dann fiel ich vor der Eingangstür zu Boden. Er stolperte über mich hinweg, über meine Beine und meinen Arm, und dann riss der verdammte Verbrecher die Tür auf und donnerte sie mir gegen den anderen Arm, dann rannte er hinaus und die dunkle Treppe hinunter.

Ich war so benommen und verängstigt, dass ich mich nicht bewegen konnte, während ich dort auf dem Boden lag. Ein jagender Schmerz ging von den Knien rauf durch meinen ganzen Körper, ich hörte nichts, nicht einmal das Öffnen oder Zuschlagen der Haustür, als er davonrannte, merkwürdig, denn das Treppenhaus hat ja nur den einen Ausgang…

Ich lag einfach hilflos da, hatte das Gefühl, ich müsse mich übergeben, und dann… ich weiß nicht, was dann noch passiert ist. Ich hörte nur noch Petersens Hund bellen wie wild, und das muss Petersen aufgeweckt haben, er muss herausgekommen sein, wahrscheinlich im Schlafanzug, und er ist also derjenige, der mich gefunden hat.

Wenn ich nur eine rauchen könnte, nein, nein, ich darf hier nicht rauchen und ich kann auch nicht rausgehen. Meine Beine müssen ganz still liegen, es ist diese verdammte Osteoporose, die das so langsam heilen lässt, und jetzt muss ich pinkeln, rufst du mal die Krankenschwester, die hilft mir bei allem, nein, nicht dabei, haha, leider nicht…

Gestohlen? Ob was gestohlen wurde? Nun ja, schließlich gibt es in meiner Wohnung nicht viel Wertvolles. Ich habe Petersen gebeten, nachzuschauen. Er sagt, es sieht so aus wie nach einem Bombenangriff, der Dieb hat alles durchgewühlt. Aber Gott sei Dank hat er das Geld im Kühlschrank nicht gefunden. Gut, dass ich es dort reingelegt hatte. Ein gutes Versteck. Wenn ich dir einen Rat geben darf: Bewahr dein Bargeld im Kühlschrank auf.

Aber was weg ist, ist die Schmuckschatulle. Weißt du noch? Letzte Woche erzählte ich dir kurz davon im Hinterhof. Nein? Ich meine die Schmuckschatulle, die ich aus Berlin mitgebracht hatte. Kannst du dich daran nicht erinnern? Na, ich bin mir ziemlich sicher, dass du das warst, dem ich davon erzählt hab... Naja, ist ja auch egal.

Sie war jedenfalls das Einzige, was ich aus der Wohnung meiner Mutter habe retten können. Schließlich hatte sie seit sechs Monaten einen Vormund, eine gesetzlich berufene Betreuerin. Die hatte alles an sich genommen, nachdem meine Mutter ins Pflegeheim gekommen war. Sie behauptete, sie hat die ganze Einrichtung auf die Mülldeponie bringen lassen. Das war eine glatte Lüge, denn da waren viele wertvolle Dinge und Möbel, die Ölgemälde und das teure Porzellan und die schönen Vitrinen. Mein Anwalt sagte, ich hätte gerichtlich gegen die Betreuerin keine Chance, weil nicht dokumentiert sei, dass die Möbel und all das andere in der Wohnung irgendetwas wert gewesen seien. Zum Glück hatte ich noch einen Schlüssel zur Wohnung, von dem niemand etwas wusste.

Am Tag nach der Beerdigung fuhr ich mit der U-Bahn hin. Ich öffnete die Tür und, als ich die Wohnung sah, kamen mir die Tränen. Hier, wo Mutter 35 Jahre lang gelebt hatte, herrschte gähnende Leere. Alles war ausgeräumt, gefegt, der Kühlschrank stand offen, geplündert. Ich schaute lange aus dem Fenster auf die Straßenbäume von Spandau.

Und dann fiel mir plötzlich ein, wo Mutter immer ihren Schmuck versteckt hatte: Ich fragte mich, ob das Kästchen noch hinter der Luke zum stillgelegten Schornstein in der Küche war? Ja, ganz richtig: da war die Schmuckschatulle, ich zog sie hervor, öffnete sie vorsichtig und fand den ganzen edlen Schmuck: eine Brosche meiner Großmutter, die Eheringe meiner Urgroßeltern mit eingravierten Daten und die Kriegsdienstmedaille meines Vaters. Nicht schön anzusehen, das hässliche Hakenkreuz, aber es ist doch eine Art Dokument, ein Zeitdokument sozusagen, nicht wahr? Auch die Armbanduhr meiner Mutter war dabei, sie hatte sie zu meiner Konfirmation getragen und auch, als sie mich zum ersten und einzigen Mal hier in Dänemark besuchte. Mittlerweile ist das 20 Jahre her. Ich war froh, dass sich die Uhr auch in der Schatulle befand.

Ich schloss den fein geschnitzten Deckel, legte sie in eine Plastiktüte und nahm sie mit ins Hotel und später mit nach Hause nach Kopenhagen.

Du siehst jetzt so verängstigt und traurig aus! Wenn ich könnte, würde ich dich in den Arm nehmen, aber der ganze Gips... weißt du, es wäre keine angenehme Umarmung.

Ob ich den Einbrecher erkannt habe? Nein, es war ja dunkel. Das Einzige, was ich gesehen habe, war, dass er einen dunklen Kapuzenpullover trug. Aber heutzutage tragen ja so viele junge Männer so einen, das hilft der Polizei mit Sicherheit nicht weiter. Du bist ja plötzlich so still geworden. Stimmt irgendwas nicht? Nein?

Weißt du was? Mir fällt gerade ein, dass ich ja nach meiner Reise nach Berlin die Schmuckschatulle im Kleiderschrank ganz hinten in der untersten Schublade versteckt hatte. Möglicherweise hat Petersen nicht richtig hingeschaut, als er nachsehen sollte, was gestohlen worden war. Vielleicht ist sie ja noch da? Kannst du mir nicht einen Gefallen tun? Da drüben am Kleiderhaken hängt meine Jacke, und in der rechten Tasche sind meine Wohnungsschlüssel. Kannst du sie mitnehmen, und wenn du nach Hause kommst, geh doch mal rauf zu mir und sieh nach, ob das Schmuckkästchen vielleicht gar nicht weg ist? Das wäre wirklich nett von dir, und wenn es noch da sein sollte, dann wäre das ein großer Trost.

Zu Besuch bei Werner Thomas

„Stellt euch vor", sagte mein Vater, als wir beim Abendessen saßen, „stellt euch vor: ich habe heute Werner Thomas getroffen!"

Meine Mutter sah ihn fragend an und gab dann meiner Schwester und mir dampfende Kartoffeln und gedünsteten Kohl auf die Teller.

„Ja", sagte mein Vater, „mein alter Schulfreund Werner. Ich hatte die letzten Briefe des Tages abgeliefert und war gerade auf dem Weg zurück zum Hauptpostamt, um das Fahrrad abzustellen und mich umzuziehen, als er aus Schulz und Sohn kam, ihr wisst, die Weinhandlung am Markt. Wir standen und redeten eine ganze Weile, auch über die alten Zeiten, und Werner hat gesagt, wir sollten ihn und seine Frau Inge doch mal besuchen kommen, sie haben im Neubauviertel oben am Haardter Berg ein Haus gebaut."

Die Augen meines Vaters leuchteten. Und während wir aßen, erzählte er uns von früher, der Zeit kurz nach Kriegsende, als er und Werner den ganzen Tag auf den vielen versteckten Pfaden und Gleisen auf dem Gelände des zerbombten Güterbahnhofs herumgestreunt waren, wo es nach altem Öl roch und nach Teer und morschem Holz von den ausrangierten rostigen Eisenbahnwagen. Sie hatten zwei Zigaretten geschenkt bekommen von den amerikanischen Soldaten, die fortan auf uns Deutsche aufpassen sollten, damit es nie wieder Krieg und Chaos auf der Welt und Tränen in den Augen der Frauen geben würde. Die beiden Freunde kletterten auf einen der verlassenen Güterwaggons. Brombeerranken hatten sich an ihren ausgefransten und kratzigen Wollsocken in den abgetragenen Schuhen festgehakt, und die nackten Beine in den allzu weiten, knielangen Hosen froren in der Herbstkälte.

Werner hatte Streichhölzer dabei, und mein Vater hatte Zweige und kleine Äste gesammelt, und sie sorgfältig im Güterwagen übereinandergestapelt, Werner zündete das Feuer an, und bald wurden ihre Beine warm und die Flammen leuchteten auf ihren Gesichtern. Sie zündeten sich die Zigaretten an, ihre ersten überhaupt, sie begannen zu husten, zu lachen, und zum ersten Mal spürten beide Jungen, dass sie nun auf dem Weg waren, echte Männer zu werden. Doch dann fingen die alten morschen Dielen des Wagens Feuer, das sich plötzlich recht schnell ausbreitete. Die Jungen versuchten nicht, den Brand auszutreten, sondern wichen vor den Flammen zurück, sprangen vom Waggon herunter und rannten durch das trockene Gestrüpp und die Trampelpfade entlang weg, direkt auf den Berg zu, den sie so gut aus der Kriegszeit kannten.

Sie hatten die Zeit damals noch frisch in Erinnerung, als die Sirenen heulten und die Engländer in ihren Tieffliegerbombern kamen, und die Familien Hals über Kopf den Berg hinauf und in die Grotte flüchten mussten, die als Schutzraum eingerichtet worden war. Darin war es kalt und feucht, und alle waren hungrig und hatten Angst, aber Werner und mein Vater spielten im gedämpften Licht der Petroleumlampen das Spiel *Wir machen Schlammsuppe* und *Wer kann mit kleinen Steinen jonglieren?* Sie brachten die Menschen zum Lächeln, während sie hörten, wie die Bomben in der Stadt einschlugen. Manchmal dauerte es mehrere Tage, bis Entwarnung kam und der Luftalarm aufgehoben wurde und sie wieder raus konnten.

Am Eingang der Höhle blieben die Jungen stehen, völlig außer Atem. Die flackernden Flammen des brennenden Güterwaggons unten im Tal waren schön anzusehen, und schön war auch Werners Gesicht, das vom Feuer in dramatisches Licht getaucht wurde. Werner sagte:

„Der Waggon ist verloren, aber es dürfte kein großer Schaden entstanden sein. Das Feuer wird sich nicht ausbreiten."

Genau in diesem Moment begann es zu regnen, zunächst ein paar Tropfen, schnell immer mehr, und sehr bald öffnete der Himmel die Schleusen und schickte einen gewaltigen Wolkenbruch aus selten dicken Tropfen herab. Werners Gesicht wurde nass und glänzend vom Regen, und je mehr Wasser über die Wangen seines Freundes lief, desto deutlicher konnte mein Vater erkennen, dass Werner sich verändert hatte: Das kindliche

Staunen des Knaben hatte sich in den stählernen Blick eines jungen, starken Kerls verwandelt.

Während mein Vater dies alles erzählte, hustete er regelmäßig, wie er es oft tut, weil er diese chronische Bronchitis hatte, die er ironisch „ein Geschenk aus der Grotte" nannte. Meine Mutter, meine Schwester und ich hatten schweigend gegessen, aber aufmerksam zugehört. Wir stellten keine Fragen. Vaters Blick war hatte sich auf die restlichen Kartoffeln im Topf auf dem Tisch geheftet, und wir konnten sehen, dass er völlig in die Erinnerungen an seinen alten Freund Werner versunken war, da war für Einmischung von außen kein Platz. In seinem Blick lagen sowohl Liebe als auch Schmerz, ja, meinem Vater kann man alles von den Augen ablesen.

Am nächsten Sonntag fuhren wir zum Haardter Berg und besuchten Werner und Inge Thomas zu Kaffee und Kuchen. Die hoch toupierten Haare meiner Mutter berührten das Dach des kleinen Ford 12M, den sich mein Vater für den Tag von den Schwiegereltern geliehen hatte. Das Auto schleppte sich schwer den Berg hinauf zur Siedlung. Wir trugen Sonntagskleidung – mein Vater hatte ein weißes Hemd an mit Krawatte, und meine Schwester und ich trugen unsere besten Sachen, aus denen wir fast schon herausgewachsen waren.

Der Eingang zum Grundstück von Werner Thomas wurde von einem breiten offenen Tor flankiert. Auf dem Vorplatz standen ein schwerer Mercedes und ein Porsche, und Werner und Inge standen an der Tür und hießen uns willkommen, sehr herzlich, wie sich zeigte.

Meine Schwester und ich gaben höflich die Hand und sagten unsere Namen, genauso, wie wir es gelernt hatten. Inge fand mich süß und streichelte mir über die Haare. Das Haus war modern, riesig und neu gebaut, und alles wirkte teuer und gediegen: Die Treppen hatten schmiedeeiserne Geländer, und das Wohnzimmer hatte einen pompösen Kamin und beeindruckende Schiebetüren aus Glas. Da hatte man Aussicht über den Swimmingpool hin zu den Siegerländer Bergen in der Ferne. Meine Schwester und ich bekamen Saft und Kuchen und Negerküsse, wie sie damals hießen, mein Vater und Werner tranken Bier, und meine Mutter bekam Kaffee und lobte Inges guten Einrichtungsgeschmack und die rustikalen Möbel des Hauses, was - davon war ich überzeugt - nicht ganz ehrlich war.

Die kleine Kaffeerunde saß draußen unter der Markise am Pool auf einer Terrasse, die mindestens viermal so groß war wie unsere gesamte Wohnung, und die Stimmung wurde leicht und fröhlich. Ich hatte es kaum erwarten können, Werner zu sehen, den guten, den früher besten Freund meines Vaters, und jetzt konnte ich ihn leibhaftig beobachten: Seine dunkle Männerstimme, die buschigen Augenbrauen und die kräftige, aber überraschend schlanke Statur bewegten sich auf eine Weise, die mir sowohl stolz als auch ruhig erschien. Er war freundlich, warmherzig und großzügig, und ich sah meinen Vater so glücklich, wie ich ihn selten erlebt habe. Werner war ein reicher Bauunternehmer geworden, während mein Vater Postbote war und sich kaum unsere kleine Wohnung ohne Bad und mit Gemeinschaftstoilette unten im Hinterhof leisten konnte, aber es war, als ob etwas Unsichtbares die beiden Männer miteinander verband. Ich konnte es nicht benennen, aber ich konnte es spüren.

Nach dem Kaffee schickten sie meine Schwester und mich zum Spielen an den Pool. Da waren zwei kleine Schiffchen aus Plastik, die wir an Schnüren durchs Wasser ziehen konnten. Das Spiel nannten wir Regatta-platsch. Inge zeigte Mutter das Haus, und Vater und Werner standen mit ihren Biergläsern unten im Garten und redeten. Auf einmal sah ich, wie Vater sehr enttäuscht, fast bestürzt Werner ins Gesicht schaute. Er berührte kaum merkbar Werners Hand. Der aber zog die seine zurück, schaute Vater in die Augen, sagte noch ein, zwei Sätze, die ich natürlich nicht verstand, und danach wandte er sich weg und kam wieder hoch auf die Terrasse. Vater blieb noch einen Augenblick stehen, zündete sich eine Zigarette an und schaute in die Ferne. Er war von mir abgewandt, deshalb konnte ich sein Gesicht nicht deuten. Dann kam er nach.

131

In der Nacht lag ich in meinem Bett und konnte nicht schlafen. Ich war durstig. Ich warf die Bettdecke beiseite, stieg aus dem Bett und schlich leise auf Zehenspitzen, um meine Schwester nicht zu wecken, aus dem Kinderzimmer. Die ganze Wohnung war dunkel, nur in der Küche brannte die Glühbirne über der Spüle. Da stand mein Vater in Unterhemd und Hosenträgern und betrachtete sich im Spiegel. Als er mich im Schlafanzug und Hausschuhen und ganz verschlafen in der Tür stehen sah, lächelte er mich liebevoll an. Und in seinen Augen konnte ich sehen, dass er geweint hatte.

L'amour est rouge, l'amour est bleu

Die sehr nette, wenn auch – um ehrlich zu sein – etwas schwerfällige Henriette hatte ihre Arbeit gekündigt. Es hat mich nicht überrascht, denn der Job als Pflegehelferin erfordert wirklich eine gute Portion Engagement und Geduld, und man muss robust sein wie ein Brauereipferd. Ich hatte mich mit meinen damals 96 Jahren, ja, Sie haben richtig gehört, ich bin ein wenig stolz auf mein Alter, daran gewöhnt, dass die Pflegekräfte oft wechseln. Jetzt war es die freundliche, aber ein bisschen lethargische Henriette, die aufhören wollte.

Sie schaltete den Staubsauger aus und sah mich an:

„Heute ist übrigens mein letzter Arbeitstag. Morgen kommt jemand Neues." Sie zögerte ein wenig, bevor sie fortfuhr: „Und zur Abwechslung ist es ein Mann."

"Ach was!" Ich schaute von meinem Kreuzworträtsel auf, hob eine Augenbraue und fragte: „Ist er nett?"

Ich sagte das nur, um sie zu provozieren. Sie war nämlich ziemlich schüchtern und, wie gesagt, ein bisschen schwerfällig, und sie hatte überhaupt keinen Sinn für Humor. „Weiß nicht", log sie verlegen, „... aber er ist Franzose!"

Jetzt hatte das Thema wirklich meine volle Aufmerksamkeit, denn sie wusste sehr gut, dass ich vor meiner Pensionierung vor 36 Jahren Französischlehrerin gewesen war. Die Aussicht darauf, dass da täglich jemand kommen würde, mit dem ich ein wenig Französisch sprechen konnte, gefiel mir.

„Und, Henriette, was machen Sie stattdessen? Haben Sie im Lotto gewonnen?" Ich wollte Henriette noch mehr aus der Reserve locken, aber vergebens. Sie antwortete wahrheitsgemäß, aber ohne den geringsten Hauch von Charme:

„Nein, ich fange im Pflegeheim an, anstatt mit dem Fahrrad rumzufahren und Hausbesuche zu machen."

Ich dachte: Na, meine liebe Henriette, du wirst wahrscheinlich auch nicht gerade diejenige sein, die den alten Tantchen da drüben im Pflegeheim Feuer unterm Hintern macht. Das habe ich natürlich nur gedacht. Gesagt habe ich stattdessen (ich gebe zu, das war etwas geheuchelt):

„Das wird bestimmt spannend, viel Glück!"

„Danke!" Henriette nickte, und als sie den Staubsauger wieder einschaltete, machte ich weiter mit meinem Kreuzworträtsel und war ein wenig gespannt auf den Franzosen, der ab morgen kommen sollte.

Bevor sie ging, drückte ich ihr einen Geldschein in die Hand, und obwohl ich weiß, dass das eigentlich nicht erlaubt ist, sind Regeln und Gesetze manchmal dazu da, um übertreten zu werden. Vor allem, wenn es darum geht, anderen Menschen eine Freude zu machen. Ein bisschen Peitsche und viel Zuckerbrot ist schon immer mein Prinzip gewesen, und diese Einstellung hat mich unbeschadet durch die vielen Jahrzehnte als Französischlehrerin am Gymnasium gebracht. Auch Henriette freute sich sehr über das Scheinchen, das auch schnell den Weg in die Tasche ihres Kittels fand.

Mein Körper war ja nicht mehr so beweglich wie mit zwanzig oder - achtzig. Aber ich muss sagen, dass es mir körperlich bestimmt nicht so schlecht ging wie vielen anderen in meinem Alter. Die Pflegerinnen kamen jeden Tag, um mir die Stützstrümpfe anzuziehen, um mir zweimal pro Woche beim Duschen zu helfen und ein bisschen zu putzen. Den Rest konnte ich problemlos selbst bewältigen, zum Beispiel zum Einkaufen in den Supermarkt hinuntergehen, und dabei half mir mein Rollator, der zwar blöd aussah, aber eigentlich ein ganz ausgezeichneter Begleiter war.

Am nächsten Morgen um neun Uhr stand der neue Pflegehelfer vor der Tür. Und ich muss Ihnen sagen, das war Liebe auf den ersten Blick. Das charmante Lächeln und diese tiefe Stimme, mit der er sich vorstellte („Guten Tag, ich bin Gaspard, der neue Pflegehelfer"), waren Weltklasse. Die männlichen Hände zeugten von einem Menschen, der körperlich hart arbeitete. Und trotz seiner schokoladenbraunen Hautfarbe waren seine Augen blau wie das Mittelmeer an der Côte d'Azur – Romantik pur.

Bevor Sie aus meiner Begeisterung falsche Schlussfolgerungen ziehen, möchte ich fürs Protokoll erwähnen, dass ich zu den Menschen gehöre, die keine sexuelle Anziehung verspüren – und auch nie gespürt haben. Ich hatte noch nie in meinem Leben Sex, weil es mich einfach nicht interessierte. Als junge

Frau wurde mir beigebracht, dass man seinem Mann dienen müsse und dass es die Aufgabe der Frau sei, ihn zufrieden zu stellen, ob man will oder nicht. Mit mir nicht! beschloss ich. Ich wurde geübt darin, mich immer irgendwie aus der Affäre zu ziehen, wenn Verehrer sich mir lüstern näherten, und das taten sie fast alle, als ich noch eine junge Lehrerstudentin war.

Als meine in Frankreich geborene Mutter mich mit Fragen wie „Willst du nicht bald heiraten?" bedrängte, antwortete ich ausweichend: „Je ne sais pas – peut-être plus tard?" - Ich weiß nicht, vielleicht später? Mit anderen Worten: Vergiss es, Mama. Meine Schwestern neckten mich: „Du wirst als alte Jungfer enden!" Sie riefen mir abfällige Bemerkungen nach, als sie Ende der 1940er Jahre von jungen Herren zum Sonntagstanz im Gasthof abgeholt wurden, und ich aber lieber zu Hause blieb. Ich bin nicht auf die Provokation eingegangen, sondern habe nur geantwortet: „Amusez-vous!" - Viel Spaß! - und dachte: Ja, ich werde eine alte Jungfer, und so soll es sein.

Ich bleibe dabei: Ich bin das, was man früher frigide nannte, aber jetzt sagt man wohl asexuell, was mir viel besser gefällt. Das bedeutet, um Missverständnissen vorzubeugen, dass ich gleichzeitig auch ein sehr sinnlicher Mensch bin. Das eine schließt das andere also nicht aus. Ich mochte schon immer Männer, ich liebe es zu flirten und ich bin sehr romantisch veranlagt; und ich mag eigentlich auch ein bisschen Streicheln. Aber der bloße Gedanke, einen anderen Menschen an seinen Genitalien zu berühren, spricht mich absolut nicht an.

In Wirklichkeit bin ich in meinem Leben nur selten berührt worden. Es gab einmal einen gutaussehenden jungen Mann – es muss Mitte der 1950er Jahre gewesen sein –, mit dem ich auf einem Sofa gelandet bin. Ich glaube, ich war in ihn verliebt. Er hatte auf seine männliche Art etwas Liebevolles an sich. Es gab Zärtlichkeiten und süße Worte von ihm und tatsächlich auch Küsse, aber alles ging schnell über meine Grenzen, und ich musste den armen Jungen – mit allem, was er in der Hose hatte – von mir wegstoßen und meiner Wege gehen. Es tat mir leid für ihn.

Gaspard, mein neuer Pfleger, war jung. Genauer gesagt 46 Jahre alt. Wir kamen schnell ins Gespräch, zuerst auf Dänisch,

135

später auf Französisch, und seine geübten Hände halfen mir hervorragend mit den Stützstrümpfen. Was für ein wohltuender Mensch! Ich führte ihn durch meine Wohnung, zeigte ihm, wo der Staubsauger war und wo er Putztücher, Reinigungsmittel und meine Hautcreme finden konnte. Die 15 Minuten, die an diesem Morgen für den Besuch bei mir reserviert waren, vergingen wie im Flug, und als die Tür hinter ihm wieder ins Schloss gefallen war, war ich völlig aufgewühlt und sehr froh. Wenn mich jemand dabei beobachtet hätte, wie ich mein Frühstück und meinen Kaffee zubereitete, hätte er ein zufriedenes Lächeln auf meinem Gesicht gesehen. Ich saß dann in der Morgensonne auf der Terrasse, schloss die Augen und träumte von den respektvollen Berührungen der wunderbaren Hände des schönen Gaspard.

Natürlich begann ich mich für alles zu interessieren, was mit Gaspard zu tun hatte. Aber ich war auch schlau genug, mir mein – nun ja, nennen wir es mal – besonderes Interesse nicht anmerken zu lassen. Man kann nie wissen, welcher Pflegehelfer oder Pflegehelferin kommt. Ich hoffte für die nächsten Tage, dass er es sein würde, und freute mich riesig auf seinen nächsten kurzen Besuch. Und ich hatte Glück:
„Bonjour, Madame Charlotte!"
„Bonjour, Monsieur Gaspard!"
Schnell fand ich heraus, dass er eine französische Mutter und einen algerischen Vater hatte und in einem Vorstadtghetto am Stadtrand von Marseille aufgewachsen war. Es müssen damals harte Zeiten für die Familie gewesen sein. Sie war arm, die Schulbildung war schlecht, und es gab gefährliche Jugendbanden auf der Straße. Sobald Gaspard alt genug war, musste er raus und Geld verdienen. Er half bei einem algerischen Gemüsehändler aus, er ging und verteilte Zeitungen und zeitweise diente er auch auf Baustellen als Handlanger. Aber Gaspard sprach gut von seinen Eltern, von denen er sich immer geliebt gefühlt hatte.
An den Tagen, an denen er kam, um sauber zu machen, tat ich so, als läse ich meinen Proust, aber natürlich war es mir unmöglich, mich zu konzentrieren; ich konnte nicht umhin, einen

heimlichen Blick übers Buch hinweg auf ihn zu werfen, während er arbeitete. Ich würde nicht sagen, dass er sehr gründlich war, als er das Buffet abstaubte oder das Wohnzimmer saugte. Aber seine eleganten Bewegungen und das verführerische Lächeln und diese Melodie ... (er summte normalerweise eine Melodie, wenn er arbeitete) waren das ganze Steuergeld der Gemeinde wert. Eines Tages roch er nach einem Eau de Toilette, von dem er später verriet, dass es „Vague Bleue" hieß. Ich liebte den Duft...

„Ich darf eigentlich kein Parfüm auftragen, wenn ich bei der Arbeit bin", entschuldigte er sich und fuhr wörtlich fort: „aber manchmal sind Regeln und Gesetze einfach dazu da, um übertreten zu werden."

Ich glaube, in diesem Moment habe ich mich Hals über Kopf und endgültig in Gaspard verliebt.

Jeden Mittwoch verbrachte ich in der Altentagesstätte. Der Seniorenbus kam, holte mich ab und brachte mich am späten Nachmittag wieder nach Hause. Dort in der Tagesstätte gab es immer irgendwelche Aktivitäten, zum Beispiel Gesang und gemeinsames Kochen und Sitzgymnastik und alles mögliche andere. Es war nie langweilig. Es gab Vorträge und Literaturlesungen, und einmal hatten wir sogar einen Auftritt von einem Pantomimetheater, das allein mit Körper- und Gesichtsausdrücken eine ziemlich komische Geschichte erzählte. Bei uns Alten kam die Pantomime gut an, denn viele von uns hören schlecht.

Für mich war die Tagesstätte eine schöne Abwechslung von meinem Alltag in meiner Wohnung. Schließlich habe ich keine Kinder, sondern nur Neffen und Nichten, die allerdings weit weg wohnen und zu denen ich fast keinen Kontakt habe. Aber ich war nicht einsam. Von Zeit zu Zeit kam der Pastor zu Besuch, ich kannte ihn gut. Und Ingelise, die gegenüber wohnte, schaute hier und da bei mir vorbei, und dann tranken wir zusammen eine Tasse Kaffee und unterhielten uns über das Wetter, unsere Kakteen und ihre Tochter Helle. Einmal im Monat gab es in der Tagesstätte eine Modenschau, bei der ein Bekleidungsunternehmen uns älteren Menschen seine Modelle zeigte. Die meisten von uns gingen nicht mehr in die Läden in der Stadt, und auch ich fand es viel zu anstrengend, dort herumzulaufen und ganz alleine die Kleiderständer durchzuwühlen und etwas anzuprobieren und zu beurteilen, ob es das Richtige ist oder nicht. Nach ganz kurzer Zeit in Geschäften wurde ich müde und wollte nach Hause. Aber hier bei der Modenschau in der Tagesstätte konnte man sich hinsetzen und wenn einem was gefiel, konnte man Hilfe beim Anprobieren der Kleidung bekommen, und man konnte kaufen, wenn man wollte.

Am Mittwoch nach dem Tag, an dem ich mir eingestand, dass ich verliebt war, wollte ich mir ein neues Kleid kaufen und war bei der Modenschau gleich begeistert von einem kobaltblauen Kleid mit großen roten Mohnblumen. Den anderen älteren Damen, die mit mir am Mittagstisch saßen, fiel auf, dass ich an diesem Tag besonders fröhlich, fast übermütig war – ja, „übermütig" war das Wort, das sie verwendeten. Und ich fand mich darin bestätigt, dass ich im Gegensatz zu den anderen grauhaarigen und blutarmen alten Leutchen ziemlich lebendig und bei bester Laune war.

Das blau-rote Kleid gehörte nun mir, und ich konnte es kaum erwarten, es auszupacken und anzuziehen.

Nachdem ich abends nach Hause gebracht worden war, nahm ich das Kleid aus der Tüte. Mein Schlafzimmerschrank hat einen ovalen Spiegel, und ich stellte mich davor und hielt es mir erstmal an. Sehr gut! Und dann, als ich es angezogen hatte, freute ich mich: es passte wie angegossen. Da fehlte noch was: Ich ging ins Badezimmer und fand den leuchtend roten Lippenstift. Es war viele Jahre her, dass ich ihn das letzte Mal benutzt hatte, und als ich jetzt mein Spiegelbild mit dem roten Mund sah, gefiel ich mir, obwohl meine Haut alt und faltig war. Aber etwas stimmte noch nicht: die Haare! Sie müssten etwas moderner geschnitten werden. Also beschloss ich, mir morgen von meiner Friseurin eine neue Frisur schneiden zu lassen.

Am nächsten Vormittag kam Gaspard, um mir beim Duschen zu helfen. Nacktsein bedeutet mir nicht viel und deshalb schäme ich mich auch nicht besonders, wenn ich selbst nackt sein muss. Und natürlich war Gaspard wie erwartet sehr professionell. Beim Duschen half er mir sehr diskret ausschließlich da, wo ich seine Hilfe brauchte, zum Beispiel beim Rücken waschen, und er stützte mich beim Aufstehen von meinem Duschhocker, und er achtete darauf, dass ich auf dem nassen Boden nicht ausrutschte. Nach dem Bad fühlte ich mich wie neu geboren, oder besser gesagt, sehr jung. Ich zwinkerte ihm zu und sagte:

„Danke für deine …" – Nähe und Wärme, wollte ich eigentlich sagen, aber ich korrigierte mich und sagte „… deine Hilfe."

Als er sich vor mir hinkniete, um mir die Stützstrümpfe anzuziehen, war ich drauf und dran, seine schwarzen Haare zu berühren, aber das tat ich natürlich nicht. Wie hätte es sich wohl angefühlt, dieses Haar? Es war dick und stark und müsste sich beim Streicheln sehr weich anfühlen, vielleicht wie ein Rentierfell? Ich stellte mir vor, wie er seine Augen schloss und seinen Kopf ganz leicht unter meiner Berührung bewegte, als Ausdruck von Wohlbefinden und Genuss.

Während meines kurzen Tagtraums erzählte mir Gaspard von seinem Freund, der etwas älter war als er, und dass sie in vier Wochen in die Sommerferien fahren wollten. Ich hörte interessiert zu und war mit den Dingen, so wie sie waren, recht zufrieden. Eifersucht ist mir immer fremd gewesen. Ich gönnte ihm den Urlaub, und ich freute mich darüber, dass er mir davon erzählte.

Ich kenne die Friseurin unten in der Fußgängerzone gut. Seit vielen Jahren komme ich zu ihr zum waschen, schneiden, legen, und für einen netten Plausch. Einmal war mir ein "Du" rausgerutscht, und unter Gelächter im ganzen Friseursalon war es dann dabei geblieben. Jetzt hatte ich sie am Telefon: „Hallo Elinor, hier ist Charlotte. Hast du morgen einen Termin frei? Ich hätte gerne eine komplett neue Frisur, kannst du mir da nicht deinen Rat geben?"

„Klar, kein Problem!", sagte Elinor. „Wir machen Dich zum französischen Filmstar!"

„Hahaha, ich bin dabei!" freute ich mich.

Elinor hat mir dann am nächsten Tag eine Art Pagenfrisur geschnitten. Ich war sehr zufrieden, und als ich wieder auf die

Straße ging, ärgerte ich mich darüber, dass ich den Rollator dabeihatte: Ich fand, dass ich damit so alt und unelegant aussah.

Am Tag darauf machte mir Gaspard ein Kompliment. Er legte den Kopf zur Seite, sah mich an, berührte kurz meine neue Frisur und sagte nur:

„La belle femme!"

Ich fühlte mich geschmeichelt, und mein Lächeln muss es gezeigt haben.

"Danke!" sagte ich zu ihm und schlug vor:

„Möchten Sie nicht heute auf das Putzen verzichten…" (das machte sowieso keinen Unterschied) „…und stattdessen mit mir auf dem Balkon sitzen auf einen Kaffee und ein Croissant?"

„Toujours á votre service, Madame Charlotte", und er war sichtlich amüsiert über unseren ganz eigenen französischen Jargon.

Wir saßen da in der Morgensonne, und er trank einen Schluck Kaffee, aß sein Croissant und lächelte mich so offen und glücklich an; das werde ich nie vergessen. Eine Sternstunde in meinem Leben. Ich brachte ihn dazu, noch einmal über sich selbst zu sprechen, und er erzählte mir von seinen Freunden, und dass sein Mann einen neuen Job in Kopenhagen bekommen habe. Mir wurde sofort klar, dass das für ihn und auch für mich von einiger Bedeutung war, und natürlich fragte ich ihn, ob er mit ihm nach Kopenhagen ziehen wolle.

„Ja, das werde ich wohl. Ich denke, ich mache eine Ausbildung als Krankenpfleger. Die Ausbildung beginnt im September und ich habe mich beworben."

Mein liebevoller Blick erstarrte für einen Moment. Ich musste ein wenig schlucken, und dummerweise hatten sich ein paar Krümel vom Croissant in die Luftröhre verirrt, sodass ich einen heftigen Hustenanfall bekam. Gaspard sprang auf, klopfte mir ein wenig hilflos und sehr sanft auf den Rücken und lief kurz in die Küche, um ein Glas Wasser zu holen. Er war sichtlich erleichtert, als der Husten aufhörte und ich mich erholte.

„Heißt das also, dass Sie nicht mehr zu mir kommen werden?" Als ich diese völlig dumme Frage stellte, konnte ich selbst sehen, dass sie so klang, als hätte ich um die Unterschrift unter meinen eigenen Untergang gebeten. Natürlich kannte ich die Antwort, die er sehr diplomatisch formulierte:

„Es kommt dann eine neue Kollegin, die ihren Job auf jeden Fall sehr gut macht. Also keine Angst!" Meine Traurigkeit hatte sich wohl nur schlecht verstecken lassen.

Nun bin ich nicht der Typ, der sich unterkriegen lässt, und ich bin überzeugt davon, dass mein hohes Alter auf meine Fähigkeit zurückzuführen ist, sich an die aktuelle Situation anzupassen. Ich hatte mir ja selber an zwei Fingern ausrechnen können, dass Gaspard nicht ewig in seinem Job bleiben würde. Ich musste mir etwas einfallen lassen…

Nach einer kurzen Pause fragte ich ihn:

„Darf ich Sie an einem Abend zu einem Abschiedsessen in ein Restaurant einladen, bevor Sie nach Kopenhagen ziehen?" Mein Herz schlug tatsächlich wie das einer 17-Jährigen, die ihren Prinzen trifft, und als ich ihn erwartungsvoll ansah, lächelte er unwiderstehlich:

„Avec plaisir, Madame! Es wäre mir ein Vergnügen!"

In der Nacht lag ich wach und lauschte dem Ticken des Weckers, und durch die Blätter der Birke zeichnete das Mondlicht mit seinem bläulichen Schein ein wunderschönes Schattenspiel. Lange nach Mitternacht hatte ich dann alles gut durchdacht.

Gleich am nächsten Morgen erwischte ich Ingelises Tochter Helle auf der Treppe, und ich fragte sie, ob sie mir mit bei einigen Dingen im Internet helfen könne. Helle ist nett und hilfsbereit und es war nicht unangenehm, sie um einen Gefallen zu bitten. Ich habe selbst einen Computer, aber ich war einfach zu wenig interessiert, ihn für etwas anderes als das Lesen der Zeitung zu nutzen. Ich kochte Kaffee, wir setzten uns vor den Computer, und dann ließ ich sie einen Tisch für zwei im Restaurant „Le Caprice" im Zentrum reservieren. Helle wunderte sich über die Aufgabe, aber als ich ihr sagte, dass ich einen Mann einladen wollte, blickte sie mich zunächst verwundert an und nickte dann mit einem solidarischen Lächeln von Frau

141

zu Frau. Dann bat ich sie, zwei Eau de Toilettes mit dem Namen ‚Vague Bleue', jeden der beiden Flacons in einer separaten Geschenkbox, zu bestellen. Passend zu den roten Kornblumen auf meinem Kleid fanden wir auch eine elegante genauso rote Handtasche. Ich dankte ihr überschwänglich, und als sie sich verabschiedete, zwinkerte sie mir zu und sagte: „Viel Glück bei deinem Rendezvous!"

Gaspard wartete bereits auf mich, als mein Taxi vor dem Restaurant vorfuhr. Er sah in seinem weißen Hemd absolut unwiderstehlich aus. Aufgrund meiner Arthrose war es etwas schwierig, aus dem Auto auszusteigen. Er reichte mir seine Hand und half mir, was mich leicht wie eine Feder machte. Da stand ich nun mit meinem neuen Kleid, meiner neuen Tasche und meinen roten Lippen auf dem Bürgersteig. „Wow, Charlotte", kommentierte er, „Sie sehen *formidable* aus! Die Farben der französichen Tricolore…"

Wenn ich jetzt an diesen Abend mit Gaspard zurückdenke, ist mir jede Minute noch sehr gut in Erinnerung. Ich werde den Begrüßungssekt, den aufmerksamen Kellner, die rote Rose in der Vase auf dem Tisch, die ausgewählten Weine für die raffiniertesten Gerichte, das cremige Dessert und die schwere Süße des Moscatel nie vergessen. Aber am deutlichsten erinnere ich mich an Gaspards funkelnde blaue Augen. Er freute sich über das Geschenk „Vague Bleue", aber das Beste daran war, glaube ich, dass er verstand, dass es bei meiner Liebe nie um körperliches Begehren gegangen war.

Wir waren beide sehr gut gelaunt, und er sagte, wenn sein Mann uns jetzt sehen könne, habe dieser Grund, eifersüchtig zu sein. Ich ließ die Bemerkung einen Moment im Raume stehen, fühlte mich geschmeichelt, trank einen Schluck von meinem Bourgogne und schüttelte leicht und lächelnd den Kopf: „Nein, dazu hätte er keinen Grund. Zum Wohl!"

Am späten Abend brachte er mich zum Taxi. Eigentlich war es schon lange nach meiner normalen Schlafenszeit, aber ich fühlte mich überhaupt nicht müde. Vor der offenen Autotür standen wir in der lauen Sommernacht. Wir sahen uns in die Augen.

„Adieu, Monsieur Gaspard."

Er gab mir einen Kuss auf meine alte, faltige Hand und strich mir dann mit dem Fingerrücken kurz über die Wange. Das war einer der schönsten Augenblicke in meinem Leben.

„Adieu, Madame Charlotte, et merci!"

Er half mir ins Taxi, und als es anfuhr, winkte er mir hinterher.

Das Taxi hielt kurz danach vor meinem Haus. Ich bezahlte, stieg umständlich aus dem Auto aus, und spürte dann, dass ich unsicher auf den Beinen war und meinen Rollator vermisste. Ich ging langsam zur Tür, schloss sie auf und auf dem Weg in den Aufzug verlor ich plötzlich das Gleichgewicht. Ich fiel. Ich lag da. Ich hatte Schmerzen und konnte aus eigener Kraft nicht aufstehen. Ich schimpfte mich selbst aus, weil ich den Rollator nicht dabeihatte. Aus reiner Eitelkeit!

Ich rief um Hilfe. Nach einer Weile hörte ich Ingelise in den Treppenaufgang rufen:

„Charlotte, wo bist du?"

Eine Wolke gibt das Mondlicht frei. Es legt sich blau über den Park und den kleinen See. Hier im Pflegeheim kuschele ich mich in die weißen Laken im Bett, das die gutmütige Henriette hier rüber geschoben hat, damit ich aus dem Fenster in den Park schauen kann. Das Licht glitzert im Wasserspiegel des Sees, eine leichte Brise lässt sein Spiegelbild an der Wand tanzen. Ich kann nicht schlafen. Ich versuche, mich auf die Seite zu drehen, aber trotz der Tatsache, dass die Hüftoperation nach dem Sturz schon so lange her ist, tut jede Bewegung immer noch weh.

Gaspard hat eine Lücke hinterlassen. Hat mir das Leben mehr zu bieten? Gibt es denn keinen anderen Weg, als einfach hier zu liegen und auf nichts zu warten? Mit der rechten Hand kann ich die Schublade meines Nachttisches erreichen, sie öffnen und meine Geschenkbox mit dem „Vague Bleue"-Flacon herausnehmen. Ich sprühe etwas von dem Eau de Toilette auf meine Hand, mein Zimmer im Pflegeheim erfüllt sich mit seinem Duft. Ich atme, rieche Gaspard, sehe seine blauen Augen. Die Erinnerung an ihn erfüllt mich immer noch mit Lust, Lebenslust. Aber jetzt bin ich müde und döse schon wieder, und trotz allem bin ich glücklich darüber erlebt zu haben, dass das Leben rot und blau sein kann.

Die andere Seite der Felsen

Nun ist es das dritte Mal, dass Papa und August ins Wasser gehen. Papas Badehose ist peinlich zu klein, sie spannt sich um seine Fettdepots am Hintern und quetscht sich unter seinen Bierbauch. Und zwischen den Beinen ist sie auch viel zu eng – würg, da schaue ich lieber weg und denke an was anderes. August mit seinen sechs Jahren - er will immer ins Wasser, er ist mit allem zufrieden, Hauptsache, man beschäftigt sich mit ihm. Aber dazu hab ich keine Lust. Kleine Brüder sind süß, aber wenn sie in Augusts Alter kommen, sind sie nicht mehr süß, sondern nervig. Wenn ich nicht mit ihm spielen will, wird er wütend und schlägt mir mit seinen kleinen, weichen Kinderpatscherchen auf die Schultern. Bis ich ihn anraunze, ihm den Rücken zudrehe und auf dem Handy nachschaue, ob Freja oder Nora eine Nachricht geschickt haben. Nur nicht Esther, ich hab keinen Bock auf Esther, die gibt ständig damit an, was sie kann und was sie hat. Wer hat denn Bock drauf, sich sowas immer anzuhören?

Ferien sind langweilig. Die Sonne brennt gnadenlos. Ich kann die Apps auf meinem Handy kaum sehen, so hell ist es hier am Strand mitten in der Mittagshitze. Ich muss mich alle zwei Stunden mit Sonnencreme einschmieren, sonst sehe ich heute Abend aus wie ein Feuermelder. Unter dem lächerlichen gelben Sonnenschirm mit den weißen Punkten liegt Mama, dösend, mit offenem Mund. Ihre Schamhaare lugen unter dem Badeanzug hervor. Die Brüste hängen schlaff zur Seite. Man möchte am liebsten ein Handtuch drüberlegen. Familie ist Strafe.

Der Italiener da unten, wo die Wellen an den Strand schlagen, er steht da mit seinem schlanken, gebräunten, haarigen Körper und posiert. Vielleicht ist er einfach auch so einer, der seine Familie nicht ausstehen kann, der am Strand auf und ab läuft und sich durch die Sonnenbrille umschaut und sich langweilt und seine Familie zum Teufel wünscht ...

Der Sand ist heiß. Ich stehe auf, rücke meinen Bikini zurecht, ziehe meine Sandalen an, leise, damit ich Mama nicht wecke. Sie soll bloß nicht fragen, wo willst du hin, und wann kommst du zurück, und hast du dein Handy dabei, falls was passiert ... Das muss ich mir echt nicht geben. Ich will nicht ständig kontrolliert werden. Papa und August spielen mit einem gelben Wasserball, August quiekt vor Glück, und Papas Bauch platscht ins Wasser. Gut, dass sie mit ihrem bescheuerten Wirf-den-Ball-hin-und-her-Spiel beschäftigt sind, Hauptsache sie schauen nicht hierher oder, noch schlimmer, winken herüber.

Der sonnengebräunte Mann vom Ufer ist weg, vielleicht hat er genug von all dem Kindergeschrei und all den bleichen, dicken Körpern am Strand. Vielleicht ist er zu seiner Familie zurückgegangen, die wahrscheinlich unter einem Sonnenschirm liegt, Cola trinkt und mit leeren Augen auf den Horizont starrt.

Am Ende des Strandes gibt es Felsen, auf die man klettern kann, und auf der anderen Seite gibt es keinen Sandstrand mehr, sondern Steine und Findlinge im Wasser, die von den Wellen immer wieder umspült werden. Weggeworfene leere Plastikflaschen hüpfen im Wasser. Hier sind keine Urlauber, keine Menschen. Ich muss aufpassen, dass ich mit meinen rosa Sandalen nicht zwischen die glatten Findlinge rutsche. Wenn das aber doch passieren würde, und ich zwischen zwei Felsbrocken fiel und feststeckte, würde ich um Hilfe schreien, und die Leute kämen angerannt und würden mich hochziehen, und ich sähe ganz aufgelöst aus und zittrig, und Mama und Papa kämen auch angerannt, oh, du armes Ding, bist du verletzt, und tut es weh, und Mama und Papa lieben dich, das weißt du... Später würden sie mir ein riesiges Eis holen, und dann könnte ich Freja und Nora schreiben, dass hier in Italien so viel passiert, und hier ist es irrsinnig spannend und gefährlich, und ich würde schreiben, dass ich Eis esse, hier, guckt mal, und klick und senden, und dann wären sie sicher ganz schön neidisch.

Aber ich rutsche nicht ab und lande nicht eingezwängt zwischen den Steinen, sondern gehe meinen Weg, den Hügel hinauf auf einem schmalen und steilen Pfad, weg von der Küste. Hier gibt es Büsche. Hier ist es stickig, und es riecht penetrant nach irgendwelchen südlichen Pflanzen, vielleicht Oleander, manchmal auch nach Urin. Weggeworfenes Papier und Plastik auf der staubigen Erde, igitt, was für ein ekelhafter Ort. Unter der Sonne des Südens ist nicht alles so, wie es in dem Reiseprospekt steht, den Papa uns zuhause in Dänemark an einem dunklen, regnerischen Januartag mit strahlender Begeisterung gezeigt hatte. Schaut her, sagte er, schaut hier, ITALIEN – er sagte es mit einer ziemlich dämlichen Verzückung in der Stimme, schaut, wie schön es da ist, lasst uns dahin in die Ferien fahren. Mama musste erstmal ihre Brille finden, bevor sie die Bilder von Schwimmbädern, blauem Himmel und schlanken Bikini-Damen anglotzen konnte. Hmmm, sagte sie in ihrem höchsten Tonfall, oh ja, wie schön.

Aber in Wirklichkeit ist das alles Bullshit. Schweiß in den Handflächen, Schweiß im Gesicht. Aber ich gehe den steinigen Weg weiter, wo jetzt kleine Bäume stehen, die etwas Schatten geben. Alles ist trocken, ausgetrocknet, ein Blick zurück, hinunter auf die Felsen, die Küste, den Horizont, der fast in einem blass-weißen Dunst verschwindet. Es ist nur das leise Rauschen der Wellen zu hören, und – was war das? Ein Rascheln, vielleicht Atemzüge, unregelmäßig, ein Stück vom Weg entfernt ist etwas im Unterholz, ist da ein Tier? Ich habe keine Angst, oder vielleicht nur ein bisschen, auf jeden Fall ist meine Neugier größer. Leise atme ich, schlüpfe langsam durch das niedrige Gestrüpp und an Nussbäumen, Akazien und Kakteen vorbei und versuche, kein Geräusch zu machen.

Mittlerweile sind die Pflanzen recht dicht, durch knorrige Olivenbäume und Nussbüsche sehe ich etwas Helles, das sich auf dem Boden bewegt – ja, das sind zwei Menschen, einer mit heller Hautfarbe, einer dunkelhäutig, sie liegen übereinander und macht Bewegungen - what?!? Es ist ein Mann und unter ihm – noch ein Mann! Igitt, wie widerlich, die machen's im Gebüsch, das ist ja abstoßend, aber ich kann trotzdem nicht genug durch die bescheuerten dunklen Macchiasträucher sehen, und in dem Moment, als ich mich ein wenig zur Seite bewege, um genauer sehen zu können, wie sie es machen und wer sie sind, bricht ein kleines Ästchen unter meiner Sandale. Verdammt, sofort hören sie auf, und der eine Mann hebt seinen Oberkörper und schaut wütend in meine Richtung. Ich erkenne ihn sofort, den braungebrannten Italiener vom Strand, unsere Blicke treffen sich für den Bruchteil einer Sekunde, und ich bin völlig erschrocken und laufe los, so schnell ich kann durch das Dickicht zurück zum Pfad.

Ich laufe und laufe. Der staubige Weg führt steil bergab, und ich rutsche in meinen Sandalen aus und falle, stehe aber wieder auf und renne weiter, den Hügel hinunter, wobei mir die Oleanderzweige ins Gesicht und an die Waden schlagen. Ich schwitze und schäme mich, will nur weg, einfach weg, hinunter zu den Felsen, wo das Wasser immer noch die Klippen umspült, jetzt nur nicht ausrutschen und zwischen den Steinen hängen bleiben, ich will nur wieder zurück an den Strand, klettere auf die Felsen, und nun liegt er vor mir, der Strand, ich springe vom letzten Felsvorsprung runter in den Sand. Da sehe ich auch schon den gelben Sonnenschirm mit den weißen Punkten, und daneben stehen Mama und Papa und schauen sich nach mir um, sie sehen verwirrt, ängstlich aus. Keine Sorge, ich habe es geschafft… ich habe *was* geschafft, *was*? Aber jetzt muss ich mich schnell zusammenreißen und so tun, als wäre nichts. Kein Wort zu ihnen, zu irgendjemandem, nicht einmal zu meinen besten Freundinnen.

Langsam, als würde ich einen gemütlichen Spaziergang machen, gehe ich nun auf sie zu und versuche mir nicht anmerken zu lassen, dass ich außer Atem bin. Mama fragt: wo bist du denn gewesen, wir haben uns Sorgen um dich gemacht, und Papa sagt, warum hast du dein Handy nicht dabeigehabt, und August kommt und schlägt mir auf die Hüfte. Ich sage, dass ich gerade da drüben war und zeige mit meinem Kopf in Richtung der Felsen, während ich mich auf mein Handtuch fallen lasse und ihnen den Rücken zudrehe. Mama und Papa sind sauer auf mich und sagen alles Mögliche, dass ich hätte Bescheid sagen sollen, und in meinem Alter müsse man vorsichtig sein, es gebe viele Männer, die etwas von jungen Mädchen wie mir wollten. Aber ich habe keine Lust darauf zu antworten, nicht einmal zuzuhören, mir ist es egal, mir ist nur nach heulen zumute, aber ich muss mich zusammenreißen, sonst machen sie ein riesiges Theater vor Sorge.

Als ich das Handy nehme, sehe ich, dass ich von dem Sturz eine kleine Hautabschürfung an meinem Handballen habe, verdammt, die dürfen das nicht sehen, ich muss sie verstecken. Es tut weh. Das heilt schnell, würde Mama sagen, und ja, es wird heilen, aber das geht zu langsam, alles geht mir zu langsam, mein ganzes Leben geht zu langsam.

Ich schaue die Textnachrichten durch, aber es gibt weder eine von Freja noch von Nora, sondern nur eine von Esther, und sie schreibt, dass es absolut fantastisch ist, wo sie mit ihrer Familie im Urlaub ist und dass sie zusammen Spaß haben, dass sie viele andere Jugendliche getroffen hat, und sie hat sogar Tequila probiert ... und ich mache mir nicht die Mühe, weiter zu lesen, schicke ihr nicht einmal ein rotes Herz zurück. Lege einfach das Handy weg. Ich habe keinen Bock, keinen Bock zu nichts, hoffe nur, dass ich bald Brüste bekomme, erwachsen werde, dann werde ich alleine reisen und kann tun, was ich will.

Während ich auf meinem Handtuch auf der Seite liege und mein Gesicht unter meinem Sonnenhut verstecke, spüre ich, wie Mamas Hand meine Schulter berührt. Und weil ihre Hand da ist, und weil sich das gut anfühlt, fange ich ganz leise an zu weinen.

Auf dem Weg zum Vorstellungsgespräch

Sie hatten starken Wind und strömenden Regen angesagt, und deshalb war ich früh am Morgen zu Hause aufgebrochen. Ich kannte die Autobahnen um Kopenhagen herum nur zu gut: Wenn ich vor halb sechs in Vordingborg losfahren würde, könnte ich die schlimmsten Staus umgehen und die Hauptstadt in weniger als anderthalb Stunden erreichen. Zum Vorstellungsgespräch im Verteidigungsministerium auf den Hafeninseln Holmen kurz nach acht durfte ich ja unter keinen Umständen zu spät kommen. Das dürfte aber alles kein Problem sein. Und wenn doch, dann hatte ich zeitlich ausreichend Spielraum, um pünktlich anzukommen.

Für mich war diese neue Stelle wichtig, denn sie bedeutete eine deutliche Gehaltserhöhung. Die brauchten wir. Mathilde war mit dem Baby zu Hause. Und natürlich sollte es bald noch ein kleines Brüderchen oder Schwesterchen bekommen. Kinder sind ein teurer Spaß, muss man sagen, vor allem, wenn die Mutter die gesamte Ausrüstung - vom Strampelanzug zum Kinderwagen - vom Feinsten haben will und bloß nichts gebraucht gekauft werden darf. „Es kostet eben, was es kostet", war ihr Standardsatz, mit dem sie selbst die unverhältnismäßigsten Neuanschaffungen rechtfertigte:

„Unsere Kinder sollen nicht leiden und in den abgelegten Klamotten von anderen Leuten rumlaufen. Und damit basta."

Ich selbst fand das ziemlich übertrieben. Den Kleinkindern war das ja nun herzlich egal, ob sie neue oder gebrauchte Schlabberlätzchen vollsabbelten. Aber Mathilde ging auf keine Kompromisse ein. Das neu gekaufte Einfamilienhaus musste abbezahlt werden. Handwerker waren bestellt um eine neue Terrasse anzulegen. Das Bad wollte sie mit anderen Kacheln gefliest haben. Und die Küche - tja, meiner Meinung nach war die völlig in Ordnung, aber Mathildes Meinung nach war die überhaupt nicht in Ordnung: Da musste *alles raus und alles neu*. Kurz gesagt: Ich stand unter Druck, und musste den neuen Job einfach kriegen.

Kurz vor der Autobahnauffahrt musste ich den Wagen noch tanken. Ich hatte ja genug Zeit. Trotz der frühen Morgenstunde war da schon eine Schlange vor der Zapfsäule, weil das Benzin billig war. Es lohnt sich, auf billiges Benzin zu warten, dachte ich, und stellte mich in die Reihe.

Auf der Autobahn herrschte bereits sehr dichter Verkehr. Anscheinend war ich nicht der Einzige, der bei diesem schlechten Wetter vorzeitig aufgebrochen war. Nun, es würde schon alles gut gehen. Aber es ging eben nicht alles gut. Kurz nach der Ausfahrt Herfølge kam der Verkehr zum Erliegen. Völliger Stillstand. Ich war genervt, lenkte meinen SUV bis zur Mittellinie, um herauszufinden, was die Ursache für den Stau war, aber da waren nur Autos vorn und Autos hinten und es regnete in Strömen und der Wind zerrte an der Karosserie. Jetzt werd' bloß nicht nervös, ermahnte ich mich streng. Doch das war leichter gesagt als getan, und es blieb beim guten Vorsatz. Das Autoradio meldete, dass es auf der Südautobahn in Richtung Kopenhagen einen schweren Unfall gegeben habe, und dass diese voll gesperrt sei. Ich saß da mitten drin, und während Abba ihr etwas ausgelutschtes, aber zu dem Anlass sehr passendes „Mamma mia" sang, bemerkte ich, dass ich gerade Fingernägel gekaut hatte – eine Unart, von der ich eigentlich dachte, ich hätte sie mir abgewöhnt.

Bis zu meinem Termin waren es noch knapp zwei Stunden. Wenn die Autobahn bald wieder freigegeben wird, kann ich es schaffen, versuchte ich mich zu beruhigen. Ich trommelte den Rhythmus der Musik auf dem Lenkrad mit, aber das war im Grunde genommen nicht wegen der Musik, sondern ein Ausdruck meiner Ungeduld, wie ein Löwe im Zoo, der rastlos und aus reiner Verzweiflung in seinem Käfig hin und her geht und erwartet, bald freigelassen zu werden um auf die Jagd gehen zu können. Ganz schön naiv.

Nach 20 Minuten Stillstand versuchte ich, mir einen Plan B auszudenken: Wenn sie die Autobahn bald freigaben, wäre die Wahrscheinlichkeit groß, dass der Rest der Strecke Richtung Hauptstadt extrem dicht befahren sein würde. Den ganzen Morgen würde ich wahrscheinlich im Stau stehen. Ich musste mir was anderes ausdenken. Was wäre, wenn ich die Ausfahrt nähme und das Auto so schnell wie möglich am nächsten Bahnhof abstellte? Dann könnte ich ja mit der S-Bahn in die Stadt fahren, am Hauptbahnhof aussteigen und für den Rest von da bis Holmen mit dem Taxi fahren? Das war möglich, aber die Autos vor mir bewegten sich keinen Zentimeter. Die Lage wurde immer hoffnungsloser...

Zu allem Überfluss hatte ich zugestimmt, um 11 Uhr zusammen mit meiner Kollegin Anne einen Vortrag auf dem Führungskräfte-Seminar im Stadtteil Østerbro zu halten. So ein Vorstellungsgespräch dauerte ja wohl nicht länger als einheinhalb Stunden. Zugegeben: Es war ein straffes Programm, aber im Prinzip konnte da nichts schief gehen. Manchmal im Leben muss man es einfach darauf ankommen lassen und fest daran glauben, dass es das Schicksal gut mit einem meint.

Ich schaute auf die im Wind wild tanzenden Büsche auf dem Mittelstreifen zwischen den Leitplanken und die vielen Autos, die in entgegengesetzter Richtung vorbeirasten. Plötzlich fühlte ich mich wie gefangen in einem Hamsterrad. War es überhaupt die richtige Stellung, auf die ich mich beworben hatte? Ich dachte an das gute Geld, das ich verdienen könnte, und das würde Mathilde freuen, aber im Grunde wusste ich nicht, was ich selber eigentlich wirklich wollte. Mein Freund Martin hatte in letzter Zeit mehrmals zu mir gesagt: „Thomas, du wirkst unzufrieden, was ist los mit dir? Du bist kurz angebunden und reagierst schnell beleidigt, wenn ich dich aufziehe und einfach ein bisschen Spaß mit dir mache. Ist alles in Ordnung?"
„Ja, ja", hatte ich geantwortet: „Es gibt einfach viel zu tun auf der Arbeit und mit der Kleinen zu Hause, du weißt..."
Martin hatte genickt, aber ganz überzeugt schien er nicht. Und das war ich selber wahrscheinlich auch nicht.

Es war wunderbar, das kleine Baby auf dem Arm zu halten, wenn Mathilde es mal erlaubte. Die Hilflosigkeit eines so kleinen Wesens macht einen ja völlig weich ums Herz. Aber Mutter und Kind gehören nun mal zusammen, da ist es ja klar, dass ich es nicht immer halten durfte. Aber manchmal hätte ich schon das Recht, finde ich.

Ab und an, wenn ich das Baby wieder mal nicht tragen durfte, ertappte ich mich dabei, wie ich einfach dasaß und gedankenverloren raus in den Garten starrte und mich innerlich leer und irgendwie missbraucht fühlte. Aber ich wollte diese Gefühle partout nicht haben. Es lief doch alles so gut, ich machte Karriere und hatte die Verantwortung für eine kleine Familie bekommen. Ich hatte Erfolg und sollte glücklich sein.

Nachdem die Autoschlange schon 40 Minuten stillgestanden hatte, sagten sie im Radio, dass die Autobahn in Kürze wieder freigegeben werde, allerdings nur mit einer Spur. Oh nein, das klingt echt nicht gut, das kann ja ewig dauern, dachte ich. Zum Vorstellungsgespräch werde ich es wohl nicht schaffen, aber zum Vortrag komme ich ganz sicher rechtzeitig.

Endlich ging es weiter. Im Schneckentempo. Ich entschied mich dafür, in Jersie Strand von der Autobahn abzufahren und vom örtlichen Bahnhof aus eine S-Bahn zu nehmen. Aber natürlich war ich auch dort nicht der Einzige, der auf diese Idee gekommen war. Nur bedingt überraschend gab es keinen freien Parkplatz, und nach einer Weile Suche quetschte ich meinen Wagen zwischen einen anderen und eine Garageneinfahrt in einer Anliegerstraße.

Ich zog meinen guten Trenchcoat an, schlug den Kragen hoch, weil es immer noch regnete, nahm meine Aktentasche und stieg aus. Verdammtes Wetter! Mein Notfall-Regenschirm aus dem Handschuhfach hatte sich festgeklemmt und ließ sich nicht öffnen. Er landete mit einem grimmigen Kommentar auf dem Boden vor dem Beifahrersitz. Mit meiner Tasche über dem Kopf als Regenschutz lief ich zum Bahnhof, obwohl es aller Wahrscheinlichkeit nach zu spät sein würde für das Vorstellungsgespräch. Noch außer Atem stellte ich mich zwischen die vielen Menschen, die dicht gedrängt auf dem Bahnsteig warteten.

Der erste Zug war überfüllt: Niemand konnte rauskommen und niemand einsteigen. Dasselbe galt für den nächsten Zug. Und den nächsten. Naja, das läuft ja hier grandios, fand ich. Ich rief die Telefonnummer an, die als Kontakt für die Stelle angegeben war. Eine Dame nahm ab, und nachdem ich ihr erklärt hatte, dass ich im Stau steckte und es nicht zum vereinbarten Zeitpunkt schaffte, sagte sie mit leicht selbstgefälligem Ausdruck in der Stimme:

„Ach, das ist ja ärgerlich. Sie werden von uns hören, wenn ein neuer Termin für ein Vorstellungsgespräch relevant werden sollte."

Natürlich wusste ich genau, dass genau dieser nicht relevant werden würde, bei dem Tonfall. Die Vakanz würde an einen von denjenigen gehen, die nicht zu spät kamen. Ich entschuldigte und bedankte mich und legte auf. Da stand ich nun, nicht weit von der Treppe, von der laufend neue Menschen auf den Bahnsteig strömten, und es gab keine Hoffnung - und inzwischen auch keinen Grund mehr -, schnell nach Kopenhagen zu kommen.

Mein Blick fiel auf einen schlanken Mann, vermutlich in meinem Alter, so Ende zwanzig. Er stand ziemlich unmittelbar an der Bahnsteigkante. Was wollte er da? Seine Haltung war angespannt: Er hielt die Füße dicht beieinander und hob abwechselnd die Fersen, wie ein nervöser Springer auf der Wippe vor dem Sprung ins Schwimmbecken. Weinte er? Ich ging unbemerkt die paar Schritte hin zu dem Mann, stellte mich direkt hinter ihn, bereit, ihn zurückzuziehen, sollte er Anstalten machen, sich vor den nächsten Zug zu werfen. Er schenkte mir keine Beachtung; zu viel Getümmel war um uns herum, und der Mann schien auf seinen mutmaßlichen Plan konzentriert zu sein.

Dann kam der Zug. Es bestand kein Zweifel: Er würde sich davor stürzen. Er machte einen Schritt nach vorne, ich folgte dicht hinter ihm, und in dem Moment, als er sich auf die Gleise fallen lassen wollte, sprang ich vor, schlang meine Arme um seinen Oberkörper und zog ihn mit aller Kraft zurück. Wir landeten auf dem nassen und schmutzigen Betonboden des Bahnsteigs. Die Bremsen der S-Bahn quietschten. Ich war selbst so geschockt, dass ich ihn weiterhin ganz fest umklammerte. Er ließ es zu. Die wartenden Leute kamen schnell heran und bildeten in Windes Eile einen Kreis um uns:

„Sollen wir den Krankenwagen holen?" fragten sie, "oder die Polizei?"

„Nein, nein", sagte der Mann, "Es geht schon, mir geht es gut."

Wir lagen immer noch auf dem Boden, fast wie ein Paar in Löffelposition, und schließlich ließ ich zögernd den Mann los. Die Neugierigen vergewisserten sich, dass kein Schaden entstanden war, und stürmten dann in den Zug, der dort stand, und dessen Fahrer den Vorfall wahrscheinlich mitbekommen hatte. Er schaute mit einem Telefon am Ohr aus dem Fenster in unsere Richtung. Er war wohl gerade dabei, von seinem Führerstand aus den Beinaheunfall zu melden, und die Telefonzentrale musste ihm die Erlaubnis zur Weiterfahrt erteilt haben. Die Türen schlossen sich, und der Zug setzte sich in Bewegung.

Der Mann und ich standen auf. Meine beste, gebügelte Hose war schmutzig geworden, mein Mantel ebenfalls, und am linken Ellenbogen hatte er einen kleinen Riss bekommen. Der Typ sah mich an, als würde er nicht verstehen, was passiert war. Er schien nicht zu wissen, was er sagen sollte, und ich auch nicht.

„Das darfst du also nicht zu oft machen!" sagte ich ironisch.

„Danke für den Tipp", antwortete er im gleichen Ton. "Es ist das erste Mal."

Er schaute sich um:

„Aber ich kann mir vorstellen, dass in Kürze ein Krankenwagen und die Polizei kommen und alle möglichen Fragen stellen werden. Ich will ihnen nicht Rede und Antwort stehen, ich kann das jetzt nicht, ich haue lieber ab."

"Warte!" rief ich ihm nach und hielt ihn wieder fest. „Kann ich nicht mitkommen?"

Als Zeichen seiner Einwilligung hob er kurz die Schultern. "Wenn du willst!?"

„Mein Auto ist nicht weit von hier, wir können uns kurz reinsetzen und uns nach unserem kleinen Auftritt auf dem Bahnhof erholen. Komm mit!"

Er folgte mir und ich rechnete eigentlich damit, dass er weglaufen würde. Aber er tat es nicht. Unterwegs zum meinem SUV sprachen wir kein Wort. Und erst als wir einstiegen sah ich, dass der Mann sehr gutaussehend war. Er hatte schokoladenbraune Haut, volle Lippen und schwarzes Haar. Ich reichte ihm meine Hand:

„Thomas", stellte ich mich vor.

„Fatih."

„Thomas Thomas Thomas. Du hast mir das Leben gerettet, Thomas."

„Ja, das ist wohl wahr", sagte ich, „aber ich frage mich, warum das überhaupt nötig gewesen ist?"

Er sah zuerst mich an, dann die Regentropfen auf der Windschutzscheibe, und plötzlich begann Fatih so bitterlich und verzweifelt zu weinen, wie ich noch nie zuvor einen Mann habe weinen sehen. Er beugte sich vor und verbarg sein Gesicht in den Händen. Ich legte meinen Arm um seine Schulter und ließ ihn schluchzen.

Mit der anderen Hand rief ich meine Kollegin an, mit der zusammen ich den Vortrag halten sollte:

„Hallo Anne, mir ist was sehr Wichtiges dazwischengekommen, und ich kann leider nicht zum Führungskräfteseminar kommen. Es tut mir echt leid, aber es geht nicht. Ich weiß, dass das Probleme macht, aber entweder schaffst du es ohne mich, oder der Kursusleiter muss sich was anderes einfallen lassen."

„Mist, aber mach dir keine Sorgen, wir werden das schon hinkriegen", antwortete Anne. „Aber – ist mit dir alles in Ordnung?"

„Ja, kein Grund zur Sorge. Aber ich muss jetzt auflegen. Danke!"

Etwas abrupt beendete ich das Telefongespräch und wandte mich wieder Fatih zu, der sich nun langsam vom Weinen erholte. Der Regen hatte aufgehört. „Lass uns zum Strand fahren", sagte ich, startete das Auto und fuhr zum Strandparkplatz am Kunstmuseum Arken.

"Was ist denn los?" Ich sah die Verzweiflung in Fatihs Augen. Erst nach einer Weile antwortete er:

„Meine Familie drängt mich zu heiraten. Sie schleppen ständig türkische Mädchen an, von denen sie meinen, dass ich sie zur Ehefrau nehmen soll. Aber ich will nicht. Bald halte ich den Druck nicht mehr aus. Meine älteren Brüder sind hinter mir her und haben angefangen, mir zu drohen. 'Wenn du nicht bald mit einer gebrochenen Nase im Krankenhaus aufwachen willst, solltest du besser tun, was Papa sagt', sagte mir Erdem neulich. Und meine Mutter fragte, diese Aysel ist doch so ein hübsches Mädchen, warum willst du sie nicht? Und mein Vater packte mich gestern wütend am Kragen und sagte: ,Du willst nicht heiraten? Du bringst Schande über die Familie! Deine Undankbarkeit, an der ist deine Mutter schuld, mit ihrer allzu nachgiebigen Erziehung. Das wird sie noch büßen.' Ich weiß, dass er sie bald schlagen und als Geisel benutzen wird, wenn ich mich weiterhin weigere zu heiraten. Aber jetzt stehe ich da und fühle mich schuldig und weiß keinen anderen Ausweg mehr als…"

„Ist diese Aysel so schrecklich?" Ich fragte ihn. Er zögerte.

„Nein, nein. Sie ist ok, aber ..."

„Du meinst, du willst überhaupt kein Mädchen heiraten?"

Fatih blickte traurig durch die Windschutzscheibe auf das Meer und nickte: "Ich kann nicht. Der Gedanke, mit einem Mädchen zusammen zu sein, macht mich krank. Und das Leben nach einer Hochzeit wird für mich die Hölle. Und für das Mädchen auch. Ich möchte keine Kinder haben. Ich will mein eigenes Leben leben! Und wenn ich das nicht kann, will ich nicht leben." Nach einer Pause fügte er hinzu: „Aber ich möchte meine Eltern nicht enttäuschen. Es ist ihnen so wichtig, was andere – möglicherweise – denken. Sie nennen es Familienehre. Ihr Dänen könnt das nicht verstehen, aber so ist es bei uns Türken."

Wir stiegen aus dem Auto aus und gingen runter zum Strand. Die Wellen schlugen laut gegen das Ufer, und die Möwen kreischten und tanzten im Wind. Fatih fröstelte, aber jetzt, nachdem er geweint und sich geöffnet hatte, wirkte er erleichtert. Fatih Fatih Fatih, dachte ich, du hast was Besseres verdient. Ich empfand Zärtlichkeit für ihn und wusste nicht, wie ich sie ausdrücken sollte. Wir gingen weiter am Strand entlang, und Fatih erzählte von seinen Kindheitsjahren, von der Fürsorge, die seine Eltern ihm entgegengebracht hatten, von seinen Brüdern, die alles für ihn tun würden, solange er sich an die Regeln hielt, und von Aysel, dem süßen, pummeligen Mädchen, das kritiklos und ein bisschen naiv glaubte, ihre Eltern hätten mit der bevorstehenden Heirat mit Fatih nur Aysels eigenes Glück im Sinn gehabt.

"Neulich hatte meine Familie Aysel und ihre Eltern zum Kaffee bei uns zuhause eingeladen, und nach einer Weile zogen sich die anderen in den Garten zurück und ließen mich mit ihr allein. Da saßen wir beiden am Couchtisch im Wohnzimmer, und keiner von uns wusste, worüber wir reden sollten. Die Stille wurde unerträglich. Zum Schluss sagte ich, dass wir vielleicht auch raus in den Garten gehen sollten, und Aysel nickte eifrig. Als wir auf die Terrasse kamen, warf mir mein Vater einen wütenden Blick zu."

Jetzt waren wir wieder am Parkplatz angelangt. „Arken macht gleich auf. Hast du Lust, im Museumscafé ordentlich zu frühstücken? Ich gebe einen aus."

Fatihs Gesicht hellte sich auf.

"Ja! Gute Idee!"

Zunächst waren wir die einzigen Gäste im Café. Fatih wählte einen Tisch am Panoramafenster, von dem aus wir den schönsten Blick auf die Dünen, das Meer und die dramatischen

Wolkenformationen am Himmel hatten. Wir waren beide ziemlich hungrig, und bald war unser Tisch mit leckerem Essen gedeckt.

"Dann greif mal zu!"

"Und was machst du?" fragte Fatih. „Deine Kleidung lässt einen vermuten, dass du sehr wichtig bist."

Ich lächelte und schüttelte den Kopf.

„Jeder glaubt, er sei wichtig. Aber – das bin ich nicht."

Und ich konnte selbst hören, dass in meinen Worten eine gewisse Bitterkeit lag. „Außerdem bin ich in einem Leben gefangen, das mir eigentlich überhaupt nicht liegt. Frau und Kinder und Haus und Arbeit und so weiter. Heute war ich auf dem Weg zu einem Vorstellungsgespräch für einen neuen Arbeitsplatz, bei dem ich mehr Geld verdienen könnte als jetzt. Aber das Schicksal hat mir ja alle möglichen Hindernisse in den Weg gelegt – auch dich –, also das ist vielleicht ein Zeichen. Ich weiß es nicht. Ich habe schon lange das Gefühl, dass ich den falschen Weg gehe, aber... Mein bester Freund hat mir das schon ein paarmal gesagt, aber ich wollte davon nichts hören. Erst heute, jetzt, hier kann ich mir das eingestehen."

Er sah mich mitfühlend an. Die langen schwarzen Wimpern, die dunkelbraunen, intensiven, warmen Augen. Sein Blick durchdrang mich, als könne er bis in meine Seele schauen. Und völlig unerwartet spürte ich einen Kloß im Hals. Ich ließ los, Tränen sammelten sich in meinen Augenwinkeln, und ich begann zu weinen.

„Jetzt bin ich wohl an der Reihe."

Ich putzte mir die Nase in einer Papierserviette. Auf seinem Gesicht bildete sich ein zärtliches Lächeln. Er nahm meine Hand und hielt sie. Da saßen wir, zwei einsame junge Männer, irgendwie vereint in unseren jeweiligen Sackgassen. Und ich zog seine Hand an meinen Mund und küsste sie.

„Danke, dass du da bist", flüsterte ich.

Dann saßen wir einfach eine Weile da, während die Welt um uns herum in den Hintergrund trat. Wir schauten den Möwen beim Strandsegeln zu. Irgendwann kam der Moment, in dem ich nichts anderes sagen konnte als:

„Wie wär's mit einem Gläschen Sekt?"

Wir stießen an und genossen die gemeinsamen Stunden. Wir sprachen über unser Leben, vertrauten uns gegenseitig Geheimnisse an und amüsierten uns über uns selbst und die verschlungenen Wege, die uns zusammengeführt hatten. Die Zeit verging wie im Flug und viel später, am Nachmittag, gingen wir zum Auto, um uns zu verabschieden. Wir standen ganz nah beieinander, umarmten uns, er streichelte mir die Wange. Und dann küssten wir uns. Ich hatte noch nie zuvor einen Mann geküsst, und das war etwas ungewohnt mit seinem Bart, aber in diesem Kuss lag eine Befreiung. Und er schmeckte nach mehr.

Als ich am späten Nachmittag nach Vordingborg zurückkam, saß Mathilde im Sessel am Kamin und stillte die Kleine.

„Hallo Schatz, wie ist das Vorstellungsgespräch gelaufen?" Ich holte eine Flasche Bier aus der Küche, ließ mich in den anderen Sessel fallen, trank einen Schluck und schaute ins Feuer.

„Ich glaube nicht, dass der Job was für mich ist. Auf dem Weg in die Stadt kamen mir Zweifel. Ich brauche Zeit zum Nachdenken. Und dann werden wir sehen…"

Ich schloss für eine Weile die Augen und war stolz auf mich und fast glücklich.

Eine Frage der Zugehörigkeit

Wo hatte ich nur meinen Darwin hingelegt? In den fünf Bücherstapeln auf dem alten Sekretär war er nicht. Vielleicht stand er in der Bibliothek? Auch da kein Darwin. Du musst in deiner Fachliteratur einfach besser Ordnung halten, schimpfte ich mich selber aus. Ich brauchte ihn genau jetzt, weil ich in meiner aktuellen fünfzehnten Abhandlung über Tierethik in ihrem historischen Kontext auf Darwin verweise, insbesondere auf das antike Griechenland und seinen Einfluss auf die deutsche Literatur in der ersten Hälfte des 20. Jahrhunderts. Da müssen die Verweise stimmen, das versteht sich von selbst.

Ich kann ohne falsche Bescheidenheit sagen, dass meine Studenten zu mir aufschauten, als ich noch täglich an der Universität war. Sie kamen oft hierher zu mir nach Hause. Ich habe sie angeleitet, wir haben diskutiert und philosophiert und oft saßen wir abends noch zusammen. Es war immer Leben im Haus. Aber nachdem ich in den Ruhestand gegangen war und mich emeritierter Professor nennen konnte, war es ruhig um mich geworden. Es gab nur meinen Bridge-Club, der aus vier ehemaligen Kollegen bestand, die jeden Donnerstag zu einer Spielrunde kamen. An den anderen Tagen beschäftigte ich mich mit dem, was ich immer faszinierender und dramatischer fand als die spannendsten Krimis: Wie sind Menschen mit Tieren umgegangen und welche verschiedenen Lebensphilosophien in Bezug auf Tiere hatten sie im Laufe der Jahrhunderte? Schließlich gab Darwin uns den Respekt vor Tieren und machte damit einen Quantensprung im Vergleich zu Descartes … Aber ich will Sie nicht mit meinem Spezialgebiet langweilen.

Die Tage vergingen schnell, wenn ich arbeitete. Normalerweise stand ich früh auf und setzte mich mit meinem Kaffee an den Schreibtisch. Dann mussten die Dinge, über die ich in den wachen Stunden der Nacht nachgedacht hatte, aufgeschrieben und in den aktuellen Text eingebunden werden, aber das ergab nicht immer den gewünschten Sinn, und dann musste ich nochmal alles umschreiben, und manchmal war ein ganzer Morgen damit vergangen. Manchmal fiel mir erst am späten

Vormittag auf, dass ich immer noch im Schlafanzug dasaß und die Welt um mich herum und nicht zuletzt das Frühstück völlig vergessen hatte. Ich war allein, im Grunde *sehr* allein, aber mein Leben war voller anregender Kontemplation. Und das Verhältnis zwischen Tier und Mensch ist nun wirklich ein spannendes akademisches Thema. Zugegeben: In der Praxis habe ich keine Erfahrung mit Tieren. Bis auf die Maulwürfe da draußen. Die graben ständig meinen Rasen auf. Und ich kann Ihnen versichern, dass Darwin sie auch nicht gemocht hätte.

Und heute war wieder Donnerstagnachmittag und ich war, wie gesagt, auf der Suche nach meinem Darwin. Und ja! Da lag er: auf dem Nachttisch, wo andere Leute ihre Krimis oder Bibeln haben. Dann konnte ich ja zurück zum Schreibtisch und mit meinen Verweisen weiterarbeiten.

Und da läutete es an der Tür.

Als ich öffnete, sah ich in vier Mitleid erheischende Augen, die starr auf mich gerichtet waren. Ein Paar gehörte meinem Nachbarn Helge. Das andere seinem Hund.

Mein erster Gedanke war: Wie Mensch und Hund mit den Jahren doch anfangen, einander zu ähneln: Die Tränensäcke unter Helges glasigen Augen wiederholten sich bei seinem Begleiter. Die beiden passten gut zusammen.

„Torben, ich hab' da ein kleines Problem. Kannst du mir helfen?" Helges Blick nahm einen fast flehenden Ausdruck an. „Meine Mutter wurde nach dem langen Krankenhausaufenthalt heute entlassen und sitzt jetzt da und wartet drauf, dass ich sie abhole, sie zu sich nach Hause bringe und ihr helfe, sich da wieder einzurichten. Aber ich kann Lumpichen nicht mitnehmen – Mama hat eine Haustierallergie – und er kann auch nicht allein zu Hause bleiben. Dann heult er den ganzen Tag. Kann ich ihn eventuell bei dir unterbringen?"

„Ja... ja, nun ja... mein Bridge-Club kommt heute Abend, also das kommt eigentlich nicht ganz gelegen."

„Ach so, aber weißt du, wenn die kommen, bin ich längst zurück. Das dauert wahrscheinlich nur zwei, drei Stunden. Mach dir keine Sorgen!"

Eine halbe Minute später stand ich da, mit meinem wiederentdeckten Darwin in der einen Hand und einer Leine mit Hund dran in der anderen, und er und ich guckten den Rücklichtern von Helges Auto hinterher, das um die Ecke verschwand.

„Tja", sagte ich. Und gewandt an meinen Gast: „Dann müssen wir ja mal sehen, ob wir beide uns vertragen, während dein Herrchen weg ist."

Er sah zu mir auf, und für einen kurzen Moment glaubte ich, er hätte meine etwas umständlich formulierte Einladung verstanden. Die Bewegung, die er mit dem Kopf machte, sah zuerst aus wie ein Nicken, war aber nichts weiter als der Auftakt zu einem heftigen Niesen.

„Tja", sagte ich nochmal. Ich ging rein, der Hund folgte mir, und dann nahm ich ihm die Leine ab. Lumpi blieb wie angewurzelt stehen. Seine wässrigen Helge-Augen sahen mich erwartungsvoll und mit einem Ausdruck an, der irgendwo zwischen Derrick und dem Leiden Christi lag. Er will gestreichelt werden! dachte ich, und ja, ich hatte recht. Der Hund schloss die Augen und genoss sichtlich die Berührungen meiner Hand. Nach zwei oder drei Streicheleinheiten auf dem Kopf und zwei sanften Klapsern auf die Rippen fand ich, dass ich damit meiner Pflicht genüge getan hatte, und dass die dadurch gezeigte Freundlichkeit ausreichen müsse, bis Helge von seiner Mutter zurückkomme. Aber es war nicht genug. Der Vierbeiner bohrte seine feuchte, kalte Nase in meine Hand, die ich schnell an mich zog. Ich drehte mich um und ging in die Küche, um mir eine Tasse Tee zu kochen.

Sollte ein Leser an der Frage interessiert sein, welcher Rasse Lumpi angehört, muss ich leider passen. Ich bin Historiker und Philosoph und kann ansonsten gerade mal einen Zwergpinscher von einem Schäferhund unterscheiden. Dieses Exemplar hier hatte die Schultern so etwa auf Kniehöhe, das Fell war dunkel und lang, und es zeigte sich später, dass es auch enorm haarte. Die Nase glänzte schwarz, als hätte sie in einem feuchten Kohlenkeller rumgeschnüffelt. Und der Schweif - ja, der hatte noch längere Haare als der Rest. Er peitschte hin und her, sobald mein Blick das Tier streifte.

Während ich mir meinen Tee kochte, stand er da und beobachtete genau jede meiner Bewegungen. Als ich ein paar Kekse aus einer knisternden Plastiktüte nahm und auf einen Teller legte, begann er von stark herabhängenden Lefzen zu sabbern. Ich verdrehte die Augen und schaute auf die Uhr um zu sehen, wann mit Helge zu rechnen sei. Aber es waren noch nicht einmal zehn Minuten vergangen, seit er losgefahren war.

Ich legte frisches Brennholz in den Ofen, stellte meine Tasse, ein kleines Glas Portwein und die Kekse auf den Couchtisch, befahl dem Besucher, sich auf den Boden zu legen, was er tatsächlich verstand und auch tat, und dann las ich weiter in meinem Buch. Es gab mir ein gutes Gefühl, dem Nachbarn aus seiner schwierigen Situation zu helfen. Ich hielt mich selbst für einen guten und edelmütigen Menschen.

Jetzt wollte ich meinen Tee trinken. In Ruhe und Frieden. Ich ging mit dem Hund dicht auf den Fersen in die Küche, um Milch für den Tee zu holen. Da stand er, mitten im Türrahmen, um meine Bewegungen und die der Kühlschranktür nicht nur mit den Augen, nein, mit dem ganzen Kopf zu verfolgen. Als ich die Milch in ein kleines Kännchen goss, kam er mit seiner langen Nase sehr nah. "Geh weg!" zischte ich – und zugegeben waren mein Ton und meine Wortwahl wenig freundlich, aber vielleicht notwendig, denn er hatte die Botschaft verstanden. Er zog sich wie ein gescholtener und gedemütigter Verlierer ins Wohnzimmer zurück, wo er sich am Couchtisch positionierte und mir mit reichlich Speichelfluss und einem klebrig untertänigen Blick folgte, während ich die Milch zum Sofa trug. Dachte er, ich hätte Leckereien für ihn in mein Milchkännchen geschüttet? Das Tier fing nämlich an, mit seinem Schwanz zu wedeln, und bevor ich einschreiten konnte, hatte dieser alles gründlich vom Couchtisch gefegt. Sowohl die Tasse Tee, die Kekse als auch der Portwein wurden Opfer der Szene. Der größte Teil des Tees tropfte jetzt von der Tischkante, die Kekse saugten den auf der (Teak-) Tischplatte verbliebenen

Tee auf, und der Portwein hatte seinen Weg in den hellen Wollstoff des Sofapolsters gefunden.

Mit großem Interesse und noch größeren Augen wurden die Aufräumarbeiten verfolgt. Und mehr ist dazu nicht zu sagen. Als ich fertig war, hatte ich die Lust auf Tee verloren. Ich goss frischen Portwein in ein Glas und trank ihn stehend in der Küche. Da hörte ich Geräusche: Es kratzte etwas an der Tür. Von innen. Der Hund, natürlich. Es war deutlich: Er wollte raus. Wahrscheinlich musste er mal.

Auch wenn an meinem Selbstbild als Tierfreund seit Helges Abfahrt zu seiner Mutter gerüttelt worden war, hatte ich doch immer noch Mitgefühl für Lebewesen in Notsituationen, insbesondere für diejenigen, die dringend pinkeln mussten. Als ich meine Schuhe und meine Jacke anzog, flippte mein Gast völlig aus: Sein Schwanz schlug im Eingang hysterisch gegen die Wand, sein Hals gab seltsame Quietschgeräusche von sich und seine vier Pfoten hüpften wie toll. Die Euphorie erreichte ihren Höhepunkt, als ich die Leine von der Garderobe nahm und versuchte, sie am Halsband des aufgebrachten Tieres zu befestigen. Zum Schluss gelang es mir, und als ich die Tür öffnete, stürmte der Hund, mich ruckartig hinterherziehend, ins Freie, sodass ich die Tür kaum hinter uns schließen konnte. Und dann waren wir draußen.

Er zerrte mich von einem Busch zum nächsten, hob sein Bein hier und da, und unten auf der Straße war er das, was ich als unbeherrscht bezeichnen würde. Ich dachte, wir gehen am besten runter zum Fjord, vielleicht kann ich ihn da frei laufen lassen. Das taten wir – oder besser gesagt, der Hund tat es und zog mich hinterher. Dort angekommen öffnete der Aprilhimmel seine Schleusen und steigerte das Vergnügen nicht gerade. Gut, dass ich an die frische Luft komme, dank des Hundes, versuchte ich mir mit einem Unterton einzubilden, der alles andere als überzeugend war. Ich ließ ihn von der Leine los. Und weg war er.

"Lumpi!!!! Luuuuumpicheeeeeen!!!"

Rufen half nicht. Ich ging im strömenden Regen über das steinige Ufer in die Richtung, in die er gelaufen war. Und schließlich sah ich unter einem ausladenden Gebüsch, wie er

Frandsens viel kleinere Bulldogge bedeckte. Da stand ich nun. Ratlos. Musste notgedrungen warten. Schaute auf den Fjord hinaus, um dem Anblick des seltsamen Paares und seines unangemessenen Benehmens, das sich ein paar Meter hinter mir abspielte, zu entgehen. Ich fühlte mich mitschuldig.

Nachdem Lumpi seine Mission erledigt hatte, kam er voller Energie und gutgelaunt unter dem Busch hervor und erforschte, beschnüffelte und bepinkelte die Steine und das Treibholz am Ufer. Ich stürmte hinter ihm her, getrieben von dem Gedanken, ihn an die Leine zu nehmen. Doch bevor ich ihn erreichte, galoppierte er Hals über Kopf ins Wasser - platsch!!!! - Danach schwamm er eine kurze Runde. Im kalten April. Beeindruckend. Aber als der Badende dann endlich wieder an Land kam, witterte ich meine Chance, packte ihn am Halsband und hakte die Leine ein. Geschafft!

Darauf reagierte der Vierbeiner nicht besonders freundlich. Nein: Er fing an, sein Fell mit einem solchen Nachdruck zu schütteln, dass meine (neue) Jacke und meine Cordhose zusätzlich zu all dem anderen Wasser, das von oben gekommen war, nun auch noch dem salzigen Fjordwasserregen ausgesetzt waren. „Jetzt gehen wir aber nach Hause!" sagte ich streng zu ihm. Er tat so, als habe er mich nicht gehört.

Als wir nur noch etwa 100 Meter von meinem Haus entfernt waren, zog mich Lumpi unvermittelt an den Straßenrand zielstrebig auf Vivis und Bjarnes Randbepflanzung zu. Um genauer zu sein, deren Zierstrauch, der dazu ausersehen war – ja – Sie haben richtig geraten – seine Notdurft entgegenzunehmen. Natürlich hatte ich nicht daran gedacht, Plastiktütchen mitzubringen, um die Hinterlassenschaften aufzuheben und in den Müll zu werfen. Und in diesem Moment, als ich darüber reflektierte, nach Lumpis Erledigung sang- und klanglos zu verschwinden und den eher flüssigen als festen Haufen stinkenden Stuhls zurückzulassen, hörte ich Bjarne von der Terrasse rufen:

„Hallo Torben! Seit wann gehst du denn mit Helges Köter Gassi? Das ist ja krass!"

Ich konnte mir zwar nicht erklären, was er daran krass fand, erläuterte ihm aber wahrheitsgetreu die Umstände, dass Helges Mutter aus dem Krankenhaus… und so weiter. Aber ich glaube, dass Bjarne mich mit seinem freundlichen Anruf nur darauf aufmerksam machen wollte, dass er Zeuge des Vorfalls unter dem Zierstrauch gewesen war und von mir nun erwartete, dass ich die Sache wieder in Ordnung bringe.

„Ich mach das da wieder weg", sagte ich gehorsam und deutete mit einem Nicken in Richtung des hellbraunen Haufens. „Ich muss nur kurz nach Hause gehen und ein Tütchen holen." Bjarne nickte zufrieden und verschwand durch die Terrassentür in sein Wohnzimmer.

Wieder zuhause. Im Korridor schüttelte das Tier noch einmal kräftig sein Fell, sodass die gesamte Garderobe und der Spiegel bespritzt wurden. Ist es nicht prima, dass sich der Frühjahrsputz jetzt richtig lohnt? murmelte ich in einem unerklärlichen Anfall von Positivismus vor mich hin und holte tief Luft. Nun hatte ich die Aufgabe, Lumpichens großes Geschäft, das unter Vivis und Bjarnes Stolz lag und wenig zu dessen Zier beitrug, zu entfernen. Ich stopfte einen Gefrierbeutel in meine Tasche und zog den Hund wieder mit heraus. Und ich muss sagen, in dem Moment, als ich mich bückte, um das penetrierend riechende, halbflüssige Material mit der Tüte zu greifen, traf ich die Entscheidung, dass ich mir niemals – NIE-MALS einen Hund anschaffen würde, ganz gleich, wie positiv meine Kollegen vom Institut für Psychologie die Einwirkung eines Hundes auf den Menschen einschätzten. Ich zwang mich, zugegebenermaßen mit wenig Erfolg, dazu, meine aktuellen Erfahrungen NICHT in eine tierethische Perspektive zu stellen, und konzentrierte mich darauf, mit spitzen Fingern die baumelnde Tüte zu Helges Mülltonne zu tragen. Mit der anderen Hand hielt ich den Hund, der nicht müde wurde, die Leine auf Spannung zu halten wie ein Flitzebogen.

Lumpis nasses Fell roch übel. Und dem sollte ich nun noch eine zeitlang ausgesetzt sein, denn er war immer noch sehr anhänglich, oder anders ausgedrückt, er wich keine Sekunde von meiner Seite, egal was ich tat. Nur auf der Toilette hatte ich ein paar Minuten Zeit, in denen ich befreit war von den durchdringenden Blicken seiner Augen mit den Helgetränensäcken. Dachte ich. Aber ich sollte mich geirrt haben, denn er begann, an der Toilettentür zu kratzen, die übrigens eine empfindliche Oberfläche aus Teakholzfurnier hat, welche ganz sicher bei der Konfrontation mit Hundepfoten den Kürzeren ziehen würde. Ich musste die Tür öffnen, und wie ich da so auf der Toilette saß, fühlte ich mich entblößt, völlig der wenig taktvollen, ungefilterten Neugier des Hundes ausgeliefert.

Um die Zeit bis zum Eintreffen der Bridgefreunde optimal zu nutzen, setzte ich mich mit meinem Darwin an den Schreibtisch. Solange ich mich nicht nennenswert bewegte, war ich außerhalb von Lumpis Überwachung. Er lag einfach da, und ich beschloss, so leise wie möglich zu sein. Sie müssten schon unterwegs sein, und ich war nicht erfreut bei der Aussicht, der Spielspaß könne durch ein Haustier gestört werden, dessen Ethik so gar nicht meiner entsprach.

Das Telefon klingelte. Helge. Oh nein. Und richtig: Bei der Mama hatte sich überraschenderweise ein unkontrollierter Stuhlgang quer zum Zeitplan gelegt, und ob es in Ordnung wäre, wenn ... und es würde sicherlich nicht lange dauern ... und er beeile sich ...

Ich log, dass die Verspätung natürlich völlig in Ordnung sei. Und fast wie aufs Stichwort schellte es eine Minute später an der Tür: meine Mitspieler Madame Dr. Madeleine Lefebvre, Soziologie, Lektor Dr. Lutger Grossjohann, Anthropologie, und Abteilungsleiter Dr. Dr. Ulf Gerner Rasmussen standen gutgelaunt davor. Bevor ich die besagten freundlichen Mienen mit einem ähnlichen Gesichtsausdruck erwidern konnte, hatte Lumpi die Szene bereits übernommen. Er hüpfte im Eingangsbereich hoch und runter und hin und her. Die Clubmitglieder waren lautstark überrascht und wurden noch fröhlicher. Alle drei waren von dem schönen und lebensfrohen Hund begeistert, und ich schaffte es erst, die Umstände zu erklären, nachdem man sich einig geworden war, dass ich immer für eine Überraschung gut sei und es auch an der Zeit sei, meine Studien durch echte Erfahrungen mit Tieren zu untermauern.

Beide Behauptungen hielten dem Vergleich mit der Realität kaum stand.

Wir wärmten uns für den Spieleabend mit etwas Whisky in der Sofaecke auf. Der Hund blieb im Mittelpunkt des Gesprächs. Er legte seinen Kopf voran auf Gerners Schoß und ich muss sagen, Gerner schien sehr erfahren im Umgang mit Hunden zu sein. Aber dann versuchte Mme Madeleine, das schwarze Felltier zu sich zu locken, indem sie sich auf den Schoß klopfte und verführerisch „Vien ici!" flüsterte. Erfolgreich: Der Hundekopf wechselte den Schoß.

Großjohann erklärte vollmundig, seine außergewöhnliche Kompetenz im Umgang mit Hunden stamme von seinem Elternhaus, in dem zeitweise nicht weniger als drei dieser Artgenossen gleichzeitig lebten. Ich wurde gefragt, ob ich dieses niedliche Kerlchen nicht hier behalten könne, oder zumindest den Nachbarn dazu kriegen wolle, ob der Hund nicht jeden Donnerstag hier bei mir sein könne? Das Tier würde unsere kleine staubige Bridgerunde - ja, Gerner nannte uns staubig! - bestimmt ein wenig auffrischen. Großjohanns langwierigen und pointefreien Geschichten hatten zur Folge, dass nicht nur wir müde wurden, sondern auch der Hund. Er hatte seinen Kopf auf die hochhackigen Schuhe der entzückten Mme Madeleine gelegt, seinen Hintern auf Gerners Jakoformschuhe, und seinen mittlerweile fast schläfrigen Blick auf Großjohann.

Plötzlich sprang Lumpi auf, als hätte ihm der Soziologe die Schuhspitzen in die Seite getreten. Aber das war nicht der Fall. Mit einschüchterndem Engagement rannte er zur Terrassentür. Ich weigerte mich ihm nachzurennen. Er würde sich wahrscheinlich wieder beruhigen, und ich hatte ja nun auch meinen Stolz. Doch Großjohanns Neugier war größer als das Bedürfnis, seine Geschichte zu Ende zu erzählen. Er stand auf, folgte dem Hund und sagte:

„Torben, da draußen ist etwas!"

Jetzt konnten wir drei nicht länger auf der Couch bleiben, sondern traten ans Fenster. Ich sah nichts außergewöhnliches, aber während der Bellpausen hörte ich ein leises Geräusch: „Miau, Miau."

Der aufmerksame Leser hat nun erfahren, dass ich in der Praxis kein Tierexperte bin, aber mein Restwissen führte immerhin zu dem Schluss, dass es sich um eine Katze handeln muss, die mit dem beschriebenen Geräusch auf sich aufmerksam machte. Ich zwängte mich an meinem wedelnden neuen Freund vorbei und bat Gerner, ihn im Wohnzimmer zurückzuhalten, während ich die Terrassentür von außen zuzog. Und – Neiiiiin! Unterm Rhododendronstrauch hockte ein winzig kleines Wesen mit großen, verängstigten Pupillen, die auf mich gerichtet waren.

„Naaa", sagte ich liebevoll, „womit können wir denn dem kleinen Fräulein Katz helfen?"

Und damit hatte sie auch schon einen Namen, das ging ja ganz schön schnell. Das Kätzchen antwortete nicht – kein Kätzchen kann das –, aber alles deutete darauf hin, dass es von seiner Mutter zurückgelassen worden war und nicht alleine zurechtkam.

Ich ließ es an meinem Finger schnüffeln, und als es seine Augen schloss und daran leckte, deutete ich das als Zeichen des Vertrauens, hob es mit einer Hand auf und trug dieses seidenweiche Wollknäuel eines Tieres mit rein ins Haus.

Mein mit dem Schwanz wedelnder und in jeder Hinsicht neugieriger Gast streckte seine Nase so hoch wie möglich in Richtung meiner Hand mit dem Kätzchen drin. Ich ließ ihn – mit der Barmherzigkeit, für die meine Familie seit Jahrhunderten bekannt ist – schnüffeln und achtete sehr darauf, dass er das kleine Tier, das nun in mir seinen Retter gefunden hatte, nicht verstörte. Ich legte es zwischen Mme Madeleine und mir auf ein Kissen auf der Couch und befahl Lumpi streng und mit erhobenem Zeigefinger zurückzubleiben. Er verstand die Mahnung offensichtlich, und ich muss sagen, dass er sich der neuen Mitbewohnerin gegenüber ordentlich und tatsächlich ein wenig liebevoll verhalten hat. Ja, das haben Sie richtig gehört: Die neue Mitbewohnerin. Dies war nämlich der Abend, an dem ich meine neue Gesellschafterin, Fräulein Katz, bekam.

Die Aufmerksamkeit des Hundes war nun nicht mehr auf mich oder die anderen drei Bridgebegeisterten gerichtet. Er behielt das Kätzchen im Auge und jedes Mal, wenn es seinen kleinen Kopf hob, spitzte er die Ohren. Er durfte das Kätzchen auch ein bisschen belecken, nachdem ich herausgefunden hatte, dass es diesem nichts ausmachte. Also – zwischen uns dreien gab es Aussicht auf eine kurzzeitige, aber taktvolle Zusammenarbeit.

Mme Madeleine durfte der Katze etwas Milch geben und sie mit Leberpastete und etwas Kabeljaurogen füttern, was ich noch im Kühlschrank hatte. Der Hund stand daneben und sabberte, und obwohl ich ihm ein angemessenes Stück Roggenbrot, ebenfalls mit Leberwurst, gegeben hatte, tat er es weiterhin. Gerner und Großjohann standen mit ihren Whiskygläsern und philosophierten über die Beziehung zwischen Hund und Katze, und natürlich ließ Großjohann keinen Zweifel daran, auch auf diesem Gebiet ein hervorragender Experte zu sein.

Irgendwann schlief das Kätzchen ein und der Sabbermeister auch. Und als wollten wir dem Bild von Frieden, Ruhe und Eintracht den letzten Pinselstrich geben, setzten wir uns an den Esstisch und begannen, die Karten zu mischen.

Als die gerade ausgeteilt waren, klingelte es an der Tür. Helge, endlich. Ich öffnete, und natürlich führte Lumpi im Flur einen wilden Wiedervereinigungstanz auf. Er bellte, sprang an seinem Herrchen hoch und versuchte, dieses mit der vermutlich feuchten, kalten Schnauze zu küssen. Als habe man sich das letzte Mal in der Steinzeit gesehen.

„Ist alles gut gegangen mit Lumpichen?" fragte Helge. „Ja, schon, es ging ganz gut", antwortete ich ein wenig zögernd, was sorgfältig darauf abgestimmt war, nicht zu enthusiastisch zu wirken. Ich wollte unbedingt vermeiden, dass Helge mich noch einmal als Hundesitter einsetzen sollte.

„Auf jeden Fall hat er mit Frandsens Bulldogge seinen Spaß gehabt, als wir unten am Fjordufer waren. Aber ich verrate nichts, sonst kriegst du am Ende eine Menge Unterhaltsforderungen für einen Wurf Mischlinge ins Haus."

Er lachte laut und dankte für die vertrauliche Mitteilung, und darüber hinaus, auch im Namen seiner Mutter, die trotz des kleinen unglücklichen Zwischenfalls und ohne Lumpis

Einmischung sicher nach Hause zurückgekehrt war, für die Mühe, die ich mir als Hundesitter gemacht hatte.

Nachdem die Tür hinter meinem Gast und dessen Herrchen ins Schloss gefallen war, atmete ich erleichtert auf, zufrieden mit mir und der Welt. Ich musste nur kurz nach dem kleinen Kätzchen sehen, bevor endlich mit dem Bridge spielen begonnen werden konnte. Mit Zärtlichkeit betrachtete ich das schlafende Tier auf dem Sofakissen. Ja, dachte ich, Sie können hierbleiben, wenn Sie möchten, Fräulein Katz! Wenigstens muss man mit Ihnen nicht Gassi gehen, sondern Sie nur in den Garten rauslassen, Sie starren mich nicht die ganze Zeit an, und bellen tun Sie auch nicht. Und morgen kaufe ich Ihnen etwas Katzenfutter, und dann können wir beide uns gegenseitig Gesellschaft leisten, wenn die stillen Tage zu still werden und mit ein bisschen Leben angereichert werden wollen.

Aus der Essecke ertönte Gerners Stimme:

„Komm, Torben, lass uns endlich anfangen zu spielen! Oder kann sich der Herr Professor nicht von seinen Feldstudien losreißen?"

Halte den Dieb!

In der letzten Zeit hatte es im Viertel mehrere Einbrüche gegeben. Größere Schäden waren nicht entstanden, aber hier und da waren Terrassentüren aufgebrochen und ein paar Flaschen Schnaps aus dem Barschrank mitgenommen worden, es gab auch gestohlene Elektrofahrräder aus Garagen, oder wie neulich im Gartenweg, wo die Diebe mit einer transportablen Soundbox, zwei Handys, einem Kopfhörer und ein bisschen Bargeld abgehauen waren.

Martin und Susanne hatten gerade ein Einfamilienhaus in der Nachbarschaft gekauft, damit der Kleine und der „Neue", der im Bauch von Susanne unterwegs war, im Garten rumtoben, Trampolin springen und Fußball spielen konnten. Der Nachbar hatte mit besorgter Stimme von den Einbrüchen erzählt, als sie am Tag nach ihrem Einzug bei ihm angeklopft hatten um sich vorzustellen. Martins Kampfgeist war geweckt. Die Einbrecher könnten sich schon jetzt auf den Tag freuen, wenn er sie erwischte, sie würden eine Abreibung bekommen, die sie nie vergessen werden, sagte er zum Nachbarn und später zu seinen Freunden, und alle konnten die Ernsthaftigkeit seiner Drohungen spüren.

Das Haus sollte renoviert werden: Das Badezimmer musste neu gefliest, der Parkettboden geschliffen, die Wand zwischen Wohnzimmer und Küche abgerissen werden. Und wenn man schon dabei war, könne man auch gleich eine komplett neue Küche einbauen, fand Susanne. Das Haus hatte sich im Handumdrehen in eine Baustelle und damit in ein riesiges Durcheinander verwandelt. Sie waren vorübergehend und eher provisorisch in das Obergeschoß eingezogen bis die Bauarbeiten fertig waren. Martin machte natürlich den Umbau selbst, er war handwerklich begabt und nahm die Dinge leicht, immer bereit für eine lustige Bemerkung und lautes Lachen, und er ließ sich ständig alberne Witze einfallen.

Die Samstage begannen normalerweise mit 'nem Gurkenpolish oder 'ner ordentlichen Tour im Badezimmer', wie er es seinen Freunden gegenüber beschrieb, und dann ging der Morgen weiter damit, dass er mit seiner Geländemaschine zum Bäcker fuhr, um Brötchen zu holen. Normalerweise kam er gut gelaunt mit Cola und Chips oder einem neuen Elektroschrauber zurück, aber ohne Morgenbrötchen. „Na, scheiß drauf", sagte er, wenn Susanne nach den Brötchen fragte, und dann kochte er stattdessen gutgelaunt einen Topf Haferschleim, fand Müsli und Knäckebrot im Umzugskarton, und im Handumdrehen war der Frühstückstisch gedeckt.

Susanne konnte ihm so ziemlich alles verzeihen, denn es war genau die Jungenhaftigkeit in ihm, die sie seinerzeit verzaubert hatte. Sie ertrug sein ungestümes Temperament mit einem Lächeln, räumte das Chaos auf, das er überall hinterließ und lachte mit, wenn er seinen Freunden mit einem Bier in der Hand schlechte Witze über Einwanderer oder menstruierende Frauen erzählte.

Martin hatte aber auch andere Seiten. Er war, bevor Susanne ihn kennengelernt hatte, Soldat in Afghanistan gewesen. Über diese Zeit sprach er aber nicht, und Susanne hatte ein paar vorsichtige Versuche gemacht, ihren Mann zum Erzählen zu bringen: Hattest du gute Freunde in der Kompanie? War es warm dort? Gab es eine gute Kantine? Bei jeder noch so harmlosen Frage verfinsterte sich Martins Gesichtsausdruck und sein Blick fixierte wie unter Hypnose einen beliebigen Gegenstand. Statt zu antworten, wechselte er einfach das Thema, zum Beispiel: Was gibt es heute zum Abendessen? Oder: Ich glaub', ich hab' vergessen das Motorrad abzuschließen. Ich gehe mal raus und schaue nach.

Eines Tages, als seine Mutter zu Besuch gekommen war und Susanne mit ihr im Garten stand, hatte sie gefragt, ob sie wisse, was da in Afghanistan damals geschehen sei.

„Martin… wie soll ich sagen… sein bester Freund kam aus dem Krieg nicht mehr zurück. Er wurde im Lager in Kabul getötet, der Täter wurde nie gefunden. Gegen Martin bestand ein Verdacht, aber die Militärpolizei stellte die Ermittlungen aus Mangel an Beweisen ein. Der Freund kam in einem Sarg nach Hause und wurde im Rahmen einer feierlichen Zeremonie für die im Krieg für Dänemark Gefallenen beerdigt."

„Wer war er, dieser Freund?"

Die Mutter zögerte zunächst, rückte dann aber trotzdem damit heraus:

„Sie sagen, er war homosexuell. Und es kursierten Gerüchte, dass es zwischen einigen Soldaten Eifersuchtsdramen gab. Aber mehr weiß ich nicht darüber."

Da hörte Susanne auf, weiter zu fragen. Seine Zeit als Soldat war eben ein dunkles Kapitel in seinem Leben, das musste sie wohl oder übel akzeptieren.

Manchmal wurde Martin auch ungehalten, ja, jähzornig. Einmal hatte er an das Auto seines Tätowierers gepinkelt, nachdem dieser sein neuestes Tattoo „versaut" hatte, was im Nachhinein mehrfach als lustige Anekdote jedem erzählt wurde, der sie noch nicht kannte. Dass er vorher eine Beule in die Autotür getreten hatte, erwähnte er nicht.

Martins Humor war derbe und immer und überall zugegen. Er lachte viel, und es sah so aus, als nehme er das Leben und alle Probleme auf die leichte Schulter. In Susannes Augen lag oft viel Liebe, wenn sie mit dem Wäschekorb auf dem Weg zur Waschmaschine, die vorübergehend in der Garage stand, stehenblieb und Martin mit dem Kleinen im Garten spielen sah. Lächelnd seufzend sagte sie zu ihren Freundinnen, dass sie im Grunde zwei Kinder im Hause habe, ein kleines und ein großes. Dann streichelte sie über ihren dicken Bauch und fügte mit funkelnden Augen hinzu: Und bald sind's drei.

Es geschah in einer Novembernacht. Es war stockdunkel, der starke Wind peitschte den Schneeregen gegen die schrägen Fenster im ersten Stock, wo die kleine Familie schlief, als Martin durch ein Geräusch von draußen geweckt wurde. Er war sofort hellwach. Ist das der Einbrecher? dachte er. Na, dem werde ich die Hölle heiß machen, jetzt oder nie. Susanne schlief. Er stand auf, zog seine Hose an und ging fast geräuschlos die Treppe hinunter ohne das Licht anzumachen. Durch das Fenster sah er eine Gestalt, einen dunkel gekleideten jungen Mann mit Kapuze. Martin wurde plötzlich von heftiger Wut und abgrundtiefem Hass erfasst. Er schlüpfte in Jacke und

Schuhe, schnappte sich einen Hammer und riss dann die Haustür auf. Der Typ draußen schreckte auf und wich zurück. Im Schein der Straßenlaterne konnte der Einbrecher die rasende Wut in Martins Gesicht und den Hammer in seiner Hand sehen. Und dann rannte er los.

Martin spürte, wie das Adrenalin durch seinen ganzen Körper schoss. Er setzte ihm nach. Der Typ rannte um sein Leben, die Straße hinunter. „Ich bringe dich um!", schrie Martin während er lief, und der Schneeregen peitschte ihm in sein verbissenes Gesicht. Er hätte wahrscheinlich keine Chance gehabt, den Dieb einzuholen, aber dann stolperte der Typ über den Bordstein und stürzte. Das nasse Gesicht rieb über den Asphalt, da war Blut, und schnell war Martin über ihm, hielt ihn mit einer Hand fest und mit der anderen hob er den Hammer und wollte zuschlagen, aber ... Im schwachen Licht sah er den Jungen und sein dunkelhäutiges, blutiges, verängstigtes Gesicht, und er hörte den Jungen in seiner Todesangst um Gnade flehen: "No kill me! No kill me!"

Da schrie Martin plötzlich eine innere Stimme an: Nicht nochmal! Stop!! Lass ihn laufen, dieses Mal, lass ihn leben!!!

Martin hielt inne. Er schlug nicht zu. Er nahm den Hammer herunter, ließ den Kerl los, stand langsam auf. Der Junge kam auf die Beine, und humpelte so schnell er konnte weiter zur Hauptstraße.

Martin ließ den Hammer zu Boden fallen. Jetzt stand er im Schein der Straßenlaterne fast wie in Trance allein auf der nächtlichen Wohnstraße im kalten, strömenden Regen. Er spürte einen fast schmerzenden Kloß im Hals, eine ihm bekannte und sehr gefürchtete Art von Verlassenheit, und dann vermischten sich die kalten Regentropfen auf seinem Gesicht mit Tränen, und das Pfeifen des Windes verschmolz mit dem Klang seiner Schluchzer. Martin ging mit gesenkten Schultern langsam zurück nach Hause. Vor dem Haus, auf der Straße, stand in der Dunkelheit und im Wind ein Fahrrad mit Anhänger und darin waren Bündel von Zeitungen.

Die nächsten Tage war Martin ungewöhnlich still, ja fast bedrückt, fand Susanne. Sie versuchte, ihn zum reden zu bringen, und ihn zu necken, aber sie kam nicht an ihn heran. Er lag träge auf der Couch und schaute sich seine Actionfilme an und war seltsam abwesend und fern. Martin hatte ihr nicht erzählt, was in jener dunklen Novembernacht passiert war, nur soviel, als dass er einfach nicht schlafen konnte und mitten in der Nacht ein wenig rausgegangen war, um frische Luft zu schnappen, wie er sagte.

In den folgenden Wochen schritt das Bauprojekt nur langsam voran. Die Freunde sagten ihm, er solle mal langsam seinen Arsch hochkriegen und zusehen, dass die Küche fertig werde, und sie luden ihn ein, mit ihnen auf das Motocrossgelände oder zur Kletterwand zu kommen. Aber Martin schüttelte nur langsam den Kopf und wurde immer lethargischer. Das Funkeln in den Augen hatte er verloren. Nach einiger Zeit und vielen Versuchen, Martin zu motivieren, gaben die Freunde auf.

Letztlich musste Susanne andere Handwerker engagieren, um das Bauprojekt fertigzustellen, und lange Zeit später, als Martin eines Morgens in Unterhosen gedankenverloren vor der Terrassentür stand und auf das rostige Trampolin blickte, nahm Susanne sich schweren Herzens zusammen. Sie legte den Neuen in den Kinderwagen, setzte sich auf einen Stuhl am Esstisch und sagte ihm, dass sie einen Anderen kennengelernt habe, und dass es wahrscheinlich besser sei, wenn sie getrennte Wege gingen, und dass er natürlich seine Kinder regelmäßig sehen könne, und...

Martin stand einfach da; er hörte, was sie sagte, aber es erreichte ihn nicht.

Kristian, mein Kristian

Aus Anlass deiner bevorstehenden Welttournee hattest du an dem Abend zu ein paar „Snacks und Drinks" eingeladen, hattest aber eigentlich eine glamouröse Abschiedsparty im Sinn gehabt, was mich nicht wundert, denn ich kenne dich ja in- und auswendig. Dein Manager hatte dir vor der Abreise zwei Tage frei gegeben, weil sich das Mosaik der schwierigen Logistik zusammengefügt hatten: London, Glasgow, Dublin und dann weiter nach New York und in insgesamt neun weitere Städte in den Vereinigten Staaten.

Deine Freunde kamen am frühen Abend mit Blumensträußen, Gastgeschenken und strahlenden Gesichtern, und sie wünschten dir Glück und Erfolg. Es waren so viele eingeladen, wie im Salon Platz fanden. Natürlich war ich nicht unter ihnen, ich gehörte ja nicht mehr dazu.

Es muss sich so zugetragen haben: Der Caterer hatte für eine festliche Party gesorgt. Im Eingang deines Hauses hatten die Freunde ihre vom schlechten Wetter nassen Schuhe ausgezogen und die lagen nun verstreut auf dem Fußboden von der Toilettentür bis zum Treppenabsatz, was bereits bei der Begrüßung für viel Gelächter und Munterkeit sorgte. Man konnte von hier aus schon die Sektkorken knallen hören, da wurde gelacht, gestrahlt, umarmt, und im Hintergrund liefen deine neuesten Hits. Die Gäste hatten sich im Salon verteilt. Das Buffet war mit weißem Damast und feinem Porzellan angerichtet, und man freute sich auf die Köstlichkeiten vom Feinsten: alle Arten von Fisch und Fleisch und Gemüse mit erlesenen Saucen und raffinierten Salaten, alles war üppig dekoriert in Schalen aus Silber und Kristall. Schwere Kandelaber warfen ihr Licht auf Essen und Geselligkeit, die Gäste feierten dich mit ausgesuchtem Gin&Tonic, echtem Champagner und teurem Rotwein.

Ein wenig später hast du das Buffet eröffnet, mit einem Messer an ein Glas geklopft, um die Aufmerksamkeit der kleinen fröhlichen Gesellschaft zu erhalten, und dann hieltest du deine kleine Rede: "Danke liebe Freunde, danke für Eure Nachsicht und Geduld während der vergangenen Monate, es gab viel Arbeit und wenig Freizeit, aber die Tournee mußte ja vorbereitet werden. In zwei Tagen ist es soweit. Das erste Konzert gebe ich in London..."

Später am Abend begannen die Leute im Wintergarten zu tanzen. Die ersten Gäste waren bereits gegangen und du hattest ihre Umarmungen und toi-toi-tois mit Dank angenommen. Zurück auf die Tanzfläche. Du spürtest, dass der Champagner dir guttat. Leichtigkeit und Sektrausch verschmolzen mit den Rhythmen der Musik. In deinem Gesicht konnte man einen Mann auf dem Höhepunkt seines Lebens sehen.

Ich sehe es jetzt genau vor mir: Du musst kurz den wilden Tanz unterbrechen, bist verschwitzt, trinkst einen Schluck, musst austreten, kommst heraus in den Eingang, da ist die Tür zur Gästetoilette. Du willst gerade die Türklinke greifen, als du über einen der Schuhe auf dem Fußboden stolperst. Du verlierst das Gleichgewicht, stürzt, schlägst mit dem Kopf auf das Geländer. Vivian hat es gesehen:

""Kristian, was machst du?!?"

Sie stellt schnell ihr Rotweinglas auf die Kommode und hilft dir auf. Du stehst jetzt wacklig und hältst dich für einen Moment am Geländer fest. Vivian ist besorgt:

"Ist alles in Ordnung?"

„Ja, ja, es geht schon", aber du spürst sofort, dass überhaupt nichts geht: Da sind die heftigen Stiche im Kopf, dir ist schwindelig und ein bisschen übel, und den Rest des Abends fühlst du dich unwohl. Du reißt dich zusammen, und in Wirklichkeit wartest du nur darauf, dass die Gäste verschwinden und du schlafen kannst.

Als du spät am Abend endlich im Bett liegst, fühlt sich Dein Kopf, dein Körper an wie nach einem Erdbeben. Du zitterst, musst dich übergeben, die Angst kriecht dir in jede Zelle. Du bist todmüde, kannst aber nicht schlafen. Die Stunden bis zum Morgengrauen werden zur Qual. Du wirfst dich im Bett hin und her und im Halbschlaf siehst du dich barfuß durch eine Ruine kriechen, über Mauersteine, Staub, Glasscherben. Als das Morgenlicht kommt, tut es dir in den Augen weh. Du stehst auf, dir wird noch schwindliger, du lässt dich zurück ins Bett fallen. Später am Morgen reißt du dich zusammen und rufst deinen Manager an, erzählst ihm stockend, was passiert ist; der kommt, hat einen Arzt dabei. Schwere Gehirnerschütterung. Die Tournee stürzt in sich zusammen wie ein Haus bei einem Erdbeben.

Die Hölle ist los.

Und jetzt? Drei Wochen später?

Deine Hand sucht in der Nachttischschublade nach den Kopfschmerztabletten. Du findest sie, nimmst zwei, schluckst sie mit Wasser herunter, schließt die Augen wieder, der Kopf ruht nun schwer auf dem Kissen, dämmerst erst im Halbschlaf, aus der Dunkelheit taucht der Abend, an dem es geschah, wieder auf, deine Gäste füllen noch mal deinen Salon, den Wintergarten, aber nun im Traum werden sie mehr und mehr, erst sind es wenige, dann viele, dann eine ganze Menschenmenge, lauter frohe Gesichter um dich herum, alle feiern dich, jubeln dir zu, du wirst schwerelos, du löst dich vom Boden, steigst auf, die Gäste, schauen dir hinterher, sie klatschen in die Hände, winken, rufen dir zu, das Haus über dir öffnet sich, du schwebst höher, lässt alles hinter dir, und du segelst weiter, übers Haus, die Straße, Kopenhagen, du treibst weiter, Seeland unter dir wird zur kleinen Insel, weiter, ganz Dänemark, die Nordsee… Du erreichst die Küste Englands und landest nun auf der Bühne von Londons größter Arena, wo 20.000 Menschen auf dich und deinen Auftritt warten. Denn du bist der Star, der Weltstar, der mit seiner Musik und seiner Show Millionen begeistert. Jetzt singst du, tanzt, als gelte es dein Leben zu retten, du gibst alles, und als dann das Konzert nach dem größten deiner Hits fulminant zu Ende gegangen ist, stehst du im Licht der Scheinwerfer und bist stolz und verneigst dich und sagst *thank you* ins Mikrofon, der Jubel wird nie enden, du bist der Größte, du weißt es, jeder weiß es, ach, Kristian, Kristian...

Der Müllwagen draußen auf der Straße macht Krach, so sehr durch Mark und Bein gehen die schneidenden Geräusche, dass du den Kopf unterm Kissen versteckst, aber es hilft nichts. Die

Tabletten helfen nicht. Gar nichts hilft. Die Kopfschmerzen dröhnen wie verrückt, direkt hinter der Stirn und den Augen sind sie am schlimmsten. Du stehst vom Bett auf, spürst, wie die Übelkeit wieder kommt. Im Badezimmer lehnst du dich auf das Waschbecken. Dein Spiegelbild zeigt dir die Wahrheit: Deine Augen haben dunkle Ringe, dein Haar ist fettig, dein Lächeln nicht echt, dein Blick stumpf. Zurück ins Bett.

Dein Manager hatte dir zu Beginn Deiner Karriere nahegelegt, dass du möglichst keinen männlichen Freund haben solltest. Er habe zwar nichts dagegen, aber es würde Deine Vermarktung als Künstler erschweren.

Ließest du mich jetzt bei dir sein, würde ich sehr behutsam versuchen dich aufzuwecken, würde dir zärtlich beim Aufwachen zuschauen, deine Wange streicheln. Ich würde dir ins Ohr flüstern: ´Versuch aufzustehen, Kristian, lass uns im Park spazieren gehen, ich werde dich stützen, wenn dir schwindelig wird, ich halte dich, ich trage deinen Schmerz mit dir, gib nicht auf, Kristian, mein Kristian…´
Ich fahre mit dem Fahrrad an deinem Haus vorbei, halte an, steige ab, sehe ein sehr schwaches Licht im Schlafzimmerfenster, deine Verzweiflung sickert durch jeden Riss in der Hausfassade. Meine Liebe zu dir ist grenzenlos, sie ist noch genauso grenzenlos, wie damals, bevor du ein Star wurdest, und sie hat nicht aufgehört, als es plötzlich in deinem Leben keinen Platz mehr für mich gab. Ich schicke meine Liebe durch die Mauern zu dir. Wie gerne würde ich dich aus deinen Erdbebentrümmern hervorziehen, dich retten.
Ich steige wieder auf mein Fahrrad und fahre zurück zu mir nach Hause, auf sicheren Boden.

Unterströmung

Ganz kurz schien der Mond, schwach, tauchte alles in grau-schwarzes Licht. Da - schemenhaft, eine Gestalt. Eine schwere Wolke schob sich vor den Mond, gab völliger Dunkelheit Raum. Es bewegte sich was im Unterholz... Die Gestalt, ein Mann, kam er näher? Gott, wie mein Herz schlug. Ja, er war jetzt ganz dicht bei mir, ich konnte ihn nicht sehen, wollte es auch nicht, ich machte meine Augen zu, spürte seine Nähe, hörte seinen Atem, er berührte mich, ich zitterte ein wenig, mein Puls pumpte los, er legte seine Hand um meinen Nacken, ich lehnte meinen Kopf zurück, legte ihn in diesen starken, warmen Griff. Mit der anderen Hand knöpfte er meine Hose auf, mein Schwanz sprang hervor. Der Mann berührte ihn, mich, mein Herz ... ich begann schnell zu atmen, er drehte mich um, ich ließ alles zu, er beugte mich nach vorn, ich griff nach einem Ast, hielt mich fest, während er mich gierig befühlte, dann in mich eindrang, zuerst sanft, später wild. Meine völlige Hingabe, meine Befreiung, schließlich Erlösung. Das ganze Dasein wog nichts gegen diese Minuten.

Später, nachts, als ich neben Klaus im Bett lag, hatte es weh getan, ich war leise aufgestanden um ihn nicht zu wecken. Ich schlich mich auf die Toilette, und - ja, da war Blut, nur ein wenig, und die Lust war weg und das schlechte Gewissen war nicht auszuhalten.

Kein Zweifel, ich hatte mich angesteckt. Ich konnte wohl kaum damit rechnen, die Jahrtausendwende noch mitzuerleben. Doch wie um Himmels Willen soll man vernünftig sein, wenn die Vernunft von Lust und Verlangen übertönt wird, also von widerstreitenden Kräften, die einen in der Sekunde, in der man ihnen in die Augen blickt, zerreißen.

Drei Wochen musste ich warten bis zum Test. Und dann noch eine, bis ich beim Arzt das Ergebnis bekommen sollte. Reine Tortur. Aber dann war ich auf dem Weg zur Klinik. Es stürmte an dem Tag, und ich lehnte mich auf dem Fahrrad gegen den Wind, kämpfte mich weiter. Und dann sprang mir auch noch die Fahrradkette ab. Ein schlechtes Omen.

Die ölverschmierten Finger waren fast nicht sauber zu kriegen am Waschbecken. Ich setzte mich dann ins Wartezimmer. Todesstille. Die Neonröhren an der Decke warfen bleiches Licht auf die Wände. Eine vernachlässigte Zimmerpflanze, ein paar alberne Kinderbücher auf einem niedrigen Tisch, ein Stapel zerfledderter Illustrierter auf der Fensterbank. Was für ein trauriger Ort. Wie lange sollte das denn noch dauern, bis sie mich zum Arzt rein riefen? Ich war verschwitzt, und mir war kalt. Es war nicht das erste Mal, dass ich diese Tests machen ließ. Aber die Angst vor der Katastrophe, vor HIV und Tripper und all dem anderen Zeug wurde von Mal zu Mal größer.

Der Arzt würde mir gleich seine schlimme Nachricht und seine Ermahnungen an den Kopf werfen. Ich wischte mir die klammen Hände an der Hose ab. Nach einer Ewigkeit waren auf dem Flur Schritte zu hören, die Tür öffnete sich, und eine Frau im weißen Kittel schaute herein, lächelte mich an:

„Lars, bitteschön!"

Ich zitterte, ich erstarrte und zitterte, konnte nicht… "Lars?!"

Ich stand automatisch auf. Und mit weichen Knien folgte ich ihr ins Arztzimmer.

Gestern, als der Sturm tobte, zog er so heftig an mir, dass ich mich fast nicht auf meiner Bank hier am Strand halten konnte. Die Meereswellen rollten in hohen Dünungen vom Meer heran, brachen sich schäumend an der Sandbank weiter draußen, dann nochmal hier am Strand. Als das Wasser zurückfloss, suchte es sich einen Weg um die Sandbänke herum, und als die nächsten Wellen kamen, entstand unter dem Brandungssog diese gewaltige Unterströmung, die dir beim Baden die Beine wegreißen kann. Ich konnte sie nicht sehen, aber ich wusste, sie war da. Und sie war gewaltig.

Heute ist wieder alles völlig ruhig hier am Strand. Aus dem Wasser ragt ein Holzpfahl, eine Möwe sitzt drauf, sie schreit, steigt auf, segelt weg. Andere Holzpfähle ragen aus dem Wasser, sie spiegeln sich zur doppelten Länge. Die Boote drüben im Yachthafen, die gestern wild tanzten, liegen heute fast regungslos im Hafenbecken. Die Luft ist feucht, und ein diesiger Schleier macht alles Licht blass und grau. Ich sitze auf meiner Bank und sollte eigentlich erleichtert sein. Aber ich bin's nicht. Der Arzt sagte gestern, die Blutuntersuchungen haben ergeben, dass alles in Ordnung sei. Dann muss ja wohl alles in Ordnung sein. Kein Grund zur Sorge. Das Leben kann weitergehen wie bisher: die Tischlerlehre und meine Clique und Mutter und Vater, und, ja, Klaus mit seinen weichen Lippen und seiner Verspieltheit und seiner kolossalen Unerfahrenheit.

Aber jetzt schluchze ich schon wieder, so dass der Rotz läuft. Ich nehme eine Schachtel Zigaretten aus der Tasche, zünde mir eine an, inhaliere das Gift, das jede Zelle meiner Lunge, meines Blutes füllt, es fühlt sich so gut an, nehme noch einen Zug. Mir wird schwindelig, das geht vorüber, ich rauche weiter.

Klaus ist so unschuldig und edel. Sein schlanker, geschmeidiger Körper sieht in den Klamotten, die er selbst gemacht hat, bezaubernd aus; Baggy Jeans, Strickpullover mit skurrilen Löchern an den unmöglichsten Stellen, langer gehäkelter Schal x-mal um den Hals gewickelt, alles in kräftigen Farben. Je mehr die Sachen clashen, desto angesagter sei es, sagt er. Die Leute gucken sich nach ihm um, wenn er die Straße entlang geht. Manche lächeln ihm aufmunternd zu, andere grinsen herablassend oder starren ihn hämisch an, wieder andere machen abfällige Bemerkungen und es kommt auch vor, dass Leute ihn anspucken. Ich fürchte, dass er eines Tages zusammengeschlagen wird. Zwei Straßen weiter lungert immer eine Jungenbande herum. Oft stehen sie in der Gruppe und glotzen hasserfüllt und tuscheln, wenn wir vorbeigehen. Das macht mir Angst, aber Klaus ist cool.

Ich finde, seine helle, weiche Haut, sein offener Blick, seine androgynen Bewegungen und sein kleiner Hintern machen ihn wahnsinnig erotisch. In der ersten Zeit hatten wir ständig

Sex. Aber jetzt - er weiß nicht, dass ich unter der Oberfläche eine Unterströmung habe, dass die mir manchmal die Beine weghaut, ihre pulsierende Kraft Gehirn, Haut, Schwanz, alles mit sich zieht durch Gischt und Wirbel.

Diese Kraft zieht mich von Klaus weg und hin zu dem starken, behaarten, gesichtslosen Wassermann, der mich einfach mit seinen festen Händen nimmt und in einem Strudel aus Zuneigung, Verlangen und Unendlichkeit zu sich nach unten auf den Meeresboden holt. Und dann ist alles still, erlöst.

Klaus kauft mir jede kleine Lüge ab – Überstunden, Freitagsbier mit den Tischlerkollegen, Einkaufsbummel – keine Lüge ist für Klaus zu platt, wenn ich in Wirklichkeit in den Park gehe. Er glaubt, dass wir füreinander geschaffen sind, und in gewisser Weise denke ich das ja auch, wenn es da nicht diese magnetische Anziehung gäbe, die mich in die Dunkelheit lockt. Sie zerstört mich, zerstört ihn, zerstört uns, und warum kann er das nicht sehen, merken? Was mache ich bloß, wenn ich mich mit irgendeiner Geschlechtskrankheit anstecke? Welche Lüge soll ich ihm auftischen, damit er nicht misstrauisch wird, wenn ich ein, zwei oder drei Wochen lang keinen Sex mit ihm haben möchte, weil ich ihn nicht anstecken will? Du, Klaus, ich habe keine Lust – pah! - diese Ausrede hält nicht länger als zwei Tage. Oder was mache ich, wenn ich im Park zusammengeschlagen werde – plötzlich umringt von jungen Kerlen mit Baseballschlägern, und dann kann ich nur noch zu den Göttern beten und hoffen, dass ich überlebe. Und wenn ich das tue, ist sowieso alles vorbei. Ich habe mich in ein Netz aus Lügen und Betrug verstrickt. Es tut so weh, und jeder Blick in den Spiegel zeigt einen Lars, den ich überhaupt nicht mehr kenne, einen Fremden, einen Lügner, ein dunkles Wesen, das auf dem Weg in den sicheren Untergang ist: Hier ruht der Tischlerlehrling Lars, der allzu jung einen Pakt mit dem Teufel abgeschlossen hat und dafür mit seinem Leben bezahlte…
Das muss aufhören. Noch heute.

Ich schließe die Tür auf. Klaus kommt in den Flur und begrüßt mich mit einem Kuss und einer Umarmung.

„Du siehst ernst aus... Stimmt was nicht?"

Ich ziehe ihn ins Wohnzimmer:

„Ja, setz dich... Ich muss dir was sagen."

Er sieht mich aufmerksam und besorgt an.

„Ich gehe manchmal in den Park und habe Sex … oder… im Grunde ziemlich oft… es ist wie ein Verlangen, ein Sog, ich kann dem nicht widerstehen … und ich konnte es dir bis jetzt nicht sagen… weil… weiß nicht… konnte einfach nicht…"

Ich hoffe innerlich, dass er mich hält, versteht, mir vergibt. Stattdessen sehe ich Wut in ihm aufsteigen. Er schaut starr auf den Boden, dann steht er auf und sagt mit fast drohender Stimme:

"Dann ist es wahrscheinlich besser, wenn du jetzt gehst. Und zwar - sofort!"

Er geht zur Wohnungstür, hält sie auf, ich folge ihm, und als ich versuche, ihn an der Schulter zu berühren, schlägt er meine Hand weg.

"Verschwinde!"

Als ich auf dem Treppenabsatz stehe, fällt die Tür hart hinter mir ins Schloss.

Hier auf der Bank am Meer finde ich für einen Moment Ruhe. Durch den Nebel kommt die Sonne, zaghaft, sie spiegelt sich auf der Wasseroberfläche, ich spüre schon fast ihre Wärme. Ich drücke meine Zigarette aus, reiße mich zusammen, stehe auf, steige auf mein Rad und fahre in Richtung Park.

Im Café mit Oma

Ich hab' nen neuen Haarschnitt. Genau wie der Typ aus der Zwölften. Ziemlich fancy. Ich puste meine Haare von der Stirn zur Seite. Puste doch nicht andauernd deine Haare zur Seite! sagt Papa *andauernd*. Aber ich mach's trotzdem. Ist eben cool.

Ich halte meinen Kopf gesenkt, damit ich Oma durch meine Locken sehen kann. Sie sitzt, sie redet, ich höre nicht zu, sehe nur ihr Gesicht, ihren Busen, den Kaffee vor ihr, sehe alles in meinem Gesichtsfeld, das von den Locken in Stücke eingeteilt ist. Sie redet und redet, ich höre nicht zu. Sie trinkt aus ihrer Kaffeetasse, gibt der Frau hinter der Theke ein Zeichen, dass sie noch einen möchte.

Otto findet meinen Haarschnitt cool. Er mag mich, da macht er keinen Hehl draus. Ja, hehe, man muss sagen, er hat Geschmack. Die Mädchen in unserer Klasse, vor allem Ida, die mit den wilden roten Haaren, versucht ständig, ihn anzubaggern, aber ich glaube, entweder er merkt es nicht, oder er will es einfach nicht merken. Er ist unheimlich freundlich, wenn Ida kommt und fragt, ob er heute Abend nicht Lust hat, mit ihr zum Lagerfeuer am See zu gehen. Und dann sagt er zu ihr: Vielleicht… ich überleg's mir. Und dann kommt er rüber zu mir und fragt, ob ich heute Abend zum Lagerfeuer am See gehe, und wenn ich ja sage, freut er sich und dann geht er wieder er zu Ida und sagt, ja, er kommt.

Nun könnte man meinen, ich fände es toll, Macht über ihn auszuüben, und vielleicht stimmt das auch ein bisschen, aber ich mag ihn wirklich gerne. Otto ist einfach ein supercooler Typ. Vor Kurzem hatte er eine Flasche Schnaps organisiert, ich weiß nicht woher, und dann gingen wir spätabends rüber zum See, wo am Steg Ruderboote vertäut sind. Wir kletterten runter in eins von ihnen. Es schaukelte, und da war eine alte Plane drin, wir breiteten sie aus und legten uns drauf und lachten, wir tranken aus der Flasche, es schmeckte ekelhaft, das Zeug, aber das machte nichts, wir tranken, und in jeder Zelle unseres Körpers kribbelte es.

187

Wir lagen kichernd da und es fühlte sich an, als wäre es nicht das Boot, das schwankte, sondern die Welt um uns herum. Wir guckten lange in den endlosen dunklen Himmel über uns und hielten uns an den Händen, und dann fingen wir an, die Sterne zu zählen – er zählte die rechts vom Mond, ich zählte die links. Es dauerte nicht lange, bis wir in Gelächter ausbrachen, und plötzlich sah ich ihn an und er mich, und wir wurden völlig still und intensiv, und ich weiß nicht, wer damit anfing, aber plötzlich küssten wir uns. Ich glaube nicht, dass er das schon oft probiert hatte, aber ich schon, und sein Mund fühlte sich so weich, warm und kräftig an wie der von Lea.

Ich legte mich auf ihn und konnte nicht genug von seinen leidenschaftlichen Küssen bekommen. Für einen kurzen Moment hielt er inne, strich meine Haare zur Seite und sah mir ziemlich verliebt in die Augen.

Ich zog ihm sein T-Shirt aus und berührte sanft seine Schulter. Die fühlte sich stark und sehnig an, und als ich mit meinen Fingerspitzen über seine Brustwarzen fuhr, wurden sie ganz hart, und er zitterte ein wenig und wand sich vor Erregung. Ich ließ meine Hand langsam und vorsichtig weiter nach unten gleiten, am Nabel vorbei, und als ich sie weiter in seine Hose schieben wollte, spürte ich, wie er sich plötzlich versteifte und mich ängstlich anstarrte. Wovor hatte er Angst? Ich richtete mich sofort auf, suchte forschend in seinen Augen nach dem Grund.

"Hey, was ist? Soll ich aufhören?"

"Nein, nein, es ist nur…"

"Was?"

Er antwortete nicht.

Ok, dachte ich mir, dann mach ich eben weiter. Ich küsste ihn wieder, und schob meine Hand langsam wieder in seine Hose. Und da… ach so … natürlich - da merkte ich sofort, woran es gelegen hatte: Da war kein Schwanz, sondern eine wunderbare Öffnung zwischen seinen Beinen, und wow, wie erotisch die war! Fühlte sich ein bisschen so an wie Lea, aber geiler. Ich lächelte seine Besorgnis einfach weg und streichelte ihn weiterhin überall. Ich drang in ihn ein, seine Angst wich reiner

Hingabe. Er schloss die Augen, stöhnte, wurde völlig ekstatisch unter meinen Bewegungen, wir waren wie elektrische Magnete, zusammengepresst zu einem massiven Bündel Energie. Wir wurden leicht, lösten uns vom Boot, eine riesige, warme Hand hob uns hoch in den Himmel, dem Abenduniversum entgegen und weiter, weiter, zur Milchstraße. Glitzernde Planeten flogen um uns herum, wir verwandelten uns zu zwei Sternschnuppen, die glühend ihre Bahn zogen, das Weltall immer stärker erstrahlen ließen, wir leuchteten heller und heller, und in dem Augenblick, als das Licht gleißend weiß geworden war, füllte sich die Nacht in einer wilden Explosion mit Leben.

Jetzt sitze ich also im Café mit Oma, und sie ist eigentlich echt gut drauf, aber manchmal redet sie einfach nur drauf los. Plötzlich hält sie inne und schaut mir fragend in die Augen:

„Du hörst überhaupt nicht zu...! Wo bist du denn mit deinen Gedanken?"

Sie wartet auf eine Antwort. Ich spüre: Sie lässt nicht locker, ich muss was sagen.

„Hmmm... – ich glaube, ich habe... – ich glaube, ich bin..." Ich neige meinen Kopf, sodass meine Haare mein rechtes Auge bedecken.

"Oma?!? Hast du jemals die Sterne gezählt?"